马瑞芳话

西游记

山东教育出版社

书里
书外
话经典

马瑞芳，山东大学中文系教授、博士生导师、古代文学专业学科带头人，中国作家协会全国委员会荣誉委员，曾任山东省作协副主席、山东省政协常委会委员、山东省人大常委会委员。出版作品四十余种，如专著《幻由人生——蒲松龄传》、长篇小说《蓝眼睛黑眼睛》、散文集《煎饼花儿》等。曾获全国优秀长篇小说奖、全国纪实散文奖、首届全国少数民族创作散文一等奖、全国女性文学创作奖、全国女性文学理论创新奖，多次获山东省社会科学优秀成果奖。

四大名著
图游记

目录

神魔小说经典《西游记》（代序）

　　《三国演义》《水浒传》写人生实际存在和可能存在的事情，有作家人生经验可以依靠，有丰富的历史资料可以借鉴。《西游记》却是天马行空，虽然它也可以借鉴前辈作家的志怪小说经验、模式，但更要靠作者的奇思妙想。因此，《西游记》的作者明代作家吴承恩更了不起。

　　吴承恩（1510？—1582？）字汝忠，淮安府人，出生在书香门第。淮安府东南有个三十里宽、三百里长的射阳湖，吴承恩以湖为号，曰"射阳山人"。他一生经历过明武宗（正德）、明世宗（嘉靖）、明穆宗（隆庆）、明神宗（万历）四个皇帝，这四个皇帝都耽于淫乐，不问朝政，宦官奸佞当权，社会混乱，民不聊生。吴承恩诗文写得好，当地许多金石碑刻的文字多出于其手。他的文章能"中天下"，却不受试官欣赏，六十岁才做个正八品小官，不久就辞官回乡。生平不得志的生活，使吴承恩对社会黑暗深有体会，养成了诙谐乃至玩世不恭的态度，这些都充分体现在《西游记》中。现存最早版本的《西游记》世德堂本没有作者名字，最早考定作者为吴承恩的，是鲁迅先生。

　　《西游记》由三部分组成：第一部分为前七回，叙述猴王出世到大闹天宫，被如来佛压到五行山下；第二部分从第八回至第十二回，交待取经缘起，包括唐太宗梦斩泾河龙、观音显象点化唐僧取经；第三部分从第十三回到第一百回，写唐僧师徒西天取经。第九十九回西天取经灾难记录薄记载，八十一难的前四难是唐僧取经前遭遇的："金蝉遭贬第一难，出胎几杀第二难，满月抛江第三难，寻亲报冤第四难。"明刊本《西游记》都没有描写这四难的文字，现在通行本采用清初刻本《西游证道书》，将第九回"陈光蕊赴任逢灾，江流僧复仇报本"作为第八回"我佛造经传极乐，观音奉旨上长安"的附录。

《西游记》是部"全民童话"，它不仅可以供儿童阅读，也是各个历史时期、各个年龄段、各个阶层，甚至各种肤色读者都乐意读的童话。《西游记》有天马行空的想象，又有深刻的社会内容和哲理意蕴，可谓"幻中见理，幻中见趣，幻中见真"（语出袁行霈主编《中国文学史》）。

历史上的玄奘西行

唐代皇帝姓李，以老子为祖，以道教为宗，道教成"国教"，佛教受压制。玄奘（602—664），洛州（今河南洛阳偃师县）人，俗姓陈，名祎，十一岁出家为僧。他苦读翻译过来的佛经，发现歧说并出，为弄清佛经真谛，决心亲自到佛教发源地天竺留学取经。贞观三年（629年），玄奘要求到天竺留学，唐太宗不批准。玄奘只好混在西域商人中偷渡出境。经河西走廊、玉门关、北疆，越葱岭，渡热海，历时四年，经过西域十几个国家，到达天竺摩揭陀国那烂陀寺，拜九十多岁的高僧戒贤法师为师。玄奘在印度学习十三年，考察名胜古迹，领会佛教教义，成为天竺著名的高僧。在曲女城举行的佛教界辩论大会上，无论大乘小乘，没人能跟他辩论。贞观十九年（645年）玄奘载誉归国，当初不同意他出国的唐太宗给予他很高礼遇，不仅派宰相房玄龄迎接于东都，还亲自接见他并希望他还俗为官。玄奘谢绝了，唐太宗就在长安名刹慈恩寺给玄奘设立译场。玄奘用十几年时间翻译了七十五部，共一千多卷佛经，相当于从汉代到唐初几百年间翻译佛经的总和。

　　玄奘是唐代高僧，对佛教在中国的传播做出了巨大贡献，今西安大雁塔即为当年玄奘藏经塔。佛学大师玄奘对中印文化交流做出了突出贡献，在中国和印度都有很高威望，印度前总理尼赫鲁把他当作历史上的四大伟人之一。玄奘西行是《大唐西域记》《大慈恩寺三藏法师传》这类带神异色彩的"报告文学"产生的直接因素，西域记和法师传的主角是玄奘，他在西行路上曾被高昌国王认作御弟，并不是唐太宗李世民的御弟。

　　《西游记》里的陈玄奘为什么叫"唐僧"或"唐三藏"？因唐太宗认陈玄奘为御弟，指唐为姓，故名唐僧；西天取经是取如来佛三藏真经，故又名唐三藏。"唐三藏"的实际含义就是"唐朝求取三藏真经的和尚"。如来佛的三藏真经有《法》一藏，谈天；《论》一藏，说地；《经》一藏，度鬼。

　　吴承恩创造的唐僧与历史上真实的玄奘个性并不一样，是个全新的小说人物。他的身世如"江流儿"等全部是小说家之言。

孙悟空是《西游记》绝对主角

孙悟空是中国戏剧、影视舞台上最受欢迎、最具经典色彩的艺术形象之一，他一出现，总给观众带来愉悦。李希凡先生在《〈西游记〉的主题和孙悟空的形象》中说："孙悟空是一个被创造得最完整的神魔英雄形象。"孙悟空这个形象有魔幻色彩、神话乃至童话意味，能给读者带来"正能量"。

孙悟空的一系列活动是小说的脊梁骨。《西游记》歌颂的反抗精神、积极浪漫主义精神和坚韧斗志的主题，主要体现在孙悟空的一系列行为活动中。取经僧都围绕孙悟空活动，《西游记》简直可以叫《孙悟空传》。孙悟空堪称古代小说"第一神魔"，其实他是从魔转化为神，在读者印象中，他永远是可爱的美猴王。

孙悟空是从石头缝里蹦出来的，蹦出孙悟空的那块石头是块灵石，它符合中国古代若干约定俗成的法则：合周天之数、二十四气、九宫八卦。山川日月，精华灵秀，皆钟于它。这暗含的哲理是，孙悟空是博大精深的古代文化结晶。一道瀑布的出现给石猴带来际遇，让他成为"美猴王"，此后求学问道，展示了美猴王的聪明过人、学而不倦和随机应变。美猴王的老师须菩提给美猴王取了响彻全世界的名字——孙悟空，教给他筋斗云、七十二变。孙悟空闹龙宫，得到如意金箍棒和美猴王的经典装束；闹地府，从阎罗王生死簿上勾掉了自己的名字。大闹天宫是古代小说中无与伦比的精彩段落；孙悟空与二郎神的战斗堪称古代神魔小说、神话、童话从未有过的精彩战斗和经典战斗。二郎神在太白金星的帮助下捉住孙悟空，孙悟空天雷打不死，天火烧不亡，在炼丹炉炼了七七四十九天，又踢倒炼丹炉，重新大闹天宫。玉帝只好请来西天如来佛，孙悟空还跟如来佛谈判："皇帝轮流做，明年到我家。"最终被如来佛压到五行山下，等待取经僧。

　　孙悟空闹龙宫、闹地府特别是大闹天宫，是他未来镇压妖魔的威慑力量。闹龙宫、闹地府、闹天宫这"三闹"使得爱跟任何人称"哥们"的猴王，在龙宫、地府、天宫有了许多朋友，当他西天取经遇难时，不管哪位天兵天将，包括当年的死敌哪吒三太子和二郎神，都招之即来，来之即帮。在西天取经过程中，美猴王的能耐达到极致，与各种妖魔交手时，他机智勇敢、呼风唤雨、踢天弄井、千变万化。在和无能懦弱的唐僧、经常动摇的猪八戒的对照描写中，更显出孙悟空的坚韧斗志。孙悟空生命力极其顽强、创造力极其丰富，总在不停地琢磨事，总想做点儿分外的事、新奇的事、好玩的事、过去没做过的事，他身上有极端天才人物的不安分，表现出一刻也不安宁的"猴性"，喜欢揽事，好卖弄能力。跟妖精斗，是多么艰难的事，他却说是"捉个妖精耍子"；车迟国斗法，他拿砍头、剖腹、挖心当游戏玩。

　　孙悟空最著名的战术是钻到妖魔肚子里，他八次钻到对手肚子里，一次有一次的战法，一次比一次有趣。他在妖魔肚子里竖蜻蜓、翻跟斗、踢飞脚，甚至抓住肝花打秋千，中国古代和西方童话都找不出如此好看的场景，而这就是孙悟空的战斗，孩童玩耍般的战斗。《西游记》受到儿童喜爱，跟可爱的猴王和猴王可爱的战斗密不可分。

八戒、唐僧、沙僧、白龙马

猪八戒的重要性甚至不亚于唐僧。猪八戒有多少缺点，对应的孙悟空就有多少优点：孙悟空心高气傲理想化，猪八戒务实求实现实化；孙悟空不近女色，猪八戒见了美女就挪不动腿；孙悟空越斗越勇，猪八戒打不赢就钻草丛睡觉；孙悟空被念紧箍咒也不走，猪八戒动不动就想散伙……如果没有猪八戒，《西游记》肯定不太好玩、不太好看、不太有趣、不那么引人入胜。孙悟空令读者觉得高不可攀，猪八戒令读者觉得真实如街坊邻居。猪八戒把普通人的弱点带进取经队伍：贪吃争嘴，追逐美女，攒点儿私房钱，偷奸磨滑耍赖皮，传点儿老婆舌头，给孙悟空打小报告，时不时说点儿谎话，干点儿以小人之心度君子之腹的糗事……猪八戒又笨又不老实又有私心杂念，常出洋相，但他尽职尽责、不断进步，取经路上既有功劳更有苦劳，伴随着猪八戒的总是充满谐趣、风趣、有趣的情节。猪八戒对《西游记》的最大贡献应该是带来喜剧氛围，这是《西游记》脍炙人口的重要因素。

对唐僧的基本定位是"得道高僧"，不管有多少美女对他感兴趣，不管有多少财富放在眼前，他从不动摇西天取经的志向。唐僧处处受佛教教义束缚，没有自己的喜怒哀乐，坚持"慈悲为主"——忍辱、持戒、不杀生，孙悟空每杀一个妖精，他都喊"善哉"。因为他慈悲为怀，所以屡屡上当，白骨精、红孩儿小妖，都是他召来的；他怯懦无能、不明事理，靠他那套哲学，西天根本就去不成。西天取经全靠孙悟空保护，但他却总听信猪八戒的谗言念紧箍咒，甚至轰走孙悟空。唐僧是金蝉子转世的高僧，诚信佛法，严守戒律，却迂腐可笑，屡次上当，这是吴承恩对佛教教义的调侃。

沙僧赤胆忠心，中规中矩，在取经过程中是唐僧的贴身侍卫，也像众子女中最孝顺父母的一个。中国古代讲孝道，重心就是"顺者为孝"，沙僧从不违抗师父的命令。孙悟空常嘲笑师父，猪八戒常跟师父耍赖，而沙僧对师父永远尊重、体贴、温暖，又手不离方寸，取经途中从未挨过训的弟子就是沙僧。沙和尚变成西天取经路上"佛门规矩"或"原则性"的符号，简直比唐僧还像和尚。沙僧最后受封金身罗汉，在佛教教义中，罗汉断绝私人恩怨和感情，无嗔、无贪、无欲、无痴、无烦、无恼，这正是沙僧的个性。

白龙马在《西游记》中有四种形态：原型是喷云吐雾的云中玉龙，变幻为英俊潇洒的白马，在菩萨跟前是英俊的小伙子，在妖怪跟前又变作美女。白龙马是唐僧最缺少"妖怪"特征的徒弟，他前身是天龙，跟随唐僧后是凡马，按照拜师顺序，白龙马应是猪八戒和沙僧的师兄，但他总称他们为"师兄"，谦虚低调。白龙马关键时起作用，当孙悟空被轰走、唐僧被妖精变为老虎时，白龙马劝八戒去请回大师兄。白龙马变宫娥救师父，白龙马劝猪八戒，参与朱紫国"制药"，始终紧贴"马"和"龙"做文章，充满谐趣。因为白龙马这个俊美形象，《西游记》取经故事又多了几分情趣。

神佛和妖精

神佛描写是《西游记》的重要内容。《西游记》的天宫像封建王朝的复制品：高居灵霄宝殿的玉皇大帝，俨然是封建皇帝；四大天王、二十八星宿仿佛文武百官；太白金星像是御史大夫；托塔李天王像大司马。西方极乐世界有佛法无边的如来佛，南海有救苦救难的观音菩萨。《西游记》最有神采的神佛形象是观音菩萨，所有犯了罪过、错误、有杀身之祸的妖精或魔头，都得到她的垂爱。红孩儿小妖成了她的善财童子，黑熊成了她的守山大臣，唐僧四个徒弟都因为她皈依佛门。观音菩萨诱导孙悟空保护唐僧西天取经，既要发挥孙悟空的积极性和创造性，又要控制他的随心所欲和无法无天，于是"紧箍咒"的故事便在小说中反复出现，日后还成了常用语。

描绘仙界的美丽奇特是《西游记》的拿手好戏。雍容华贵的天宫，祥云缭绕的西方极乐世界，海上仙山，海底龙宫，到处是奇特神异的物品，到处是仙界妙物，光怪陆离。《西游记》把古代志怪小说想象出来的超现实灵物写绝了。

《西游记》的妖精多彩多姿。天上飞的、地上爬的、水中游的，任何生物都可以修练成精；天宫星官、菩萨座骑、观音菩萨的金鱼、月宫的玉兔，都可以下界为妖，真可谓精彩纷呈。多数妖魔都是由人们熟悉的动物变化而成，如狗熊、狮子、老虎、大象、犀牛、貂鼠、六耳弥猴、狐狸、蝎子、蜈蚣、蜘蛛、黑鱼、金鱼、大鹏鸟、蟒蛇……妖精大都保持着本来的生物特征，如蜘蛛精用肚脐吐丝缠人，蝎子精会蛰人，只不过他们的力量变得更加强大而已。相应的，在诸天神佛那里，也有专门针对他们的武器，这就是所谓的"一物降一物"。因此，孙悟空在保护唐僧取经的路上，不得不像外交家一样，在天宫、西天、地府、龙宫到处穿梭，寻找救星。

三打白骨精、三借芭蕉扇、偷吃人参果、智激美猴王、真假美猴王……九九八十一难，一难好看过一难，延续着神猴出世、大闹天宫，瑰丽多彩，美不胜收。《西游记》用活灵活现的人物、精彩绝伦的故事、生动活泼的语言，迷倒各个年龄层次的读者，把优美神奇的中国神话传遍全世界。

《西游记》第一回
导读

　　《三国演义》写历史，《水浒传》写英雄，《红楼梦》写世情，都是写现实存在或可能存在的事，《西游记》天马行空，写宇宙大自然，写万物归一追求真善美。主要人物除唐僧外，孙悟空、猪八戒、沙僧、观音菩萨、红孩儿小妖、白骨精等，或神、或魔、或妖，都不是现实中的人，他们处在奇诡无比的仙界、妖界、幽冥界，他们的来历、故事以及"社会关系"，极大开拓了古代小说的艺术范畴，给读者新奇感和愉悦感的同时，又具有普世价值和哲理意义。

　　1. 创造世界文学绝无仅有美猴王

　　人都是父母所生，隶属于一定社会阶层，而孙悟空偏偏从石头缝里蹦出来。"石中生人"不是吴承恩的发明创造，《淮南子》中便记录了夏启生于灵石。吴承恩安排神通广大的"魔头"从石头里出生，意味深长。因为，在君权、神权具有很大政治、宗教力量的封建社会，玉皇大帝是三界万灵的主宰；阎罗王在阴司掌握生杀予夺大权；西方极乐世界中，如来佛佛法无边。孙悟空这个神通广大的叛逆者，这个敢于反抗一切统治力量，先后制服了龙王、阎罗王、玉皇大帝的造反者，他的力量从何而来？根扎在哪里？连他的创造者吴承恩都无法解释这个秘密。归于人间？显然不行。归于天庭，西方乐土，还是阴司地府？这些地方都有固有的管辖者，也不合适。所以，只能归于天不收、地不管的自然化育。孙悟空只能从石头缝里蹦出来，"自家做祖"，极端天才小说人物之"祖"。

蹦出孙悟空的那块石头，不是普通石头，它是一块按照中国传统观念创造的灵石，符合中国古代若干约定俗成的法则：合周天之数、二十四气、九宫八卦。山川日月，精华灵秀，皆钟于它。这暗含的哲理是孙悟空是博大精深的中国古代文化的结晶。

因为从石头缝里蹦出来，孙悟空不管跟凡人比，还是跟神佛比，都有特殊的先天优势：他"六亲"不需要认；他"六根"不需要管；他任何社会关系都不需要考虑，唯一的亲人应该是师父须菩提，却只教会他本领且终生永不联系。四大名著中，三国人物、水浒人物、红楼人物，哪个人物不处于复杂的亲情关系和社会关系之中？只有孙悟空，天不收，地不羁，天生干干净净、澄澄清清、无拘无束。

孙悟空是猴儿，这样安排非常合适。猴是最活泼好动、聪明伶俐的动物。日常生活中人们形容顽皮的孩子时，会说"皮得像猴儿似的"；说聪明的人时，会说"精得像猴儿似的"。

猴群有猴王是自然现象。在自然界猴王的身份是靠武力取得的。石猴靠发现水帘洞的勇气和智慧成为猴王。石猴和自然界的其他猴王有很大不同，自然界的猴王会有自己血统的"子女"，而美猴王没有后代儿孙，他只要拔下身上的毫毛嚼碎，千百个小猴儿就活蹦乱跳地出来了。

2. 中国古代小说第一神魔从何而来

孙悟空是进口还是国产？学术界一直争论。20世纪初，有俄国学者提出，孙悟空形象是从公元前3世纪印度史诗《罗摩衍那》的猴王诃奴曼变化而来。诃奴曼一跳能从斯里兰卡蹦到印度，能把喜马拉雅山背到身上行走。胡适在《中国章回小说考证》中讲道："假定诃奴曼是猴行者的根本。"而鲁迅先生在《中国小说史略》中认为孙悟空是国产的：《西游记》杂剧有"无支祁"，来自唐代李公佐的《古岳渎经》，是渔夫从淮水拉上的水怪，"形若猿猴，缩鼻高额，青躯白首，金目雪牙，颈伸百尺，力逾九象，搏击腾踔疾奔，轻利倏忽""吴承恩演《西游记》，又移其神变奋迅之状于孙悟空"。季羡林认为，孙悟空受印度《罗摩衍那》和唐传奇无支祁双重影响，有"混血"特点。

古代文学不断推进的猿猴形象是孙悟空最可靠的来源。《补江总白猿传》中亦神亦人亦猴的白猿，《古岳渎经》中腾踔轻利的水怪猕猴，《陈巡检梅岭失妻记》中降山魈、伏猛兽的申阳公，以及《取经诗话》中的猴王，都给孙悟空形象提供了素材。但这些都不是孙悟空形象出现的决定性因素。孙悟空这个中国古代最精彩的神魔形象的产生，取决于吴承恩博览群书的学识、天马行空的想象力、放荡不羁的个性、乐观向上的性格和独特的创作风格。

3. 从美猴王到孙悟空的决定性转变

美猴王想寻求长生不老之术，决定云游天涯海角，寻仙访道，但是他转了一大圈，经过两大洲、两重大海，最后学的还是中国传统文化。他的老师须菩提讲儒释道"三教合一"。其实不管什么教，关键在于经世致用，在于灵感汇于心，灵感聚于方寸之间。所以，须菩提住的地方叫"灵台方寸山"。须菩提看他像个食松果的猢狲，便就身上取姓氏曰"孙"，生气时仍叫他"猢狲"，起法号"悟空"。从此美猴王有了在全世界流传的名字——孙悟空。

第一回　灵根育孕源流出　心性修持大道生（节选）

诗曰[①]：

> 混沌未分天地乱，茫茫渺渺无人见。
>
> 自从盘古破鸿濛，开辟从兹清浊辨。
>
> 覆载群生仰至仁，发明万物皆成善。
>
> 欲知造化会元功，须看《西游释厄传》。

盖闻天地之数，有十二万九千六百岁为一元。将一元分为十二会，乃子、丑、寅、卯、辰、巳、午、未、申、酉、戌、亥之十二支也。每会该一万八百岁。且就一日而论：子时得阳气，而丑则鸡鸣；寅不通光，而卯则日出；辰时食后，而巳则挨排；日午天中，而未则西蹉；申时晡而日落酉；戌黄昏而人定亥。譬于大数，若到戌会之终，则天地昏曚而万物否矣。再去五千四百岁，交亥会之初，则当黑暗，而两间人物俱无矣，故曰混沌。又五千四百岁，亥会将终，贞下起元，近子之会，而复逐渐开明。邵康节[②]曰："冬至子之半，天心无改移。一阳初动处，万物未生时。"到此，天始有根。再五千四百岁，正当子会，轻清上腾，有日，有月，有星，有辰。日、月、星、辰，谓

---

① 这首诗说明：宇宙混沌未分时处于无法认知的迷茫阶段，自从有了万物之灵的人类之后，对自然界才有了基本认识。无论人类还是自然界都向仁向善。如果想弄清奇妙的自然造化之功，请看《西游记》。《西游释厄传》是《西游记》比较早的传本。

② 邵康节，即邵雍（公元1011—1077），北宋大儒，易学家，康节是他死后的谥号。他在《皇极经世书》中提出"元会运世"的理论：三十年为一世，十二世为一运，十二会为一元。邵雍的学说并不符合现代科学道理。吴承恩沿袭此学说，解释宇宙和人类的产生。

之四象。故曰，天开于子。又经五千四百岁，子会将终，近丑之会，而遂渐坚实。《易》曰①："大哉乾元！至哉坤元！万物资生，乃顺承天。"至此，地始凝结。再五千四百岁，正当丑会，重浊下凝，有水，有火，有山，有石，有土。水、火、山、石、土，谓之五形。故曰，地辟于丑。又经五千四百岁，丑会终而寅会之初，发生万物。历曰："天气下降，地气上升；天地交合，群物皆生。"至此，天清地爽，阴阳交合。再五千四百岁，正当寅会，生人，生兽，生禽，正谓天地人，三才定位。故曰，人生于寅。

感盘古开辟，三皇治世，五帝定伦②，世界之间，遂分为四大部洲：曰东胜神洲，曰西牛贺洲，曰南赡部洲，曰北俱芦洲。这部书单表东胜神洲。海外有一国土，名曰傲来国。国近大海，海中有一座名山，唤为花果山。此山乃十洲之祖脉，三岛之来龙，自开清浊而立，鸿濛判后而成。真个好山！有词赋为证。赋曰：

势镇汪洋，威宁瑶海。势镇汪洋，潮涌银山鱼入穴；威宁瑶海，波翻雪浪蜃离渊。水火方隅高积土，东海之处耸崇巅。丹崖怪石，削壁奇峰。丹崖上，彩凤双鸣；削壁前，麒麟独卧。峰头时听锦鸡鸣，石窟每观龙出入。林中有寿鹿仙狐，树上有灵禽玄鹤。瑶草奇花不谢，青

---

① 《易》即《易经》，古代占卜之书。包括六十四卦的卦辞和解释卦的文字。"乾""坤"为卦名，乾为天，坤为地。《易》曰"几句说明，万物的滋生和发展都是顺应天地之德，把乾、坤两卦综合到一起的结果。

② 对三皇五帝，古书有数种不同说法，《史记·秦始皇本纪》以天皇、地皇、泰皇为三皇；《史记·五帝本纪》列黄帝、颛顼、帝喾、尧、舜为五帝。有古书则把伏羲、女娲、神农称为"三皇"，把太皞、炎帝、黄帝、少皞、颛顼称为"五帝"，其实"三皇五帝"都是象征性的人物，代表正统、正派、正义，是他们提出"治世"之本，制定人伦关系准则。

松翠柏长春。仙桃常结果，修竹每留云。一条涧壑藤萝密，四面原堤草色新。正是百川会处擎天柱，万劫无移大地根。

那座山正当顶上，有一块仙石。其石有三丈六尺五寸高，有二丈四尺围圆。三丈六尺五寸高，按周天三百六十五度；二丈四尺围圆，按政历二十四气。上有九窍八孔，按九宫八卦①。四面更无树木遮阴，左右倒有芝兰相衬。盖自开辟以来，每受天真地秀，日精月华，感之既久，遂有灵通之意。内育仙胞，一日崩裂，产一石卵，似圆球样大。因见风，化作一个石猴②。五官俱备，四肢皆全。便就学爬学走，拜了四方。目运两道金光，射冲斗府。惊动高天上圣大慈仁者玉皇大天尊玄穹高上帝③，驾座金阙云宫灵霄宝殿，聚集仙卿，见有金光焰焰，即命千里眼、

① 研究者对孙悟空的来历有许多争论，其实完全没有必要，孙悟空蹦出来的石头完全来自中国传统的周天、政历、九宫、八卦，怎么可能跟外国有关？

② 中国古代典籍《山海经》《列仙传》《广异记》等早就有"猴记载"，《吕氏春秋》有这样的话："有神曰白猿。"

③ 玉皇大帝是传说中道教的主宰。《西游记》把他描写成三界主宰。他是孙悟空前几回造反的对象，又在孙悟空西天取经的过程中给予了很大帮助。

顺风耳开南天门观看。二将果奉旨出门外，看的真，听的明。须臾回报道："臣奉旨观听金光之处，乃东胜神洲海东傲来小国之界，有一座花果山，山上有一仙石，石产一卵，见风化一石猴，在那里拜四方，眼运金光，射冲斗府。如今服饵水食，金光将潜息矣。"玉帝垂赐恩慈曰："下方之物，乃天地精华所生，不足为异。"①

那猴在山中，却会行走跳跃，食草木，饮涧泉，采山花，觅树果；与狼虫为伴，虎豹为群，獐鹿为友，猕猿为亲②；夜宿石崖之下，朝游峰洞之中。真是"山中无甲子，寒尽不知年"。一朝天气炎热，与群猴避暑，都在松阴之下顽耍。你看他一个个：

跳树攀枝，采花觅果；抛弹子，邷么儿；跑沙窝，砌宝塔；赶蜻蜓，扑蚆蜡；参老天，拜菩萨；扯葛藤，编草帢；捉虱子，咬又掐；理毛衣，剔指甲；挨的挨，擦的擦；推的推，压的压；扯的扯，拉的拉。青松林下任他顽，绿水涧边随洗濯③。

一群猴子耍了一会，却去那山涧中洗澡。见那股涧水奔流，真个似滚瓜涌溅。古云："禽有禽言，兽有兽语。"众猴都道："这股水不知是那里的水。我们今日赶闲无事，顺涧边往上溜头寻看源流，

---

① 玉帝想不到，他最大的麻烦就要来了。

② 从石头缝里蹦出来的石猴首先是猴，像普通猴一样生存：食树果，饮涧泉，与狼虫虎豹为群。但他又异于普通的猴，因为他有责任心和领袖欲。

③《西游记》童趣盎然。吴承恩观察细致，活泼的小猴儿顽童般无忧无虑，嬉闹游戏。抛弹子、邷么儿，是儿童常玩的游戏。抛弹子是男孩喜欢玩的弹玻璃球；邷么儿是女孩喜欢玩的"抓子儿"。《红楼梦》中怡红院的少女也玩。爬树觅果、捉虱咬掐、理毛剔甲、推推擦擦、林中玩耍、水中嬉闹，则完全是小猴儿动作。

耍子去耶！"喊一声，都拖男挈女，呼弟呼兄，齐跑来，顺涧爬山，直至源流之处，乃是一股瀑布飞泉①。但见那：

> 一派白虹起，千寻雪浪飞。
>
> 海风吹不断，江月照还依。
>
> 冷气分青嶂，馀流润翠微。
>
> 潺湲名瀑布，真似挂帘帷。

众猴拍手称扬道："好水！好水！原来此处远通山脚之下，直接大海之波。"又道："那一个有本事的，钻进去寻个源头出来，不伤身体者，我等即拜他为王。"连呼了三声，忽见丛杂中跳出一个石猴，应声高叫道："我进去！我进去！"好猴！也是他：

> 今日芳名显，时来大运通。有缘居此地，天遣入仙宫。

你看他瞑目蹲身，将身一纵，径跳入瀑布泉中，忽睁睛抬头观看，那里边却无水无波，明明

---

① 一道瀑布的出现给石猴带来人生或"猴生"第一次际遇。《西游记》花果山瀑布是道文学性瀑布、一道与不朽文学形象孙悟空相辅相成的瀑布。

朗朗的一架桥梁。他住了身，定了神，仔细再看，原来是座铁板桥。桥下之水，冲贯于石窍之间，倒挂流出去，遮闭了桥门。却又欠身上桥头，再走再看，却似有人家住处一般，真个好所在。但见那：

　　翠藓堆蓝，白云浮玉，光摇片片烟霞。虚窗静室，滑凳板生花。乳窟龙珠倚挂，萦回满地奇葩。锅灶傍崖存火迹，樽罍靠案见肴渣。石座石床真可爱，石盆石碗更堪夸。又见那一竿两竿修竹，三点五点梅花。几树青松常带雨，浑然像个人家。

看罢多时，跳过桥中间，左右观看，只见正当中有一石碣。碣上有一行楷书大字，镌着"花果山福地，水帘洞洞天"①。石猿喜不自胜，急抽身往外

---

① 妙！石猴不仅能看懂石碣上的汉字，还识得是楷体！可见，这只猴自然是中国的，不是进口的。石猴还无师自通认得字，识得书法，真是天才。水帘洞虚窗静室，有石座石床、石锅石灶、石盆石碗、修竹梅花，这是陶渊明笔下桃花源的变异。

便走，复瞑目蹲身，跳出水外，打了两个呵呵道："大造化！大造化！"众猴把他围住，问道："里面怎么样？水有多深？"石猴道："没水！没水！原来是一座铁板桥。桥那边是一座天造地设的家当。"众猴道："怎见得是个家当？"石猴笑道："这股水乃是桥下冲贯石窍，倒挂下来遮闭门户的。桥边有花有树，乃是一座石房。房内有石锅、石灶、石碗、石盆、石床、石凳。中间一块石碣上，镌着'花果山福地，水帘洞洞天'。真个是我们安身之处。里面且是宽阔，容得千百口老小。我们都进去住，也省得受老天之气。这里边①：

> 刮风有处躲，下雨好存身。
>
> 霜雪全无惧，雷声永不闻。
>
> 烟霞常照耀，祥瑞每蒸熏。
>
> 松竹年年秀，奇花日日新。

众猴听得，个个欢喜。都道："你还先走，带我们进去，进去！"石猴却又瞑目蹲身，往里一跳，叫道："都随我进来！进来！"那些猴有胆大的，都跳进去了；胆小的，一个个伸头缩颈，抓耳挠腮，大声叫喊，缠一会，也都进去了。跳过桥头，一个个抢盆夺碗，占灶争床，搬过来，移过去，正是

---

①石猴居然吟了一首有点儿像打油诗的五言律诗！

猴性顽劣，再无一个宁时，只搬得力倦神疲方止。石猿端坐上面道："列位呵，'人而无信，不知其可'。你们才说有本事进得来，出得去，不伤身体者，就拜他为王。我如今进来又出去，出去又进来，寻了这一个洞天与列位安眠稳睡，各享成家之福，何不拜我为王？"众猴听说，即拱伏无违。一个个序齿排班，朝上礼拜，都称"千岁大王"。自此，石猿高登王位，将"石"字儿隐了，遂称美猴王①。有诗为证。诗曰：

> 三阳交泰产群生，仙石胞含日月精。
>
> 借卵化猴完大道，假他名姓配丹成。
>
> 内观不识因无相，外合明知作有形。
>
> 历代人人皆属此，称王称圣任纵横。

美猴王领一群猿猴、猕猴、马猴等，分派了君臣佐使②，朝游花果山，暮宿水帘洞，合契同情，不入飞鸟之丛，不从走兽之类，独自为王，不胜欢乐。是以：

> 春采百花为饮食，夏寻诸果作生涯。

---

① 众猴兑现承诺：拥戴石猴为王。石猴遂将"石"字隐去，自命"美猴王"。以"美"易"石"，一字之差，已显示出未来孙悟空爱戴高帽、喜欢恭维、好大喜功的个性。

② 此处的猴群已经带有明显的人类特点，石猴对众猴说"人而无信，不知其可"。就是按照人间来处理猴群。猴王为君，被称为"千岁大王"；众猴为臣，要朝上礼拜。"称王称圣任纵横"便是石猴的理想。

　　　　　　　　秋收芋栗延时节，冬觅黄精度岁华。

美猴王享乐天真，何期有三五百载。一日，与群猴喜宴之间，忽然忧恼，堕下泪来。众猴慌忙罗拜道：“大王何为烦恼？”猴王道：“我虽在欢喜之时，却有一点儿远虑，故此烦恼。”众猴又笑道：“大王好不知足！我等日日欢会，在仙山福地，古洞神洲，不伏麒麟辖，不伏凤凰管，又不伏人间王位所拘束，自由自在，乃无量之福，为何远虑而忧也？”猴王道：“今日虽不归人王法律，不惧禽兽威严，将来年老血衰，暗中有阎王老子管着，一旦身亡，可不枉生世界之中，不得久注天人之内？”众猴闻此言，一个个掩面悲啼，俱以无常①为虑。

　　只见那班部中，忽跳出一个通背猿猴，厉声高叫道：“大王若是这般远虑，真所谓道心开发也！如今五虫之内，惟有三等名色，不伏阎王老子所管。”猴王道：“你知那三等人？”猿猴道：“乃是佛与仙与神圣三者，躲过轮回，不生不灭，与天地山川齐寿。”猴王道：“此三者居于何所？”猿猴道：“他只在阎浮世界之中，古洞仙山之内。”猴王闻之，满心欢喜，道：“我明日就辞汝等下山，云游海角，远涉天涯，务必访此三者，学一个不老长生，常躲过阎君之难。”噫！这句话，顿教跳出轮回网，致使齐天大圣成。众猴鼓掌称扬，都道：“善哉！善哉！我等明日越岭登山，广寻些果品，

----

　　①“无常”是“死亡”的又一说法。人类对于死亡的恐惧，使得历朝历代至高无上的皇帝千方百计
　　　寻僧访道、炼丹烧汞，各种宗教都试图解开这个难题。石猴求师问道的出发点也是长生不老。

大设筵宴送大王也。”

次日，众猴果去采仙桃，摘异果，刨山药，劚黄精，芝兰香蕙，瑶草奇花，般般件件，整整齐齐，摆开石凳石桌，排列仙酒仙肴。但见那：

金丸珠弹，红绽黄肥。金丸珠弹腊樱桃，色真甘美；红绽黄肥熟梅子，味果香酸。鲜龙眼，肉甜皮薄；火荔枝，核小囊红。林檎碧实连枝献，枇杷缃苞带叶擎。兔头梨子鸡心枣，消渴除烦更解酲。香桃烂杏，美甘甘似玉液琼浆；脆李杨梅，酸荫荫如脂酥膏酪。红囊黑子熟西瓜，四瓣黄皮大柿子。石榴裂破，丹砂粒现火晶珠；芋栗剖开，坚硬肉团金玛瑙。胡桃银杏可传茶，椰子葡萄能做酒。榛松榧柰满盘盛，橘蔗柑橙盈案摆。熟煨山药，烂煮黄精。捣碎茯苓并薏苡，石锅微火漫炊羹。人间纵有珍羞味，怎比山猴乐更宁？①

群猴尊美猴王上坐，各依齿肩排于下边，一个个轮流上前，奉酒，奉花，奉果，痛饮了一日。次日，美猴王早起，教：“小的们，替我折些枯松，编作筏子，取个竹竿作篙②，收拾些果品之类，我将去也。”果独自登筏，尽力撑开，飘飘荡荡，径回大海波中，趁天风，来渡南赡部洲地界。这一去，正是那：

---

① 天才作家多识山林树木、花花草草、菜蔬水果，才能在写作天马行空的作品时信手拈来。众猴为猴王送行的"水果宴"是中华美食鲜果大集合：有南方的椰子、梅子、龙眼、荔枝、枇杷、杨梅、橘蔗柑橙；有北方的樱桃、葡萄、西瓜、柿子、石榴、芋栗、桃杏梨枣；还有边疆来的胡桃银杏，山林产的榛松榧柰，做药材的山药黄精、茯苓薏苡。这是作家对美食美果跨地域、跨时间的天才调动，"人间纵有珍羞味，怎比山猴乐更宁"。

② 现代万吨巨轮也难顶得住远洋的狂风巨浪，美猴王仅凭一个小木筏，一根竹篙就能飘洋过海！山上的猴儿泛海，是作家创造极端天才人物孙悟空从猴到人所闯的第一关。

【二三】

天产仙猴道行隆，离山驾筏趁天风。

飘洋过海寻仙道，立志潜心建大功。

有分有缘休俗愿，无忧无虑会元龙。

料应必遇知音者，说破源流万法通。

也是他运至时来，自登木筏之后，连日东南风紧，将他送到西北岸前，乃是南赡部洲地界。持篙试水，偶得浅水，弃了筏子，跳上岸来，只见海边有人捕鱼、打雁、乞蛤、淘盐①。他走近前，弄个把戏，妆个䲟虎，吓得那些人丢筐弃网，四散奔跑。将那跑不动的拿住一个，剥了他的衣裳，也学人穿在身上，摇摇摆摆，穿州过府，在市廛中，学人礼，学人话。朝餐夜宿，一心里访问佛仙神圣之道，觅个长生不老之方。见世人都是为名为利之徒，更无一个为身命者。正是那：

争名夺利几时休？早起迟眠不自由！

骑着驴骡思骏马，官居宰相望王侯。

只愁衣食耽劳碌，何怕阎君就取勾？

继子荫孙图富贵，更无一个肯回头②！

---

① 这是人类求生存的活动。此前美猴王还不知道有"人"存在。他一见人，立即见贤思齐，把人吓跑，拿住跑不动的，剥掉其衣裳，穿在身上，穿州入府，学人礼，学人话。美猴王迈出从猴到人的第一步。

② 美猴王像思想家般考察出"世人都是为名为利之徒"，骂倒南赡部洲世人，南赡部洲是哪里？一个有长城的"洲"，大唐也。如来佛在第八回也说大唐乃"口舌凶场，是非恶海""贪淫乐祸，多杀多争"，所以唐僧西天取经救赎人心非常必要。

猴王参访仙道，无缘得遇。在于南赡部洲，串长城，游小县，不觉八九年馀①。忽行至西洋大海，他想着海外必有神仙。独自依前作筏，又飘过西海，直至西牛贺洲地界②。登岸遍访多时，忽见一座高山秀丽，林麓幽深。他也不怕狼虫，不惧虎豹，登山顶上观看。果是好山：

千峰排戟，万仞开屏。日映岚光轻锁翠，雨收黛色冷含青。瘦藤缠老树，古渡界幽程。奇花瑞草，修竹乔松。修竹乔松，万载常青欺福地；奇花瑞草，四时不谢赛蓬瀛。幽鸟啼声近，源泉响溜清。重重谷壑芝兰绕，处处峤崖苔藓生。起伏峦头龙脉好，必有高人隐姓名。

正观看间，忽闻得林深之处，有人言语，急忙趋步，穿入林中，侧耳而听，原来是歌唱之声。歌曰：

观棋柯烂，伐木丁丁③，云边谷口徐行。卖薪沽酒，狂笑自陶情。苍径秋高对月，枕松根，一觉天明。认旧林，登崖过岭，持斧断枯藤。　　收来成一担，行歌市上，易米三升。更无些子争竞，时价平平。不会机谋巧算，没荣辱，恬淡延生。相逢处，非仙即道，静坐讲《黄庭》。

---

①不要小看这八九年，这是美猴王彻底中国化、封建化的八九年，是美猴王西天取经能对社会现象洞若观火的前提。

②美猴王寻仙并非一蹴而就，而是经过了艰苦寻找的过程。在吴承恩那个时代，人们相信天圆地方，但吴承恩描写石猴寻仙问道，经过两大洲、两重大海，又似乎写亚洲、美洲、大西洋、太平洋，暗合地球是圆的概念，好玩！

③观棋柯烂，出自《述异记》。王质入山砍柴，遇两童子下棋，在旁观看。一局下完，王质斧头的木柄早已朽烂了。山中一盘棋，相当于世上百年光阴！伐木丁丁，出自《诗经·小雅·伐木》，"丁丁"应读"zhēngzhēng"。樵夫唱词中用六朝小说"烂柯"典故，引用《诗经》名句，颂扬影响中国千年的《黄庭经》。美猴王飘洋过海，最后还是得学习中华传统文化！《黄庭》是道教的经典，有《黄庭内景玉经》《黄庭外景玉经》。

美猴王听得此言，满心欢喜道："神仙原来藏在这里！"即忙跳入里面，仔细再看，乃是一个樵子，在那里举斧砍柴。但看他打扮非常：

> 头上戴箬笠，乃是新笋初脱之箨；身上穿布衣，乃是木绵拈就之纱。腰间系环绦，乃是老蚕口吞之丝。足下踏草履，乃是枯莎槎就之爽。手执衢钢斧，担挽火麻绳。扳松劈枯树，争似此樵能！

猴王近前叫道："老神仙！弟子起手。"那樵汉慌忙丢了斧，转身答礼道："不当人①！不当人！我拙汉衣食不全，怎敢当'神仙'二字？"猴王道："你不是神仙，如何说出神仙的话来？"樵夫道："我说甚么神仙话？"猴王道："我才来至林边，只听的你说：'相逢处，非仙即道，静坐讲《黄庭》。'《黄庭》乃道德真言，非神仙而何？"樵夫笑道："实不瞒你说，这个词名做《满庭芳》，乃一神仙教我的。那神仙与我舍下相邻，他见我家事劳苦，日常烦恼，教我遇烦恼时，即把这词儿念念，一则散心，二则解困。我才有些不足处思虑，故此念念。不期被你听了。"猴王道："你家既与神仙相邻，何不从他修行，学得个不老之方，却不是好？"樵夫道："我一生命苦：自幼蒙父母养育至八九岁，才知人事，不幸父丧，母亲居孀。再无兄弟姊妹，只我一人，没奈何，早晚侍奉。如今母老，一发

---

①"不当人"和孙悟空喜欢说的"不当人子"
　都是"不好意思""抱歉"之意。

不敢抛离。却又田园荒芜，衣食不足，只得斫两束柴薪，挑向市廛之间，卖几文钱，籴几升米，自炊自造，安排些茶饭，供养老母，所以不能修行。”

猴王道：“据你说起来，乃是一个行孝的君子，向后必有好处。但望你指与我那神仙住处，却好拜访去也。”樵夫道：“不远，不远。此山叫做灵台方寸山。山中有座斜月三星洞①。那洞中有一个神仙，称名须菩提祖师。那祖师出去的徒弟，也不计其数，见今还有三四十人从他修行。你顺那条小路，向南行七八里远近，即是他家了。”猴王用手扯住樵夫道：“老兄，你便同我去去。若还得了好处，决不忘你指引之恩。”樵夫道：“你这汉子，甚不通变。我方才这般与你说了，你还不省？假若我与你去了，却不误了我的生意？老母何人奉养？我要斫柴，你自去，自去。”

---

① 灵台、方寸，都是中国古代对“心”的另一称呼。“斜月三星”则是巧妙形容“心”的字形构成：斜月形状像一勾，三星形状像三点，共同组成“心”的字形。故而“斜月三星洞”实际就是“养心洞”。说明“学仙不必在远，只在此心”。道家讲究“修身养性”，佛家讲究“明心见性”，晚明重要思想家王阳明讲究“良知”，这些都对吴承恩产生很大影响。孙悟空的师父住在斜月三星洞，西天取经后孙悟空经常和唐僧讨论《心经》。

猴王听说，只得相辞。出深林，找上路径，过一山坡，约有七八里远，果然望见一座洞府。挺身观看，真好去处！但见：

> 烟霞散彩，日月摇光。千株老柏，万节修篁。千株老柏，带雨半空青冉冉；万节修篁，含烟一壑色苍苍。门外奇花布锦，桥边瑶草喷香。石崖突兀青苔润，悬壁高张翠藓长。时闻仙鹤唳，每见凤凰翔。仙鹤唳时，声振九皋霄汉远；凤凰翔起，翎毛五色彩云光。玄猿白鹿随隐见，金狮玉象任行藏。细观灵福地，真个赛天堂！ ①

又见那洞门紧闭，静悄悄杳无人迹。忽回头，见崖头立一石碑，约有三丈馀高，八尺馀阔，上有一行十个大字，乃是"灵台方寸山，斜月三星洞"。美猴王十分欢喜道："此间人果是朴实。果有此山此洞。"看勾多时，不敢敲门。且去跳上松枝梢头，摘松子吃了顽耍。

少顷间，又听得呀的一声，洞门开处，里面走出一个仙童，真个丰姿英伟，像貌清奇，比寻常俗子不同。但见他：

> 髽髻双丝绾，宽袍两袖风。

---

① 孙悟空老师的居处，老柏修篁，奇花瑶草，仙鹤凤凰，玄猿白鹿，金狮玉象，全都是祥瑞的象征，既像世外桃源，又象征法力无边，共同构成须菩提居所高贵、优雅、宁静的氛围。学校可以塑造学生的人格。孙悟空的好学深思、奋斗不息，正是在这个"学校"塑造成的。

貌和身自别，心与相俱空。

物外长年客，山中永寿童。

一尘全不染，甲子任翻腾。

那童子出得门来，高叫道："甚么人在此搔扰①？"猴王扑的跳下树来，上前躬身道："仙童，我是个访道学仙之弟子，更不敢在此搔扰。"仙童笑道："你是个访道的么？"猴王道："是。"童子道："我家师父②，正才下榻，登坛讲道，还未说出原由，就教我出来开门。说：'外面有个修行的来了，可去接待接待。'想必就是你了？"猴王笑道："是我，是我。"童子道："你跟我进来。"

这猴王整衣端肃，随童子径入洞天深处观看：一层层深阁琼楼，一进进珠宫贝阙，说不尽那静室幽居，直至瑶台之下。见那菩提祖师端坐在台上，两边有三十个小仙侍立台下。果然是：

大觉金仙没垢姿，西方妙相祖菩提。

不生不灭三三行，全气全神万万慈。

空寂自然随变化，真如本性任为之。

与天同寿庄严体，历劫明心大法师。

---

① "搔扰"应为"骚扰"，古代小说常
有这类与现代汉语不同的用字。

② 须菩提是如来佛的十大弟子之一，《金刚般若波罗蜜经》就是佛陀对
须菩提所提问题做解答。须菩提对"空""般若"的理解最精深，佛
陀称其为"解空第一"。

美猴王一见，倒身下拜，磕头不计其数，口中只道："师父！师父！我弟子志心朝礼！志心朝礼！"祖师道："你是那方人氏？且说个乡贯姓名明白，再拜。"猴王道："弟子乃东胜神洲傲来国花果山水帘洞人氏。"祖师喝令："赶出去！他本是个撒诈捣虚之徒，那里修甚么道果！"猴王慌忙磕头不住道："弟子是老实之言，决无虚诈。"祖师道："你既老实，怎么说东胜神洲？那去处到我这里，隔两重大海，一座南赡部洲，如何就得到此？"猴王叩头道："弟子飘洋过海，登界游方，有十数个年头，方才访到此处。"

祖师道："既是逐渐行来的也罢。你姓甚么？"猴王又道："我无性①。人若骂我，我也不恼；若打我，我也不嗔，只是陪个礼儿就罢了。一生无性。"祖师道："不是这个性。你父母原来姓甚么？"猴王道："我也无父母。"祖师道："既无父母，想是树上生的？"猴王道："我虽不是树上生，却是石里长的。我只记得花果山上有一块仙石，其年石破，我便生也。"祖师闻言暗喜，道："这等说，却是个天地生成的。你起来走走我看。"猴王纵身跳起，拐呀拐地走了两遍。祖师笑道："你身躯虽是鄙陋，却像个食松果的狲狲。我与你就身上取个姓氏，意思教你姓'狲'。狲字去了个兽傍，乃是个古月。古者，老也；月者，阴也。老阴不能化育，教你姓'狲'倒好。狲字去了兽傍，乃是个子系。子者，儿男也；系者，婴细也。正合婴儿之本论②。教你姓'孙'罢。"猴王

①此处说的"性"是发脾气的"性情"。其实孙悟空越来越膨胀、越来越张扬的，恰好是他性如烈火、嫉恶如仇的性情。美猴王是在忽悠老师呢，他哪儿会那么温良恭俭让？哪儿会骂不还口、打不还手？还给人陪礼？孙悟空睚眦必报，有时还加倍"报答"。孙悟空一直没有，也根本不懂的，反倒是男女之性，准确说是雌雄之性。

②师父让美猴王姓"孙"的目的，是突出男子汉大丈夫的"赤子之心"。

听说，满心欢喜，朝上叩头道："好！好！好！今日方知姓也。万望师父慈悲！既然有姓，再乞赐个名字，却好呼唤。"祖师道："我门中有十二个字，分派起名，到你乃第十辈之小徒矣。"猴王道："那十二个字？"祖师道："乃'广、大、智、慧、真、如、性、海、颖、悟、圆、觉'①十二字。排到你，正当'悟'字。与你起个法名叫做'孙悟空'，好么？"猴王笑道："好！好！好！自今就叫做孙悟空也！"正是：鸿濛初辟原无姓，打破顽空须悟空。毕竟不知向后修些甚么道果，且听下回分解。

---

①十二个辈分连到一起是三句话："广大智慧，真如性海，颖悟圆觉。"这正是孙悟空求仙学道的基本方针，也是孙悟空"为猴处世"的基本法则。

《西游记》第二回
导读

1. "悟空"是反讽式命名

美猴王成了孙悟空，意味深长。"悟空悟空，万事皆空、万物皆空"，似乎是须菩提给徒弟命名的本意。但自从有"孙悟空"这个名字后，美猴王闹龙宫、闹冥府、大闹天宫、西天取经，哪一次遵守了"万物皆空"？一次也没有！孙悟空面对先神后魔的血淋淋磨难，信奉金猴奋起千钧棒、斗则生存的哲学。《西游记》的主角命名"悟空"，是古代小说主角最有哲理性、最带反讽意味的命名。《红楼梦》的男主角叫"贾宝玉"，曹雪芹实际写这位离经叛道的角色是块"假宝玉"，这很可能就是向《西游记》学的反讽式命名。

历史上有位真实的"悟空大师"——车悟空。据《宋高僧传·唐上都章敬寺悟空传》记载，唐玄宗天宝年间，左卫泾州四门府别将车奉朝出家，后来唐德宗赐名"悟空"，曾往天竺求学，在那烂陀寺进修三年。因此，历史上悟空大师应算玄奘法师的同门师弟。而小说中的孙悟空成了唐僧的徒弟，其所作所为与历史上的悟空大师也不相关。

2. 须菩提授业的意义

孙悟空跟须菩提进修的前六七年主要学洒扫应对、进退周旋、言语礼貌、讲经论道、习字焚香、扫地锄园、养花修树、寻柴燃火、挑水运浆，这是学习从凡人到修行者。后三年主要学盘中暗谜和七十二变化等，总共学了十年还多。如果说，美猴王在南赡部洲的八九年可以对应九年义务教育，那么，灵台方寸山十年苦读简直可算从本科到硕博连读。这个刻苦认真的学习过程符合美猴王拜见须菩提时的话："弟子志心朝礼！志心朝礼！"

《黄庭经》是道家经典，须菩提开坛讲课，讲的则是"三教合一""说一会道，讲一会禅，三家配合本如然"。有论者认为《西游记》"混同三教"，将儒释道一锅煮了。

孙悟空好学深思且触类旁通。须菩提讲座，讲得"天花乱坠，地涌金莲"。孙悟空听得眉花眼笑，抓耳挠腮，忍不住手舞足蹈。

当师父问他要学什么道时，孙悟空却挑剔起来：

请仙扶鸾、趋吉避凶等"术道"？不学不学！

看经念佛的儒释道等"流道"？不学不学！

休粮守谷、参禅打坐等"静道"？不学不学！

采阴补阳、进铅炼石等"动道"？不学不学！

结果"惹恼"了师父。孙悟空悟出师父暗谜，子时进入师父卧室。祖师传授孙悟空"长生妙道"，传授躲避三灾利害之法。师徒关于猴儿形体的对话尤其搞笑：祖师说孙悟空"虽然像人，却比人少腮"；孙悟空妙答"我虽少腮，却比人多这个素袋，亦可准折过也"。祖师向孙悟空传授"地煞数"

七十二变化和"筋斗云"，这两者成为孙悟空最拿手的本领。

当孙悟空向师兄们卖弄变化时，受到师父训斥，告诉他：人生在世，最重要的不是学本领，而是知道韬光养晦、趋利避害。林庚先生在《西游记漫话》中提出：菩提祖师用市井智慧教育孙悟空，"这些话听起来既无神仙家气味，也少佛家的色彩，说的正是市井江湖上复杂的人际关系和江湖上的防身手段。这修行学道之所，实际上就正是闯荡江湖的预科班"。西天取经路上，孙悟空老谋深算的处世智慧，正是从这里来的。

孙悟空的同学们并不像他那样好高骛远，他们就是要向师父学些本事，在江湖上混碗饭吃。当他们听到孙悟空要向师父学习筋斗云，一个筋斗十万八千里时，向孙悟空表示祝贺："若会这个法儿，与人家当铺兵、送文书、递报单，不管那里都寻了饭吃！"这哪里是学仙学道？分明是就业训练。

看到孙悟空向同学显摆、不知收敛，菩提祖师要他"你从那里来，便从那里去就是了"，断定"你这去，定生不良"。宣布"凭你怎么惹祸行凶，却不许说是我的徒弟。你说出半个字来，我就知之，把你这猢狲剥皮锉骨，将神魂贬在九幽之处，教你万劫不得翻身"。孙悟空发誓"决不敢提起师父一字，只说是我自家会的便罢"。

3. 须菩提塑造孙悟空的灵魂

孙悟空从石头缝里蹦出来，无父母兄弟，师父是他在世界上最亲近的人，但须菩提不当孙悟空未来的保障神，更不"一朝为师终身为父"，牵着徒弟走，扶着徒弟走，最后再跟着徒弟走。须菩提睿智明断，灵光一闪，孙悟空的灵魂多半是须菩提塑造的。须菩提欣赏孙悟空的聪明好学、不断进取。孙悟空从猴到人，从人到神，都依赖须菩提。须菩提坚信"师父领进门，修行在个人"。这样的安排有道理。须菩提知道孙悟空不安分，倘若须菩提想帮助这个弟子，他就成了三界主宰的对立面；倘若孙悟空总惦记师父，他遇到困难，就不会找观世音而是找须菩提了。所以孙悟空跟师父一朝分手，永不相见。须菩提是个优雅的角色，只管耕耘，不管收获；只知道付出，不要求回报。其实很多人在人生中都遇到过自己的"须菩提"，在关键时刻狠狠推了你一把，然后，相忘于江湖。

第二回　悟彻菩提真妙理　断魔归本合元神（节选）

话表美猴王得了姓名，怡然踊跃，在菩提前作礼启谢。[1]那祖师即命大众引孙悟空出二门外，教他洒扫应对、进退周旋之节。众仙奉行而出。悟空到门外，又拜了大众师兄，就于廊庑之间，安排寝处。次早，与众师兄学言语礼貌，讲经论道，习字焚香，每日如此。闲时即扫地锄园，养花修树，寻柴燃火，挑水运浆。凡所用之物，无一不备。在洞中不觉倏六七年。一日，祖师登坛高坐，唤集诸仙，开讲大道。真个是：

天花乱坠，地涌金莲。妙演三乘[2]教，精微万法全。慢摇麈尾喷珠玉，响振雷霆动九天。说一会道，讲一会禅，三家配合本如然。开明一字皈诚理，指引无生了性玄。

孙悟空在傍闻讲，喜得他抓耳挠腮，眉花眼笑。忍不住手之舞之，足之蹈之。忽被祖师看见，叫孙悟空道："你在班中，怎么颠狂跃舞，不听我讲？"悟空道："弟子诚心听讲，听到老师父妙音处，喜不自胜，故不觉作此踊跃之状，望师父恕罪！"祖师道："你既识妙音，我且问你，你到洞中多少时了？"悟空道："弟子本来懵懂，不知多少时节。只记得灶下无火，常去山后打柴，见一山好桃树，我在那里吃了七次饱桃矣。"祖师道："那山唤名烂桃山。你既吃七次，想是七年了。你今要

----

[1]第二回回目"悟彻菩提真妙理，断魔归本合元神"，所谓"元神"，是道教的用语：人的灵魂经过修炼之后叫元神，可以离开躯体自由往来。清代点评家黄周星指出："'悟稳菩提''断魔归本'是此回大眼目，亦此书中大眼目也。"什么意思？用现在的话来说，孙悟空向须菩提拜师学道，领悟"儒释道"三教合一之妙理——儒者正心，释者明心，道者观心，与自己原本猢狲（即"魔"）的身份完全脱离。成仙得道的灵魂成为最自由的，这是第二回的关键，也是全书的关键。须菩提是神仙，又是如来佛的弟子，彻悟菩提，立地成佛。

[2]佛法可以将人带到神、仙的世界中，因修行程度、方法不同，分大乘、中乘、小乘，总称三乘。

从我学些甚么道？"悟空道："但凭尊师教诲，只是有些道气儿，弟子便就学了。"

　　祖师道："'道'字门中有三百六十傍门，傍门皆有正果。不知你学那一门哩？"悟空道："凭尊师意思。弟子倾心听从。"祖师道："我教你个'术'字门中之道，如何？"悟空道："术门之道怎么说？"祖师道："术字门中，乃是些请仙扶鸾，问卜揲蓍，能知趋吉避凶之理。"悟空道："似这般可得长生么？"祖师道："不能！不能！"悟空道："不学！不学！"

　　祖师又道："教你'流'字门中之道，如何？"悟空又问："流字门中，是甚义理？"祖师道："流字门中，乃是儒家、释家、道家、阴阳家、墨家、医家，或看经，或念佛，并朝真降圣之类。"悟空道："似这般可得长生么？"祖师道："若要长生，也似'壁里安柱'。"悟空道："师父，我是个老实人，不晓得打市语①。怎么谓之'壁里安柱'？"祖师道："人家盖房，欲图坚固，将墙壁之间，立一顶柱，有日大厦将颓，他必朽矣。"悟空道："据此说，也不长久。不学！不学！"

　　祖师道："教你'静'字门中之道，如何？"悟空道："静字门中，是甚正果？"祖师道："此是休粮守谷，清静无为，参禅打坐，戒语持斋，或睡功，或立功，并入定坐关之类。"悟空道："这般也能长生么？"祖师道："也似'窑头土坯'。"悟空笑道："师父果有些滴渌②。一行说我不会打市语。怎么谓之'窑头土坯'？"祖师道："就如那窑头上，造成砖瓦之坯，虽已成形，尚未经水火

---

　　①《西游记》的语言是典雅纯净的白话文，又有许多市井俗语，行文既流利欢快又生动有趣。孙悟空所说的"市语"就指市井里的行话。

　　②滴渌：指说话吞吞吐吐，不够爽快。其实须菩提的"壁里安柱""窑头土坯""水中捞月"等语言都鲜明生动，表现力很强。须菩提不像仙风道骨的修行者，倒像一位老于世故者。

煅炼，一朝大雨滂沱，他必滥矣。"悟空道："也不长远。不学！不学！"

祖师道："教你'动'字门中之道，如何？"悟空道："动门之道，却又怎么？"祖师道："此是有为有作，采阴补阳，攀弓踏弩，摩脐过气，用方炮制，烧茅打鼎，进红铅，炼秋石，并服妇乳之类。"悟空道："似这等也得长生么？"祖师道："此欲长生，亦如'水中捞月'。"悟空道："师父又来了！怎么叫做'水中捞月'？"祖师道："月在长空，水中有影，虽然看见，只是无捞摸处，到底只成空耳。"悟空道："也不学！不学！"

祖师闻言，咄的一声，跳下高台，手持戒尺，指定悟空道："你这猢狲，这般不学，那般不学，却待怎么？"走上前，将悟空头上打了三下，倒背着手，走入里面，将中门关了，撇下大众而去①。唬得那一班听讲的，人人惊惧，皆怨悟空道："你这泼猴，十分无状！师父传你道法，如何不学，却与师父顶嘴？这番冲撞了他，不知几时才出来呵！"此时俱甚报怨他，又鄙贱嫌恶他。悟空一些儿也不恼，只是满脸陪笑。原来那猴王，已打破盘中之谜，暗暗在心，所以不与众人争竞，只是忍耐无言。祖师打他三下者，教他三更时分存心；倒背着手，走入里面，将中门关上者，教他从后门进入，秘处传他道也。

当日悟空与众等，喜喜欢欢，在三星仙洞之前，盼望天色，急不能到晚。及黄昏时，却与众就寝，

①须菩提打哑谜，就是考验孙悟空是否灵心慧性解得此谜，如果连此谜都不能解，还算什么可造之材？美猴王秉天地之灵气而生，众人皆迷他独醒。

假合眼，定息存神。山中又没支更传箭①，不知时分，只自家将
鼻孔中出入之气调定。约到子时前后，轻轻地起来，穿了衣
服，偷开前门，躲离大众，走出外，抬头观看。正是那：

月明清露冷，八极迥无尘。

深树幽禽宿，源头水溜汾。

飞萤光散影，过雁字排云。

正直三更候，应该访道真。

你看他从旧路径至后门外，只见那门儿半开半掩。悟
空喜道："老师父果然注意与我传道，故此开着门也。"
即曳步近前，侧身进得门里，只走到祖师寝榻之下。见
祖师踡跼身躯，朝里睡着了。悟空不敢惊动，即跪在榻前。
那祖师不多时觉来，舒开两足，口中自吟道：

---

① 支更、传箭都是古代通报时间的一种方式。支更为更夫打更；传箭为铜壶滴漏，观察水平面上箭
上的刻度即知时间。

　　"难！难！难！道最玄，莫把金丹作等闲。不遇至人传妙诀，空言口困舌头干[①]！"

悟空应声叫道："师父，弟子在此跪候多时。"祖师闻得声音是悟空，即起，披衣盘坐，喝道："这猢狲！你不在前边去睡，却来我这后边作甚？"悟空道："师父昨日坛前对众相允，教弟子三更时候，从后门里传我道理，故此大胆径拜老爷榻下。"祖师听说，十分欢喜，暗自寻思道："这厮果然是个天地生成的！不然，何就打破我盘中之暗谜也？"悟空道："此间更无六耳，止只弟子一人，望师父大舍慈悲，传与我长生之道罢，永不忘恩！"祖师道："你今有缘，我亦喜说。既识得盘中暗谜，你近前来，仔细听之，当传与你长生之妙道也[②]。"悟空叩头谢了，洗耳用心，跪于榻下。祖师云：

　　　"显密圆通真妙诀，惜修性命无他说。

　　　都来总是精气神，谨固牢藏休漏泄。

　　　休漏泄，体中藏，汝受吾传道自昌。

　　　口诀记来多有益，屏除邪欲得清凉。

　　　得清凉，光皎洁，好向丹台赏明月。

[①] 金庸小说创造个"独孤求败"，《西游记》早就有个"独孤求徒"。

[②] 祖师传授孙悟空"长生妙道"，这口诀真能长生不老？非也，看孙悟空斗冥府就知道了。要想长生不老，还得孙悟空亲自闹冥府，一笔勾掉阎罗王生死薄上的名字才成。

月藏玉兔日藏乌，自有龟蛇相盘结。

相盘结，性命坚，却能火里种金莲。

攒簇五行颠倒用，功完随作佛和仙。”

此时说破根源，悟空心灵福至，切切记了口诀，对祖师拜谢深恩，即出后门观看。但见东方天色微舒白，西路金光大显明。依旧路，转到前门，轻轻地推开进去，坐在原寝之处，故将床铺摇响道：“天光了！天光了！起耶！”那大众还正睡哩，不知悟空已得了好事。当日起来打混，暗暗维持，子前午后，自己调息。

却早过了三年，祖师复登宝座，与众说法。谈的是公案比语，论的是外像包皮①。忽问："悟空何在？"悟空近前跪下："弟子有。"祖师道："你这一向修些甚么道来？"悟空道："弟子近来法性颇通，根源亦渐坚固矣。"祖师道："你既通法性，会得根源，已注神体，却只是防备着'三灾利害'。"悟空听说，沉吟良久道："师父之言谬矣。我尝闻道高德隆，与天同寿；水火既济，百病不生，却怎么有个'三灾利害'？"祖师道："此乃非常之道：夺天地之造化，侵日月之玄机；丹成之后，鬼神难容。虽驻颜益寿，但到了五百年后，天降雷灾打你，须要见性明心，预先躲避。躲得

---

① 公案比语、外像包皮：讲佛教禅宗的理论。以古代禅师开悟的故事、非逻辑的言行，作为参禅时思维的内容，谓之"公案"；因公案的深旨，意恒在言外，故称"比语"；"外像"即外相，佛教指善恶美丑以语言和行动表现出来；"包皮"指外表之下。

过，寿与天齐；躲不过，就此绝命。再五百年后，天降火灾烧你。这火不是天火，亦不是凡火，唤做'阴火'①。自本身涌泉穴下烧起，直透泥垣宫，五脏成灰，四肢皆朽，把千年苦行，俱为虚幻。再五百年，又降风灾吹你。这风不是东西南北风，不是和熏金朔风，亦不是花柳松竹风，唤做'赑风'。自囟门中吹入六腑，过丹田，穿九窍，骨肉消疏，其身自解。所以都要躲过。"悟空闻说，毛骨悚然，叩头礼拜道："万望老爷垂悯，传与躲避三灾之法，到底不敢忘恩。"祖师道："此亦无难，只是你比他人不同，故传不得。"悟空道："我也头圆顶天，足方履地，一般有九窍四肢，五脏六腑，何以比人不同？"祖师道："你虽然像人，却比人少腮。"原来那猴子孤拐面，凹脸尖嘴。悟空伸手一摸，笑道："师父没成算！我虽少腮，却比人多这个素袋，亦可准折过也。"祖师说："也罢，你要学那一般？有一般天罡数，该三十六般变化；有一般地煞数，该七十二般变化。"悟空道："弟子愿多里捞摸，学一个地煞变化罢。"祖师道："既如此，上前来，传与你口诀。"遂附耳低言，不知说了些甚么妙法。这猴王也是他一窍通时百窍通，当时习了口诀，自修自炼，将七十二般变化，都学成了。

忽一日，祖师与众门人在三星洞前戏玩晚景。祖师道："悟空，事成了未曾？"悟空道："多蒙师父海恩，弟子功果完备，已能霞举飞升也。"祖师道："你试飞举我看。"悟空弄本事，将身一耸，

① 须菩提关于"阴火"的几个词：涌泉穴，足心；泥垣宫，指头顶中央的囟门；赑风，佛道两家所说的风劫；六腑，胆、胃、大肠、小肠、膀胱、三焦；丹田，人体脐下三寸处；九窍，双耳、双眼、两鼻孔、口、前阴尿道、后阴肛门，共九处。

打了个连扯跟头，跳离地有五六丈，踏云霞去勾有顿饭之时，返复不上三里远近，落在面前，扠手道："师父，这就是飞举腾云了。"祖师笑道："这个算不得腾云，只算得爬云而已。自古道：'神仙朝游北海暮苍梧。'似你这半日，去不上三里，即爬云也还算不得哩！"悟空道："怎么为'朝游北海暮苍梧'？"祖师道："凡腾云之辈，早辰起自北海，游过东海、西海、南海，复转苍梧。苍梧者，却是北海零陵之语话也。将四海之外，一日都游遍，方算得腾云。"悟空道："这个却难！却难！"祖师道："'世上无难事，只怕有心人。'"悟空闻得此言，叩头礼拜，启道："师父，'为人须为彻'，索性舍个大慈悲，将此腾云之法，一发传与我罢，决不敢忘恩。"祖师道："凡诸仙腾云，皆跌足而起，你却不是这般。我才见你去，连扯方才跳上。我今只就你这个势，传你个'筋斗云'①罢。"悟空又礼拜恳求，祖师却又传个口诀道："这朵云，捻着诀，念动真言，攒紧了拳，将身一抖，跳将起来，一筋斗就有十万八千里路哩！"大众听说，一个个嘻嘻笑道："悟空造化！若会这个法儿，与人家当铺兵②，送文书，递报单，不管那里都寻了饭吃！"师徒们天昏各归洞府。这一夜，悟空即运神炼法，会了筋斗云。逐日家无拘无束，自在逍遥，此亦长生之美。

一日，春归夏至，大众都在松树下会讲多时。大众道："悟空，你是那世修来的缘法？前日老师父附耳低言，传与你的躲三灾变化之法，可都会么？"悟空笑道："不瞒诸兄长说，

①筋斗云既是孙悟空的重要法术，也成为孙悟空的重要标志。传说中的神仙都是飘然而起，孙悟空却要翻筋斗。满场小猴风车一般翻筋斗也成为中国特有的猴戏最热闹的部分。

②铺兵，对古代递送文件的士兵的称呼。元代在军事紧急时，设"急递铺"驿站，传递紧急文件的士兵每天要走四百里。

一则是师父传授，二来也是我昼夜殷勤，那几般儿都会了。"大众道："趁此良时，你试演演，让我等看看。"悟空闻说，抖擞精神，卖弄手段道："众师兄请出个题目。要我变化甚么？"大众道："就变棵松树罢。"悟空捻着诀，念动咒语，摇身一变，就变做一棵松树。真个是：

> 郁郁含烟贯四时，凌云直上秀贞姿。
>
> 全无一点妖猴像，尽是经霜耐雪枝。

大众见了，鼓掌呵呵大笑。都道："好猴儿！好猴儿！"不觉的嚷闹，惊动了祖师。祖师急拽杖出门来问道："是何人在此喧哗？"大众闻呼，慌忙检束，整衣向前。悟空也现了本相，杂在丛中道："启上尊师，我等在此会讲，更无外姓喧哗。"祖师怒喝道："你等大呼小叫，全不像个修行的体段！修行的人，口开神气散，舌动是非生①。如何在此嚷笑？"大众道："不敢瞒师父，适才孙悟空演变化耍子。教他变棵松树，果然是棵松树，弟子们俱称扬喝采，故高声惊冒尊师，望乞恕罪。"祖师道："你等起去。"叫："悟空，过来！我问你弄甚么精神，变甚么松树？这个工夫，可好在人前卖弄？假如你见别人有，不要求他？别人见你有，必然求你。你若畏祸，却要传他；若不传他，必然加害：你之性命又不可保。"悟空叩头道："只望师父恕罪！"祖师道："我也不罪你，但只是你去罢。"悟空

---

① 《李卓吾先生批评西游记》：《西游记》极多寓言，读者切勿草草放过。如此回中"水火既济，百病不生""世上无难事，只怕有心人""口开神气散，舌动是非生""你从哪里来，便从哪里去"，俱是性命微言也。

闻此言，满眼堕泪道："师父，教我往那里去？"祖师道："你从那里来，便从那里去就是了。"悟空顿然醒悟道："我自东胜神洲傲来国花果山水帘洞来的。"祖师道："你快回去，全你性命；若在此间，断然不可！"悟空领罪："上告尊师，我也离家有二十年矣，虽是回顾旧日儿孙，但念师父厚恩未报，不敢去。"祖师道："那里甚么恩义？你只不惹祸不牵带我就罢了！"

悟空见没奈何，只得拜辞，与众相别。祖师道："你这去，定生不良①。凭你怎么惹祸行凶，却不许说是我的徒弟。你说出半个字来，我就知之，把你这猢狲剥皮锉骨，将神魂贬在九幽之处，教你万劫不得翻身！"悟空道："决不敢提起师父一字，只说是我自家会的便罢。"

悟空谢了。即抽身，捻着诀，丢个连扯，纵起筋斗云，径回东胜。那里消一个时辰②，早看见花果山水帘洞。美猴王自知快乐，暗暗地自称道：

"去时凡骨凡胎重，得道身轻体亦轻。

举世无人肯立志，立志修玄玄自明。

当时过海波难进，今日回来甚易行。

别语叮咛还在耳，何期顷刻见东溟。"

----

①知徒莫如师。须菩提清醒地知道，三界最不安定的因素，就是他亲手教成的这位美猴王。因此，明哲保身，预先宣布与徒弟"断交"。

②孙悟空来时经历了十几年，回去只要一个时辰！这就是学习和不学习的差距。

悟空按下云头，直至花果山。找路而走，忽听得鹤唳猿啼，鹤唳声冲霄汉外，猿啼悲切甚伤情。即开口叫道："孩儿们，我来了也！"那崖下石坎边，花草中，树木里，若大若小之猴，跳出千千万万，把个美猴王围在当中，叩头叫道："大王，你好宽心！怎么一去许久？把我们俱闪在这里，望你诚如饥渴！近来被一妖魔在此欺虐，强要占我们水帘洞府，是我等舍死忘生，与他争斗。这些时，被那厮抢了我们家火，捉了许多子侄，教我们昼夜无眠，看守家业。幸得大王来了！大王若再年载不来，我等连山洞尽属他人矣！"悟空闻说，心中大怒道："是甚么妖魔，辄敢无状！你且细细说来，待我寻他报仇！"众猴叩头："告上大王，那厮自称混世魔王，住居在直北下。"悟空道："此间到他那里，有多少路程？"众猴道："他来时云，去时雾，或风或雨，或电或雷，我等不知有多少路。"悟空道："既如此，你们休怕，且自顽耍，等我寻他去来！"

好猴王，将身一纵，跳起去，一路筋斗，直至北下观看，见一座高山，真是十分险峻。好山：

笔峰挺立，曲涧深沉。笔峰挺立透空霄，曲涧深沉通地户。两崖花木争奇，几处松篁斗翠。左边龙，熟熟驯驯；右边虎，平平伏伏。每见铁牛耕，常有金钱种。幽禽睍睆声，丹凤朝阳立。石磷磷，波净净，古怪跷蹊真恶狞。世上名山无数多，花开花谢繁还众。争如此景永长存，八节四时浑不动。诚为三界坎源山，滋养五行水脏洞！①

---

① 有水帘洞，又有水脏洞，"帘""脏"一字之差，景色不同，暗寓道理也不同：水帘隐"道"，水脏隐"魔"，虽然这里也是花木争奇、松篁斗翠，却带着几分邪恶，龙是熟驯的，虎是平伏的，铁牛在耕地，金钱豹在播种。"古怪跷蹊真恶狞"！

美猴王正默观看景致，只听得有人言语。径自下山寻觅，原来那陡崖之前，乃是那水脏洞。洞门外有几个小妖跳舞，见了悟空就走。悟空道："休走！借你口中言，传我心内事。我乃正南方花果山水帘洞洞主。你家甚么混世鸟魔，屡次欺我儿孙，我特寻来，要与他见个上下！"

那小妖听说，疾忙跑入洞里，报道："大王！祸事了！"魔王道："有甚祸事？"小妖道："洞外有猴头称为花果山水帘洞洞主。他说你屡次欺他儿孙，特来寻你，见个上下哩。"魔王笑道："我常闻得那些猴精说他有个大王，出家修行去，想是今番来了。你们见他怎生打扮，有甚器械？"小妖道："他也没甚么器械，光着个头，穿一领红色衣，勒一条黄丝绦，足下踏一对乌靴，不僧不俗，又不像道士神仙，赤手空拳①，在门外叫哩。"魔王闻说："取我披挂兵器来！"那小妖即时取出。那魔王穿了甲胄，绰刀在手，与众妖出得门来，即高声叫道："那个是水帘洞洞主？"悟空急睁睛观看，只见那魔王：

> 头戴乌金盔，映日光明；身挂皂罗袍，迎风飘荡。下穿着黑铁甲，紧勒皮条；足踏着花褶靴，雄如上将。腰广十围，身高三丈。手执一口刀，锋刃多明亮。称为混世魔，磊落凶模样。

猴王喝道："这泼魔这般眼大，看不见老孙！"魔王见了，笑道："你身不满四尺，年不过三旬，

---

① 孙悟空这副形象，读者概记不住，但这是他求师问道成功后的首次亮相。戴盔披甲、身高三丈、手执钢刀、"雄如上将"的混世魔王瞧不起"身不满四尺""手内无兵器"的孙悟空。孙悟空自吹赤手空拳却"两只手够着天边月"，这是孙悟空的语言特点，喜欢吹吹呼呼。

手内又无兵器，怎么大胆猖狂，要寻我见甚么上下？"悟空骂道："你这泼魔，原来没眼！你量我小，要大却也不难。你量我无兵器，我两只手够着天边月哩！你不要怕，只吃老孙一拳！"纵一纵，跳上去，劈脸就打。那魔王伸手架住道："你这般矬矮，我这般高长，你要使拳，我要使刀，使刀就杀了你，也吃人笑，待我放下刀，与你使路拳看。"悟空道："说得是。好汉子！走来！"那魔王丢开架手便打，这悟空钻进去相撞相迎。他两个拳捶脚踢，一冲一撞。原来长拳空大，短簇坚牢。那魔王被悟空掏短肋，撞丫裆，几下筋节，把他打重了①。他闪过，拿起那板大的钢刀，望悟空劈头就砍。悟空急撤身，他砍了一个空。悟空见他凶猛，即使身外身法，拔一把毫毛，丢在口中嚼碎，望空喷去，叫一声"变"！即变做三二百个小猴，周围攒簇。

原来人得仙体，出神变化无方。不知这猴王自从了道之后，身上有八万四千毛羽，根根能变，应物随心。那些小猴，眼乖会跳，刀来砍不着，枪去不能伤。你看他前踊后跃，钻上去，把个魔王围绕，抱的抱，扯的扯，钻裆的钻裆，扳脚的扳脚，踢打挦毛，抠眼睛，捻鼻子，抬鼓弄，直打做一个攒盘②。这悟空才去夺得他的刀来，分开小猴，照顶门一下，砍为两段。领众杀进洞中，将那大小妖精，尽皆剿灭。却把毫毛一抖，收上身来。又见那收不上身者，却是那魔王在水帘洞擒去的小猴，悟空道："汝等何为到此？"约有三五十个，都含泪道："我等因大王修仙去后，这两年被他争吵，把我们都摄将来，

---

① 魔王也讲好汉作风，放下刀与孙悟空使拳。哪想到孙悟空"华山论剑"毫不讲章法，玩的全是偷袭战术，掏短肋、撞丫裆，几下将魔王打重。

② 孙悟空初出茅庐第一战，玩的是什么战术？大概只能称"胡乱混打战"，玩的是"空手道"＋"毫毛战"，不是多么光明正大，但充满谐趣。

那不是我们洞中的家火？石盆、石碗都被这厮拿来也。"悟空道："既是我们的家火，你们都搬出外去。"随即洞里放起火来，把那水脏洞烧得枯干，尽归了一体。对众道："汝等跟我回去。"众猴道："大王，我们来时，只听得耳边风响，虚飘飘到于此地，更不识路径，今怎得回乡？"悟空道："这是他弄的个术法儿，有何难也！我如今一窍通，百窍通，我也会弄。你们都合了眼，休怕！"

好猴王，念声咒语，驾阵狂风，云头落下。叫："孩儿们，睁眼。"众猴脚蹦实地，认得是家乡，个个欢喜，都奔洞门旧路。那在洞众猴，都一齐簇拥同入，分班序齿，礼拜猴王。安排酒果，接风贺喜，启问降魔救子之事。悟空备细言了一遍，众猴称扬不尽道："大王去到那方，不意学得这般手段！"悟空又道："我当年别汝等，随波逐流，飘过东洋大海，径至南赡部洲，学成人像，着此衣，穿此履，摆摆摇摇，云游了八九年馀，更不曾有道；又渡西洋大海，到西牛贺洲地界，访问多时，幸遇一老祖，传了我与天同寿的真功果，不死长生的大法门。"众猴称贺。都道："万劫难逢也！"悟空又笑道："小的们，又喜我这一门皆有姓氏。"众猴道："大王姓甚？"悟空道："我今姓孙，法名悟空。"众猴闻说，鼓掌忻然道："大王是老孙，我们都是二孙、三孙、细孙、小孙——一家孙、一国孙、一窝孙矣！"都来奉承老孙，大盆小碗的，椰子酒、葡萄酒、仙花、仙果，真个是合家欢乐！咦！贯通一姓身归本，只待荣迁仙箓名。毕竟不知怎生结果，居此界终始如何，且听下回分解。

《西游记》第三回
导读

1. 极端天才人物总不安分

闹龙宫、闹地府、闹天宫是对孙悟空性格淋漓尽致地展示。极端天才的人物总不安分，总不按常规办事，总不守通常大家都遵守的规则，认为自己无所不能、什么事也办得到。孙悟空就是如此。这三闹，一闹胜过一闹，越闹越出格，越闹越精彩。但三闹是不是都合理合情？却未必。至少闹龙宫的合法性就值得商榷。孙悟空在龙宫得到如意金箍棒及与之相称的美猴王服饰，却该叫做"空手套白狼"。因为固然传说中龙宫多宝，但龙王并不欠孙悟空的。孙悟空愣是将龙宫定海之宝变成自己的如意金箍棒。当然，也可以解释为宝贝是为孙悟空出世的。汪憺漪在《西游证道书》中说：《西游》一书总以心猿为主，而心猿又以如意棒为主，心猿非如意棒不能施展。如意棒能大能小，能长能短，倏而绣花针，倏而复为柱，神明变化似乎一一与心猿相配而成。"此猴既称天生圣人，则此棒亦可称天生圣物。"这样理解闹龙宫的意义也还大体说得过去。

2. 闹龙宫创造标志性武器和服装

孙悟空进龙宫其实是去"拉赞助"。他循序渐进、先礼后兵。一开始先对巡海夜叉瞎吹"吾乃花果山天生圣人孙悟空，是你老龙王的紧邻"。紧邻当然不错，但"天生圣人"岂不是自封？几句话，唬得憨厚的东海龙王带着龙子龙孙、虾兵蟹将出迎，尊称孙悟空"上仙"，请进宫上茶。接着，孙悟空自吹有"无生无灭之体"，因需要兵器，"久闻贤邻瑶宫贝阙，必有多余神器，特来告求一件"。话说得多得体？还许诺：给了兵器，他付款！当然是空头支票。一万三千五百斤重的神铁变成孙悟空的如意金箍棒，该向龙王"一一奉价"了吧？人家早忘到九霄云外了！一个字不提"按价付款"，还得寸进尺要披挂。东海龙王推托没有，孙悟空死活赖着东海龙王要披挂。不给，就用刚到手的如意金箍棒跟龙王"试试此铁"！东海龙王只好招集另外三海的龙王兄弟，共同资助不讲理的"花果山甚么天生圣人"。悟空将金冠、金甲、云履穿戴停当，使动如意棒，扬长而去！众龙王吓得目瞪口呆，气得吹胡子瞪眼。闹龙宫有什么道理？尽可以讨论，而闹龙宫的结果是孙悟空有了标志性的武器和标志性的服装，这一点对中国文学不管是小说还是戏剧都至关重要。

3. 闹冥府是开天辟地头一回

孙悟空有了称心的武器，遨游四海，广交朋友，走邨传箸，讲文论武，日子过得正舒心，没想到地府的勾魂使者来了。孙悟空一棒将勾魂使者打成肉酱，一路棒打进幽冥府，唬得牛头鬼东躲西藏，马面鬼南奔北跑。十代冥王整衣来看，叫着"上仙留名"。孙悟空教训冥王："汝等既登王位，乃灵显感应之类，为何不知好歹？我老孙修仙了道，与天齐寿，超升三界之外，跳出五行之中，为何着人拘我？"冥王在如意金箍棒前只好谎称："敢是那勾死人的错走了也？"孙悟空世事洞明，坚持要冥王拿生死簿看。果然看到生死簿上注着孙悟空的名字。孙悟空勾掉了自己和猴属之类的名字，捽下簿子道："了帐！了帐！今番不伏你管了！"一路棒打出幽冥界。

自从"阎罗殿"出现在古代文学作品中以来，孙悟空闹冥府是开天辟地第一回，掌握他人命运者对被掌握者一筹莫展。孙悟空闹冥府，说明须菩提的长生不老术不灵。真灵的，是如意金箍棒。闹地府体现了斗争哲学。斗则胜，则存，则回花果山称王称霸；不斗，则败，则亡，则在阴冷的地府参与轮回。

传说中，十殿阎罗决定世间万物的生死，孙悟空居然抢着如意金箍棒打上阎罗殿，这是多么大胆的造反精神！孙悟空闹冥府被研究者赋予各种美妙评论，比如，"他的英雄行为，恰恰是对那表面上神圣庄严世界的强烈反抗"。(李希凡语)孙悟空闹地府被解析为反抗社会公认的神权。在《西游记》产生的时代，人们相信宗教迷信，相信人死后有鬼神，相信幽冥界有十殿阎罗、判官、小鬼，相信地狱无奇不有的惩罚：上刀山、下油锅……这种迷信观念成为一种威慑力量，迫使老百姓听天由命，将自己的一切不幸归之于前世罪孽深重，直到20世纪鲁迅先生笔下的祥林嫂，仍是反映这种精神枷锁的深刻典型。而孙悟空闹地府，表现出神猴的大无畏精神，吓得十殿阎罗惟命是从，是对阴森恐怖的阴曹地府、凶恶狰狞的阎罗王的嘲笑。这是乐观精神，当然，是理想主义的。

4. 天宫其实是人世倒影

孙悟空闹龙宫、闹冥府的结果是龙王和冥王告到玉帝那儿了。平心而论，龙王、冥王该不该告？该告。告的有没有道理？有。龙王和冥王奏本，对孙悟空的所作所为有无夸大造谣、栽赃陷害？一概没有。龙王奏表对孙悟空的描述堪称生动传神。如果说孙悟空到龙宫仅犯个"抢"字，无非是龙王丢了些财物；闹地府，却是对传统秩序的极大破坏。玉帝不能不管。然而他刚想出手，天宫怀柔派出来掣肘了。

　　人神一理。人世间出现造反者时，台阁重臣总会出现两派意见，一曰"胡萝卜派"，一曰"大棒派"。《西游记》天宫像世间朝廷的倒影，也有两派。太白金星是"胡萝卜派"的领军人物。他建议玉帝降一道招安圣旨，把孙悟空招来上界，"授他一个大小官职，与他籍名在箓，拘束此间；若受天命，再后升赏；若违天命，就此擒拿。一则不动众劳师，二则收仙有道也"。这是息事宁人的办法，玉帝照单全收。看来此翁得过且过，不那么奋发有为，并不管他治下的秩序有没有受到破坏。

第三回　四海千山皆拱伏　九幽十类尽除名（节选）

却说美猴王荣归故里，自剿了混世魔王，夺了一口大刀。逐日操演武艺，教小猴砍竹为标，削木为刀，治旗幡，打哨子，一进一退，安营扎寨①，顽耍多时。忽然静坐处，思想道："我等在此，恐作要成真，或惊动人王，或有禽王、兽王认此犯头，说我们操兵造反，兴师来相杀，汝等都是竹竿木刀，如何对敌？须得锋利剑戟方可。如今奈何？"众猴闻说，个个惊恐道："大王所见甚长，只是无处可取。"正说间，转上四个老猴，两个是赤尻马猴，两个是通背猿猴，走在面前道："大王，若要治锋利器械，甚是容易。"悟空道："怎见容易？"四猴道："我们这山，向东去，有二百里水面，那厢乃傲来国界。那国界中有一位王，满城中军民无数，必有金银铜铁等匠作。大王若去那里，或买或造些兵器，教演我等，守护山场，诚所谓保泰长久之机也。"悟空闻说，满心欢喜道："汝等在此顽耍，待我去来。"

好猴王，即纵筋斗云，霎时间过了二百里水面。果见那厢有座城池，六街三市，万户千门，来来往往，人都在光天化日之下。悟空心中想道："这里定有现成的兵器，我待下去买他几件，还不如使个神通觅他几件倒好。"他就捻起诀来，念动咒语，向巽地上吸一口气，呼的吹将去，便是一阵狂风，飞沙走石②，好惊人也。

---

① 孙悟空是个天生的军事家，有统帅癖。他剿了混世魔王，就教小猴扯起旗子，安营扎寨，俨然人世绿林好汉。但他又担心禽王、兽王来伐，所以到傲来国搞兵器。

② 孙悟空念动咒语，飞沙走石，慌得三街六市关门闭户。孙悟空到傲来国武库中，将刀、枪、剑、戟等十八般武器"尽数搬个馨净"。唤转狂风回本处。这番作为颇像他后来在西天取经路上剿灭的妖精。

炮云起处荡乾坤，黑雾阴霾大地昏。

江海波翻鱼蟹怕，山林树折虎狼奔。

诸般买卖无商旅，各样生涯不见人。

殿上君王归内院，阶前文武转衙门。

千秋宝座都吹倒，五凤高楼幌动根。

风起处，惊散了那傲来国君王，三市六街，都慌得关门闭户，无人敢走。悟空才按下云头，径闯入朝门里。直寻到兵器馆、武库中，打开门扇，看时，那里面无数器械：刀、枪、剑、戟、斧、钺、毛、镰、鞭、钯、挝、简、弓、弩、叉、矛，件件俱备。一见甚喜道："我一人能拿几何？还使个分身法搬将去罢。"好猴王，即拔一把毫毛，入口嚼烂，喷将出去，念动咒语，叫声："变！"变做千百个小猴，都乱搬乱抢：有力的拿五七件，力小的拿三二件，尽数搬个罄净。径踏云头，弄个摄法，唤转狂风，带领小猴，俱回本处。

却说那花果山大小猴儿，正在那洞门外顽要，忽听得风声响处，见半空中，丫丫叉叉，无边无岸的猴精，唬得都乱跑乱躲。少时，美猴王按落云头，收了云雾，将身一抖，收了毫毛，将兵器都乱堆在山前①，叫道："小的们！都来领兵器！"众猴看时，只见悟空独立在平阳之地，俱跑来叩

---

① 孙悟空这套作为，除了念咒语、刮狂风、毫毛变"战士"的神奇外，像极了《水浒传》中水泊梁山好汉安营扎寨、攻城掠县、打家劫舍。怪不得有论者说后来孙悟空被天官收编，是"农民起义被招安"了。

头问故。悟空将前使狂风、搬兵器一应事说了一遍。众猴称谢毕，都去抢刀夺剑，挝斧争枪，扯弓扳弩，吆吆喝喝，耍了一日。

次日，依旧排营。悟空会聚群猴，计有四万七千馀口。早惊动满山怪兽，都是些狼、虫、虎、豹、麖、鹿、獐、犯、狐、狸、獾、貉、狮、象、狻猊、猩猩、熊、鹿、野豕、山牛、羚羊、青兕、狡儿、神獒……各样妖王，共有七十二洞，都来参拜猴王为尊。每年献贡，四时点卯。也有随班操演的，也有随节征粮的，齐齐整整，把一座花果山造得似铁桶金城。各路妖王，又有进金鼓，进彩旗，进盔甲的，纷纷攘攘，日逐家习舞兴师。

美猴王正喜间，忽对众说道："汝等弓弩熟谙，兵器精通，奈我这口刀着实椰榄^①，不遂我意，奈何？"四老猴上前启奏道："大王乃是仙圣，凡兵是不堪用；但不知大王水里可能去得？"悟空道："我自闻道之后，有七十二般地煞变化之功；筋斗云有莫大的神通；善能隐身遁身，起法摄法；上天有路，入地有门；步日月无影，入金石无碍；水不能溺，火不能焚。那些儿去不得？"四猴道："大王既有此神通，我们这铁板桥下，水通东海龙宫。大王若肯下去，寻着老龙王。问他要件甚么兵器，却不趁心？"悟空闻言甚喜道："等我去来。"

好猴王，跳至桥头，使一个闭水法，捻着诀，扑的钻入波中，分开水路，径入东洋海底。正行间，

①椰榄，意思是笨拙，不趁手。孙悟空未得金箍棒之前，抢来混世魔王这把刀，魔大器小，自然不堪使用。此外孙悟空的武器似乎只有"猴毛"可使用。打混世魔王用一次，搬武器又用一次，程咬金的三斧子已经用了两斧，孙悟空如果第三次用毫毛，大概读者就没有看下去的兴致，孙悟空必须去龙宫寻宝，如意金箍棒急待出世。

忽见一个巡海的夜叉，挡住问道："那推水来的，是何神圣？说个明白，好通报迎接。"悟空道："我乃花果山天生圣人①孙悟空，是你老龙王的紧邻，为何不识？"那夜叉听说，急转水晶宫传报道："大王，外面有个花果山天生圣人孙悟空，口称是大王紧邻，将到宫也。"东海龙王敖广即忙起身，与龙子、龙孙、虾兵、蟹将出宫迎道："上仙请进，请进。"直至宫里相见，上坐献茶毕，问道："上仙几时得道，授何仙术？"悟空道："我自生身之后，出家修行，得一个无生无灭之体。近因教演儿孙，守护山洞，奈何没件兵器。久闻贤邻享乐瑶宫贝阙，必有多馀神器，特来告求一件。"龙王见说，不好推辞，即着鳜都司②取出一把大捍刀奉上。悟空道："老孙不会使刀，乞另赐一件。"龙王又着鲌大尉，领鳝力士，抬出一捍九股叉来。悟空跳下来，接在手中，使了一路，放下道："轻！轻！轻！又不趁手！再乞另赐一件。"龙王笑道："上仙，你不曾看这叉，有三千六百斤重哩！"悟空道："不趁手！不趁手！"龙王心中恐惧，又着鯿提督、鲤总兵抬出一柄画杆方天戟。那戟有七千二百斤重。悟空见了，跑近前接在手中，丢几个架子，撒两个解数，插在中间道："也还轻！轻！轻！"老龙王一发害怕道："上仙，我宫中只有这根戟重，再没甚么兵器了。"悟空笑道："古人云：'愁海龙王没宝哩！'你再去寻寻看。若有可意的，一一奉价③。"龙王道："委的再无。"

正说处，后面闪过龙婆、龙女道："大王，观看此圣，决非小可。我们这海藏中，那一块天河

---

① "天生圣人，如此名号从何处得来？亘古亘今，不可有两。"（汪憺漪《西游证道书》）

② 虾兵、蟹将、鳜都司、鲌大尉、鳝力士、鯿提督、鲤总兵……一概是水族角色，不知有没有鳖宰相？吴承恩写天上神仙，水中精灵，神仙有神仙的社会关系，精灵有精灵的团团伙伙，作家总能信手拈来，妙趣横生。

③ 听听！人家可是说如果给了武器就付款呢！

定底的神珍铁，这几日霞光艳艳，瑞气腾腾，敢莫是该出现，遇此圣也？"龙王道："那是大禹治水之时，定江海浅深的一个定子，是一块神铁，能中何用？"龙婆道："莫管他用不用，且送与他，凭他怎么改造，送出宫门便了。"老龙王依言，尽向悟空说了。悟空道："拿出来我看。"龙王摇手道："扛不动！抬不动！须上仙亲去看看。"悟空道："在何处？你引我去。"龙王果引导至海藏中间，忽见金光万道。龙王指定道："那放光的便是。"悟空撩衣上前，摸了一把，乃是一根铁柱子，约有斗来粗，二丈有馀长。他尽力两手挝过道："忒粗忒长些！再短细些方可用。"说毕，那宝贝就短了几尺，细了一围。悟空又颠一颠道："再细些更好！"那宝贝真个又细了几分。悟空十分欢喜，拿出海藏看时，原来两头是两个金箍，中间乃一段乌铁；紧挨箍有镌成的一行字，唤做"如意金箍棒"，重一万三千五百斤①。心中暗喜道："想必这宝贝如人意！"

---

① 中国古代第一神魔自当使用中国古代第一神器。重一万三千五百斤！按常理得用起重机吊起，但孙悟空可以舞动得像风车一般，还可以变成一根绣花针藏到耳朵里。作家的巧思，令人眼花缭乱。

一边走，一边心思口念，手颤着道："再短细些更妙！"拿出外面，只有二丈长短，碗口粗细。

你看他弄神通，丢开解数，打转水晶宫里，唬得老龙王胆战心惊，小龙子魂飞魄散；龟鳖鼋鼍皆缩颈，鱼虾鳌蟹尽藏头。悟空将宝贝执在手中，坐在水晶宫殿上。对龙王笑道："多谢贤邻厚意。"龙王道："不敢，不敢。"悟空道："这块铁虽然好用，还有一说。"龙王道："上仙还有甚说？"悟空道："当时若无此铁，倒也罢了；如今手中既拿着他，身上更无衣服相趁，奈何？你这里若有披挂，索性送我一副，一总奉谢①。"龙王道："这个却是没有。"悟空道："'一客不犯二主。'若没有，我也定不出此门。"龙王道："烦上仙再转一海，或者有之。"悟空又道："'走三家不如坐一家。'千万告求一副。"龙王道："委的没有；如有即当奉承。"悟空道："真个没有，就和你试试此铁！"龙王慌了道："上仙，切莫动手！切莫动手！待我看舍弟处可有，当送一副。"悟空道："令弟何在？"龙王道："舍弟乃南海龙王敖钦、北海龙王敖顺、西海龙王敖闰是也。"悟空道："我老孙不去！不去！俗语谓'赊三不敌见二②'，只望你随高就低的送一副便了。"老龙道："不须上仙去。我这里有一面铁鼓，一口金钟；凡有紧急事，擂得鼓响，撞得钟鸣，舍弟们就顷刻而至。"悟空道："既是如此，快些去擂鼓撞钟！"真个那鼋将便去撞钟，鳖帅即来擂鼓。

①"一总奉谢"自然又是说说而已。孙悟空在整部《西游记》中，使唤了无数神佛，啥时谢过？说句"有劳""聒噪"就算他的感谢了。人生在世，遇到孙悟空这种"高邻"，那就算倒八辈子霉了。

②"一客不犯二主""走三家不如坐一家""赊三不敌见二"，孙悟空满嘴都是市井俗话，不知道这位出身于花果山的猴王是从哪儿学的。吴承恩用世俗语言写神异故事，使得那些天马行空的人物和情节充满谐趣。

少时，钟鼓响处，果然惊动那三海龙王①，须臾来到，一齐在外面会着。敖钦道："大哥，有甚紧事，擂鼓撞钟？"老龙道："贤弟！不好说！有一个花果山甚么天生圣人，早间来认我做邻居，后要求一件兵器，献钢叉嫌小，奉画戟嫌轻。将一块天河定底神珍铁，自己拿出手，丢了些解数。如今坐在宫中，又要索甚么披挂。我处无有，故响钟鸣鼓，请贤弟来。你们可有甚么披挂，送他一副，打发出门去罢了。"敖钦闻言，大怒道："我兄弟们，点起兵，拿他不是！"老龙道："莫说拿！莫说拿！那块铁，挽着些儿就死，磕着些儿就亡；挨挨儿皮破，擦擦儿筋伤！"西海龙王敖闰说："二哥不可与他动手；且只凑副披挂与他，打发他出了门，启表奏上上天，天自诛也。"北海龙王敖顺道："说的是。我这里有一双藕丝步云履哩。"西海龙王敖闰道："我带了一副锁子黄金甲哩。"南海龙王敖钦道："我有一顶凤翅紫金冠哩。"老龙大喜，引入水晶宫相见了，以此奉上。悟空将金冠、金甲、云履都穿戴停当，使动如意棒，一路打出去，对众龙道："聒噪，聒噪！"四海龙王甚是不平，一边商议进表上奏不题。

你看这猴王，分开水道，径回铁板桥头，撺将上来，只见四个老猴，领着众猴，都在桥边等候。忽然见悟空跳出波外，身上更无一点水湿，金灿灿的②，走上桥来。唬得众猴一齐跪下道："大王，好华彩耶！好华彩耶！"悟空满面春风，高登宝座，将铁棒竖在当中。那些猴不知好歹，都来拿那宝贝，

---

① 《西游记》有个严整有序的"龙网"。凡有水的地方就有龙王，海有海龙王，河有河龙王，潭有潭龙王，井有井龙王。各类龙王都跟西天取经产生联系。唐僧的坐骑白马原是西海龙王之子；西海龙王的妹夫泾河龙王和算命先生打赌，错行雨数，被玉帝斩杀；泾河龙子成了阻挡西天取经的黑水河鼍龙……围绕西天取经，散落在各个章回的龙结成一张"龙网"，东海龙王敖广可以算得上"龙首"。千头万绪、千丝万缕、千奇百怪！不知在什么不经意的地方，就会冒出点儿与龙有关的"龙事纠纷""龙情瓜葛"。成为《西游记》非常好看的章节。

② 孙悟空的经典造型之一。美猴王头戴凤翅紫金冠，身穿锁子黄金甲，腰系蓝田玉带，脚蹬藕丝步云履。在戏剧里美猴王常多出元帅配戴的"雉鸡翎"。这是"战神＋领导者"的造型，是孙悟空及如意金箍棒最有神采的一次亮相。

却便似蜻蜓撼铁树，分毫也不能禁动。一个个咬指伸舌道："爷爷呀！这般重，亏你怎的拿来也！"悟空近前，舒开手，一把挝起，对众笑道："物各有主。这宝贝镇于海藏中，也不知几千百年，可可的今岁放光。龙王只认做是块黑铁，又唤做天河镇底神珍。那厮每都扛抬不动，请我亲去拿之。那时此宝有二丈多长，斗来粗细；被我挝他一把，意思嫌大，他就小了许多；再教小些，他又小了许多；再教小些，他又小了许多；急对天光看处，上有一行字，乃'如意金箍棒，一万三千五百斤。'你都站开，等我再叫它变一变着。"他将那宝贝颠在手中，叫："小！小！小！"即时就小做一个绣花针儿相似，可以搋在耳朵里面藏下。众猴骇然，叫道："大王！还拿出来耍耍！"猴王真个去耳朵里拿出，托放掌上叫："大！大！大！"即又大做斗来粗细，二丈长短。他弄到欢喜处，跳上桥，走出洞外，将宝贝搋在手中，使一个法天象地的神通，把腰一躬，叫声"长！"他就长的高万丈，头如泰山，腰如峻岭，眼如闪电，口似血盆，牙如剑戟；手中那棒，上抵三十三天，下至十八层地狱，把些虎豹狼虫，满山群怪，七十二洞妖王，都唬得磕头礼拜，战兢兢魄散魂飞。霎时收了法象，将宝贝还变做个绣花针儿，藏在耳内，复归洞府。慌得那各洞妖王，都来参贺。

此时遂大开旗鼓，响振铜锣。广设珍馐百味，满斟椰液萄浆，与众饮宴多时。却又依前教演。猴王将那四个老猴封为健将；将两个赤尻马猴唤做马、流二元帅；两个通背猿猴唤做崩、芭二将军①。

---

① 元帅封在"健将"之后且是红屁股（赤尻），将军叫个"崩、芭"，是与"哼哈二将"对应，还是故意与"从下部出矣"的不雅之声相谐？猴儿不伦不类、令人喷饭的封官许愿，把人乐晕！《西游记》"复善谐剧"，信手点染，妙趣横生。

将那安营下寨、赏罚诸事，都付与四健将维持。他放下心，日逐腾云驾雾，遨游四海，行乐千山。施武艺，遍访英豪；弄神通，广交贤友。此时又会了个七弟兄，乃牛魔王、蛟魔王、鹏魔王、狮驼王、猕猴王、猢狲王，连自家美猴王七个。日逐讲文论武，走斝传觞，弦歌吹舞，朝去暮回，无般儿不乐。把那万里之遥，只当庭闱之路，所谓点头径过三千里，扭腰八百有馀程。

一日，在本洞分付四健将安排筵宴，请六王赴饮，杀牛宰马，祭天享地，着众怪跳舞欢歌，俱吃得酩酊大醉。送六王出去，却又赏犒大小头目，敲在铁板桥边松阴之下，霎时间睡着。四健将领众围护，不敢高声。只见那美猴王睡里见两人拿一张批文，上有"孙悟空"三字，走近身，不容分说，套上绳，就把美猴王的魂灵儿索了去，踉踉跄跄，直带到一座城边。猴王渐觉酒醒，忽抬头观看，那城上有一铁牌，牌上有三个大字，乃"幽冥界①"。美猴王顿然醒悟道："幽冥界乃阎王所居，何为到此？"那两人道："你今阳寿该终，我两人领批，勾你来也。"猴王听说，道："我老孙超出三界外，不在五行中，已不伏他管辖，怎么朦胧，又敢来勾我？"那两个勾死人只管扯扯拉拉，定要拖他进去。这猴王恼起性来，耳朵中掣出宝贝，幌一幌，碗来粗细；略举手，把两个勾死人打为肉酱。自解其索，丢开手，轮着棒，打入城中。唬得那牛头鬼东躲西藏，马面鬼南奔北跑，众鬼卒奔上森罗殿，报着："大王！祸事！祸事！外面有一个毛脸雷公，打将来了！"

---

① 幽冥界是古代传说中人死后聚集的地方。汉乐府《蒿里》："蒿里谁家地？聚敛魂魄无贤愚。"所有鬼魂都要聚集到蒿里，也就是聚集到泰山，归泰山山王"领导"。佛教传入中国后，地狱概念有了较大改变。宋代后，有了更完备的鬼魂之都酆都城，有天子殿、鬼门关、阴阳界、奈河桥、十王殿、东西地狱、无常殿等，幽冥界构造更繁富。《西游记》沿用这类传统模式，但增加了一些新的内容。

慌得那十代冥王急整衣来看，见他相貌凶恶，即排下班次，应声高叫道："上仙留名！上仙留名！"猴王道："你既认不得我，怎么差人来勾我？"十王道："不敢！不敢！想是差人差了。"猴王道："我本是花果山水帘洞天生圣人孙悟空。你等是甚么官位？"十王躬身道："我等是阴间天子十代冥王。"孙悟空道："快报名来，免打！"十王道："我等是秦广王、初江王、宋帝王、仵官王、阎罗王、平等王、泰山王、都市王、卞城王、转轮王。"悟空道："汝等既登王位，乃灵显感应之类，为何不知好歹？我老孙修仙了道，与天齐寿，超升三界之外，跳出五行之中，为何着人拘我？"十王道："上仙息怒。普天下同名同姓者多，敢是那勾死人错走了也？"悟空道："胡说！胡说！常言道：'官差吏差，来人不差。'你快取生死簿子来我看！"十王闻言，即请上殿查看。

　　悟空执着如意棒，径登森罗殿上，正中间南面坐下[1]。十王即命掌案的判官取出文簿来查。那判官不敢怠慢，便到司房里，捧出五六簿文书并十类簿子，逐一查看。裸虫、毛虫、羽虫、昆虫、鳞介之属，俱无他名。又看到猴属之类，原来这猴似人相，不入人名；似裸虫，不居国界；似走兽，不伏麒麟管；似飞禽，不受凤凰辖[2]。另有个簿子，悟空亲自检阅，直到那魂字一千三百五十号上，方注着孙悟空名字，乃天产石猴，该寿三百四十二岁，善终。悟空道："我也不记寿数几何，且只消了名字便罢！取笔过来！"那判官慌忙捧笔，饱掭浓墨。悟空拿过簿子，把猴属之类，但有名者，

---

[1] 这就是中国俗话："鬼都怕恶人。"按照中国小说的传统描写，幽冥界的阎罗王决定着世间万物的生死，孙悟空面前的阎罗王却在如意金箍棒面前一筹莫展。孙悟空执着如意棒，正中间南面坐下，俨然成了幽冥界的"临时主宰"。真可谓"金箍棒里出政权"了。

[2] 张书绅《新说西游记》："写龙宫已难，写地府更难。以一回之内，兼写两处，且俱足是绝世奇文，读之云峰峙立，雪浪千层，不惟文章别开生面，即读者心中，亦若果有一地府龙宫，如亲历其境者，真乃前代所不见，传奇之所绝无者。真乃妙笔，真乃奇文。"

一概勾之。捽下簿子道："了帐！了帐！今番不伏你管了！"一路棒，打出幽冥界。那十王不敢相近，都去翠云宫，同拜地藏王菩萨①，商量启表，奏闻上天，不在话下。

这猴王打出城中，忽然绊着一个草纥挞，跌了个踉跄，猛的醒来，乃是南柯一梦。才觉伸腰，只闻得四健将与众猴高叫道："大王，吃了多少酒，睡这一夜，还不醒来？"悟空道："睡还小可，我梦见两个人，来此勾我，把我带到幽冥界城门之外，却才醒悟。是我显神通，直嚷到森罗殿，与那十王争吵，将我们的生死簿子看了，但有我等名号，俱是我勾了，都不伏那厮所辖也。"众猴磕头礼谢。自此，山猴多有不老者，以阴司无名故也。美猴王言毕前事，四健将报知各洞妖王，都来贺喜。不几日，六个义兄弟，又来拜贺；一闻销名之故，又个个欢喜，每日聚乐不题。

却表启那个高天上圣大慈仁者玉皇大天尊玄穹高上帝，一日，驾坐金阙云宫灵霄宝殿，聚集文武仙卿早朝之际，

---

① 冥府的"领导"是地藏王菩萨。鬼王归神佛领导，地藏王菩萨是神佛界在幽冥界的钦差大臣。

忽有丘弘济真人启奏道："万岁，通明殿外，有东海龙王敖广进表，听天尊宣诏。"玉皇传旨：着宣来。敖广宣至灵霄殿下，礼拜毕。旁有引奏仙童，接上表文。玉皇从头看过。表曰[①]：

> 水元下界东胜神洲东海小龙臣敖广启奏大天圣主玄穹高上帝君：近因花果山生、水帘洞住妖仙孙悟空者，欺虐小龙，强坐水宅，索兵器，施法施威；要披挂，骋凶骋势。惊水族，唬走龟鼍。南海龙战战兢兢，西海龙凄凄惨惨，北海龙缩首归降，臣敖广舒身下拜，献神珍之铁棒，凤翅之金冠，与那锁子甲、步云履，以礼送出。他仍弄武艺，显神通，但云"聒噪！聒噪！"果然无敌，甚为难制。臣今启奏，伏望圣裁。恳乞天兵，收此妖孽，使海岳清宁，下元安泰。奉奏。

圣帝览毕，传旨："着龙神回海，朕即遣将擒拿。"老龙王顿首谢去。下面又有葛仙翁天师启奏道："万岁，有冥司秦广王赍奉幽冥教主地藏王菩萨表文进上。"旁有传言玉女，接上表文，玉皇亦从头看过。表曰：

> 幽冥境界，乃地之阴司。天有神而地有鬼，阴阳轮转；禽有生而兽有死，反复雌雄。生生化化，

---

① 龙宫上表不知道出自哪位水族之手？写得简练精彩，把孙悟空闹龙宫的经过及其代表性的动作和语言"聒噪"生动表达出来了。如实陈述，唯有对四海龙王的神情形容略有夸张。倒颇像老吏断狱，针针见血。

孕女成男，此自然之数，不能易也^①。今有花果山水帘洞天产妖猴孙悟空，逞恶行凶，不服拘唤。弄神通，打绝九幽鬼使；恃势力，惊伤十代慈王。大闹森罗，强销名号。致使猴属之类无拘，猕猴之畜多寿；寂灭轮回，各无生死。贫僧具表，冒渎天威。伏乞调遣神兵，收降此妖，整理阴阳，永安地府^②。谨奏。

玉皇览毕，传旨："着冥君回归地府，朕即遣将擒拿。"秦广王亦顿首谢去。

大天尊宣众文武仙卿，问曰："这妖猴是几年产育，何代出身，却就这般有道？"一言未已，班中闪出千里眼、顺风耳道："这猴乃三百年前天产石猴。当时不以为然，不知这几年在何方修炼成仙，降龙伏虎，强销死籍也。"玉帝道："那路神将下界收伏？"言未已，班中闪出太白长庚星，俯伏启奏道："上圣三界中，凡有九窍者，皆可修仙。奈此猴乃天地育成之体，日月孕就之身，他也顶天履地，服露餐霞；今既修成仙道，有降龙伏虎之能，与人何以异哉？臣启陛下，可念生化之慈恩，降一道招安圣旨，把他宣来上界，授他一个大小官职，与他籍名在箓，拘束此间；若受天命，后再升赏；若违天命，就此擒拿。一则不动众劳师，二则收仙有道也。"玉帝闻言甚喜，道："依卿所奏。"即着文曲星官修诏，着太白金星招安。

---

① 地藏王菩萨居然雄辩滔滔，为地府的"功能"做要言不繁的解说。

② 阴司的报告对孙悟空的"劣行"也并未夸大其词。

金星领了旨，出南天门外，按下祥云，直至花果山水帘洞。对众小猴道："我乃天差天使，有圣旨在此，请你大王上界。快快报知！"洞外小猴，一层层传至洞天深处，道："大王，外面有一老人，背着一角文书，言是上天差来的天使，有圣旨请你也。"美猴王听得大喜，道："我这两日，正思量要上天走走，却就有天使来请。"叫："快请进来！"猴王急整衣冠，门外迎接①。金星径入当中，面南立定道："我是西方太白金星，奉玉帝招安圣旨下界，请你上天，拜受仙箓。"悟空笑道："多感老星降临。"教："小的们！安排筵宴款待。"金星道："圣旨在身，不敢久留；就请大王同往，待荣迁之后，再从容叙也。"悟空道："承光顾，空退！空退！"即唤四健将，分付："谨慎教演儿孙，待我上天去看看路，却好带你们上去同居住也。"四健将领诺。这猴王与金星纵起云头，升在空霄之上。正是那：高迁上品天仙位，名列云班宝箓中。毕竟不知授个甚么官爵，且听下回分解。

---

① 太白金星受到美猴王的热诚欢迎。喜气洋洋，谦逊和气，美猴王如此见不得世面？一个可能的天宫官职，就把美猴王收服啦？孙悟空"强烈的叛逆精神"哪儿去了？看来美猴王也未能免俗，有点儿"官本位"思想。其实这完全符合社会绝大部分人的心理。吴承恩在第三回回末用两句诗透露了孙悟空确实想当官的心思："高迁上品天仙位，名列云班宝箓中。"

《西游记》第四回
导读

1. 桀骜不驯造反者初上天宫

美猴王进入南天门，宛如几百年后曹雪芹笔下的刘姥姥进大观园。南天门用宝玉砌成，进入天门，几根大柱上缠绕着金鳞耀日的赤须龙；长桥上盘旋着彩羽凌空的丹顶凤；三十三座天宫吞金隐兽，七十二重宫殿列玉麒麟；寿星台上有千年不谢的名花；炼丹炉旁有万载常青的瑞草；星辰灿烂，金壁辉煌。来到灵霄宝殿，金钉攒玉户，彩凤舞朱门，天妃悬掌扇，玉女捧仙巾……看过玉帝的排场，花果山水帘洞实在没可比性啦。

孙悟空见玉帝的应答，被说成桀骜不驯的造反精神。其实孙悟空来见玉帝求官，哪还说得上造反精神？孙悟空见玉帝还颇有涵养，当初十殿冥王恭称他"上仙"，他照样拿大棒奔主位坐；玉帝叫他"妖仙"，分明是蔑视性的称呼，他却老老实实站在玉阶下"躬身答应"。众仙卿对"老孙便是"大惊小怪，其实孙悟空能躬身回答已太不容易！孙悟空对冥王和玉帝为何不同？只因求人低三分，对冥王他必须拼命，否则就没命；对玉帝，他来求官。凡头脑中有"名利"难免直不起腰！照孙悟空在森罗殿的蛮悍作风，叫他"野猴"的众仙卿早该打成肉酱。孙悟空非但没挥舞金箍棒，还在众仙卿的"胁持"下，向玉帝唱大喏。为什么？因为有乌纱帽的诱惑。孙悟空见玉帝求官，太有趣，也太有现实性了。

2. 弼马温是孙悟空心中永远的痛

玉帝给孙悟空封的官，地球人都知道叫"弼马温"。

对应明代官场，弼马温对应御马监。这是多大的官儿？

正四品，相当于知府，相当高级、风光、有权势的官儿。

明代宦官专权，二十四衙门中，司礼监和御马监最有权势。司礼监代皇帝审批内阁奏章，与内阁同掌机要，人称"内相"；御马监与兵部共执兵权，有内廷"枢府"之称。御马监还管理皇家草场、皇庄，与户部分理财政，成为明朝廷的"内当家"。特务组织西厂，也由御马监宦官担任提督，与司礼监宦官担任提督的东厂分庭抗礼，占国家安全局半壁江山。御马监统领的禁兵在京军中很重要。明代正德时兵部尚书许进曾说："名虽养马，实为禁兵，防奸御侮，关系重大。"2013年南京天隆寺内挖出明代南京御马监太监黄海的墓志铭。黄海以八十二岁高龄出任南京御马监太监，可见"御马监"多重要。

按说，玉帝将一只野猴封为弼马温，就像未参加过科举考试的书生突然被任命为知府，一步登天。然而现实中权势滔天的御马监被小说家调侃性消解变异了。第七回，玉帝向如来解释孙悟空为什么大闹天宫时提到：他给孙悟空封的官是"御马监弼马温"，明代四品官名"御马监"直接出现，为什么玉帝还要叠床架屋，在"御马监"之后加上个"弼马温"作为孙悟空封号？这是小说家诚心拿美猴王开涮！

孙悟空做弼马温却做得兢兢业业。他会了监丞、监副、典薄、力士等，把御马监管理得井井有条：点明马数，征备草料，监管刷洗马匹、饮水喂料，昼夜不睡，滋养马匹，夜间把马赶起来吃草，将天马养得肉肥膘满。谁能说孙悟空不尽职、不敬业？刚到天宫的孙悟空还是想做个"好官"的，如果这个官足够大的话。孙悟空初到任不知自己是什么级别，"只在御马监中玩耍"，待他知道弼马温根本算不上什么官时，立即火冒三丈，推倒正在宴请他的案子，拿出如意金箍棒，一路打出南天门去了。

孙悟空反出天宫是因为"造反精神"？是嫌官小。

从此"弼马温"三字成为孙悟空心中永远的痛。就像阿Q因为癞痢头，忌讳说"光""亮"，孙悟空最讨厌别人揪"弼马温"这个小辫子。在西天取经路上，只要出现"弼马温"三字，必然伴随一段段令人喷饭的情节。各路妖魔知道什么话最能伤害美猴王的自尊心：只要提"弼马温"，就是"哪把壶不开提哪把"，孙悟空肯定暴跳如雷！愚笨如猪八戒，也知道什么话最能戳痛美猴王的神经，当他需要贬低、嘲笑、惹恼孙悟空时，就叫"弼马温"。孙悟空气急败坏，猪八戒开心不已。而各路有正经脾气的神仙，如龙王、寿星等，总用"大圣"客气地尊称孙悟空。

3. 玉帝用齐天大圣虚衔忽悠猴王

"齐天大圣"是鬼王给孙悟空戴的高帽，孙悟空拿来做封号。

天兵天将打上门来。玉帝封托塔李天王为"降魔大元帅"，封哪吒三太子为三坛海会大神，带着天兵天将杀向花果山。轮着宣花斧的巨灵神率先上阵，大骂孙悟空是"欺心的猢狲"。按说心高气傲的孙悟空还不得一棒将巨灵神捣成肉酱？孙悟空却要巨灵神"快早回天，对玉皇说：他甚不用贤！老孙有无穷的本事，为何教我替他养马？你看我这旌旗上的字号，若依此字号升官，我就不动刀兵"。巨灵神的斧柄被打做两截，逃回报信。孙悟空与哪吒三太子棋逢对手。这场恶斗煞是好看。两人不分胜负时，孙悟空来了个偷袭战：拔根毫毛变做自己模样与哪吒三太子对峙，猴头真身赶到哪吒身后，一棒打到其左臂，哪吒三太子负伤败阵。

　　托塔李天王和哪吒三太子回到天宫汇报，玉帝要"着众将即刻诛之"时，太白金星又建议玉帝"加他个空衔，有官无禄便了"。太白金星拍着胸脯对孙悟空做玉帝老儿的担保。猴王又乖乖随太白金星回了天宫。玉帝不再叫他"妖仙"，而是说："那孙悟空过来，今宣你做个'齐天大圣'，官品极矣，但切不可胡为。"孙悟空又被玉帝老儿忽悠了一把。

第四回　官封弼马心何足　名注齐天意未宁（节选）

那太白金星与美猴王，同出了洞天深处，一齐驾云而起。原来悟空的筋斗云比众不同，十分快疾，把个金星撇在脑后，先至南天门外。正欲收云前进，被增长天王领着庞、刘、苟、毕、邓、辛、张、陶①，一路大力天丁，刀枪剑戟，挡住天门，不肯放进。猴王道："这个金星老儿，乃奸诈之徒！既请老孙，如何教人动刀动枪，阻塞门路？"正嚷间，金星倏到。悟空就觌面发狠道："你这老儿，怎么哄我？被你说奉玉帝招安旨意来请，却怎么教这些人阻住天门，不放老孙进去？"金星笑道："大王息怒。你自来未曾到此天堂，却又无名，众天丁又与你素不相识，他怎肯放你擅入？等如今见了天尊，授了仙箓，注了官名，向后随你出入，谁复挡也？"悟空道："这等说，也罢，我不进去了。"金星又用手扯住道："你还同我进去。"

将近天门，金星②高叫道："那天门天将，大小吏兵，放开路者。此乃下界仙人，我奉玉帝圣旨，宣他来也。"那增长天王与众天丁俱才敛兵退避。猴王始信其言。同金星缓步入里观看。真个是：

初登上界，乍入天堂。金光万道滚红霓，瑞气千条喷紫雾。只见那南天门，碧沉沉，琉璃造就；明幌幌，宝玉妆成。两边摆数十员镇天元帅，一员员顶梁靠柱，持铣拥旄；四下列十数个金甲神人，一个个执戟悬鞭，持刀仗剑。外厢犹可，入内惊人：里壁厢有几根大柱，柱上缠绕着金

---

① 《西游记》中的天界，是对中国古代神话传说中的天庭和神佛描写的汇总和拼装，也是封建王朝的投影。天宫最外围为南天门，把门的是增长天王率领的一干将领。此后增长天王成为孙悟空的朋友，玩耍时输给孙悟空的磕睡虫，在蟠桃会等处都派上了用场。

② 太白金星似人世德高望重、与人为善者，也像朝廷上喜欢和稀泥的老臣，他给玉帝出"加空衔"的主意，当然是替玉帝着想，替天庭安宁着想，但太白金星算得上是孙悟空的挚友，在西天取经过程中多次主动给予帮助，还像长者一样提醒孙悟空如何为人处世。

鳞耀日赤须龙；又有几座长桥，桥上盘旋着彩羽凌空丹顶凤。明霞幌幌映天光，碧雾蒙蒙遮斗口。这天上有三十三座天宫，乃遣云宫、毗沙宫、五明宫、太阳宫、化乐宫……一宫宫脊吞金稳兽；又有七十二重宝殿，乃朝会殿、凌虚殿、宝光殿、天王殿、灵官殿……一殿殿柱列玉麒麟。寿星台上，有千千年不卸的名花；炼药炉边，有万万载常青的瑞草。又至那朝圣楼前，绛纱衣，星辰灿烂；芙蓉冠，金璧辉煌。玉簪珠履，紫绶金章。金钟撞动，三曹神表进丹墀；天鼓鸣时，万圣朝王参玉帝。又至那灵霄宝殿，金钉攒玉户，彩凤舞朱门。复道回廊，处处玲珑剔透；三檐四簇，层层龙凤翔翔。上面有个紫巍巍，明幌幌，圆丢丢，亮灼灼，大金葫芦顶；下面有天妃悬掌扇，玉女捧仙巾。恶狠狠，掌朝的天将；气昂昂，护驾的仙卿。正中间，琉璃盘内，放许多重重迭迭太乙丹；玛瑙瓶中，插几枝弯弯曲曲珊瑚树。正是天宫异物般般有，世上如他件件无。金阙银銮并紫府，琪花瑶草暨琼葩。朝王玉兔坛边过，参圣金乌着底飞。猴王有分来天境，不堕人间点污泥。[①]

太白金星领着美猴王到灵霄殿外。不等宣诏，直至御前，朝上礼拜。悟空挺身在旁，且不朝礼，但侧耳以听金星启奏。金星奏道："臣领圣旨，已宣妖仙到了。"玉帝垂帘问曰："那个是妖仙？"

[①]《山海经》、《神仙传》、唐传奇、宋元话本、古代戏剧所描写的天宫，在此处做了诗意化和谐趣性的归纳，写得诗情画意。

悟空却才躬身答应道："老孙便是①。"仙卿们都大惊失色道："这个野猴！怎么不拜伏参见，辄敢这等答应道：'老孙便是！'却该死了！该死了！"玉帝传旨道："那孙悟空乃下界妖仙，初得人身，不知朝礼，且姑恕罪。"众仙卿叫声："谢恩！"猴王却才朝上唱个大喏②。玉帝宣文选武选仙卿，看那处少甚官职，着孙悟空去除授。旁边转过武曲星君，启奏道："天宫里各宫各殿，各方各处，都不少官，只是御马监缺个正堂管事。"玉帝传旨道："就除他做个'弼马温③'罢。"众臣叫谢恩，他也只朝上唱个大喏。玉帝又差木德星官送他去御马监到任。

当时猴王欢欢喜喜，与木德星官径去到任。事毕，木德回宫。他在监里，会聚了监丞、监副、典簿、力士、大小官员等，查明本监事务，止有天马千匹。乃是：

骅骝骐骥，騄駬纤离；龙媒紫燕，挟翼骕骦，駃騠银騔，騕褭飞黄；駰骆翻羽，赤兔超光；逾辉弥景，腾雾胜黄；追风绝地，飞翩奔霄；逸飘赤电，铜爵浮云；骢珑虎㳠骊，绝尘紫鳞；四极大宛，八骏九逸，千里绝群：此等良马，一个个，嘶风逐电精神壮，踏雾登云气力长。

---

① 孙悟空猴精，他侧耳细听太白金星如何汇报，玉皇大帝如何封官。一刻不得安宁的猴儿居然能耐得住性子，看来"官"还是有吸引力的。"老孙"此后成为孙悟空习惯性的自报家门，在玉皇大帝面前也如此。

② "唱喏"是自己满意、向对方表示感谢的动作，即一边弯着腰拱手作揖，一边嘴里说着"是"或"喏"。"唱个大喏"或"唱个肥喏"就是腰弯得很低，感谢的声音很大。

③ 御马监正堂管事，是明代四品官，弼马温却是小说家胡诌的。"弼马温"谐音"避马瘟"。中国古代早就有在马厩养猴的传统，北魏贾思勰在《齐民要术》中说："常系猕猴于马坊，令马不畏避恶，息百病也。"明代李时珍《本草纲目》："马厩畜母猴避马瘟疫。"有记载具体操作是，养马人用母猴经血拌到草料中，可以避马瘟。天生石猴、天然无性的孙悟空居然跟母猴经血混为一谈！玉帝派孙悟空做弼马温简直是耍猴！但吴承恩将历史书如《穆天子传》《史记》等对古代名马八骏九逸的描绘，统统拿来综合并夸张地形容天马，写得生动。

这猴王查看了文簿，点明了马数。本监中典簿管征备草料；力士官管刷洗马匹、扎草、饮水、煮料；监丞、监副辅佐催办；弼马昼夜不睡，滋养马匹。日间舞弄犹可，夜间看管殷勤：但是马睡的，赶起来吃草；走的捉将来靠槽。那些天马见了他，泯耳攒蹄，都养得肉肥膘满。不觉的半月有馀。一朝闲暇，众监官都安排酒席，一则与他接风，一则与他贺喜。

　　正在欢饮之间，猴王忽停杯问曰："我这'弼马温'是个甚么官衔？"众曰："官名就是此了。"又问："此官是个几品？"众道："没有品从。"猴王道："没品，想是大之极也。"众道："不大，不大，只唤做'未入流'。"猴王道："怎么叫做'未入流'？"众道："末等。这样官儿，最低最小，只可与他看马。似堂尊到任之后，这等殷勤，喂得马肥，只落得道声'好'字；如稍有些尪羸，还要见责；再十分伤损，还要罚赎问罪。"猴王闻此，不觉心头火起，咬牙大怒道："这般藐视老孙！老孙在那花果山，称王称祖，怎么哄我来替他养马？养马者，乃后生小辈，下贱之役，岂是待我的？不做他！不做他！我将去也！"忽喇的一声，把公案推倒，耳中取出宝贝，幌一幌，碗来粗细，一路解数，直打出御马监，径至南天门。众天丁知他受了仙箓，乃是个弼马温，不敢阻当，让他打出天门去了。

　　须臾，按落云头，回至花果山上。只见那四健将与各洞妖王，在那里操演兵卒。这猴王厉声高叫道："小的们！老孙来了！"一群猴都来叩头，迎接进洞天深处，请猴王高登宝位，一壁厢办酒接风。都道："恭喜大王，上界去十数年，想必得意荣归也？"猴王道："我才半月有馀，那里有十数年？"众猴道："大王，你在天上，不觉时辰。天上一日，就是下界一年哩。请问大王，官居何职？"猴王摇手道："不好说！不好说！活活的羞杀人！那玉帝不会用人，他见老孙这般模样，封我做个甚么'弼马温'，原来是与他养马，未入流品之类。我初到任时不知，只在御马监中顽耍。及今日问我同寮，始知是这等卑贱。老孙心中大恼，推倒席面，不受官衔，因此走下来了。"众猴道："来得好！来得好！大王在这福地洞天之处为王，多少尊重快乐，怎么肯去与他做马夫？"教："小的们！快办酒来，与大王释闷。"

正饮酒欢会间，有人来报道："大王，门外有两个独角鬼王，要见大王。"猴王道："教他进来。"那鬼王整衣跑入洞中，倒身下拜。美猴王问他："你见我何干？"鬼王道："久闻大王招贤，无由得见；今见大王授了天箓，得意荣归，特献赭黄袍^①一件，与大王称庆。肯不弃鄙贱，收纳小人，亦得效犬马之劳。"猴王大喜，将赭黄袍穿起，众等欣然排班朝拜，即将鬼王封为前部总督先锋。鬼王谢恩毕，复启道："大王在天许久，所授何职？"猴王道："玉帝轻贤，封我做个甚么'弼马温'！"鬼王听言，又奏道："大王有此神通，如何与他养马？就做个'齐天大圣'，有何不可？"猴王闻说，欢喜不胜，连道几个"好！好！好！"教四健将："就替我快置个旌旗，旗上写'齐天大圣^②'四大字，立竿张挂。自此以后，只称我为齐天大圣，不许再称大王。亦可传与各洞妖王，一体知悉。"此不在话下。

---

①妖魔鬼怪亦如人世，有专门阿谀奉承者，独角鬼王就是这样的角色。但他起了重要作用，一是给孙悟空奉送一个"齐天大圣"的尊号，二是给孙悟空送上一件赭黄袍，这就使得孙悟空在龙宫披卦之外又多了一件大袍，是各类猴戏中都喜欢采用的。

②"齐天大圣"比"天生圣人"又自升几级！其实"齐天大圣"并没有什么实际意义，只是唬人的噱头。爱戴高帽的孙悟空却很得意，似乎只要有这么个名头，他就可以跟玉帝分庭抗礼了。

却说那玉帝次日设朝，只见张天师引御马监监丞、监副在丹墀下拜奏道："万岁，新任弼马温孙悟空，因嫌官小，昨日反下天宫去了。"正说间，又见南天门外增长天王领众天丁，亦奏道："弼马温不知何故，走出天门去了。"玉帝闻言，即传旨："着两路神元，各归本职，朕遣天兵，擒拿此怪。"班部中闪上托塔李天王与哪吒三太子，越班奏上道："万岁，微臣不才，请旨降此妖怪。"玉帝大喜，即封托塔天王李靖为降魔大元帅，哪吒三太子为三坛海会大神，即刻兴师下界。

　　李天王与哪吒叩头谢辞，径至本宫，点起三军，帅众头目，着巨灵神为先锋，鱼肚将掠后，药叉将催兵。一霎时出南天门外，径来到花果山。选平阳处安了营寨，传令教巨灵神挑战。巨灵神得令，结束整齐，轮着宣花斧①，到了水帘洞外。只见那洞门外，许多妖魔，都是些狼虫虎豹之类，丫丫叉叉，抢枪舞剑，在那里跳斗咆哮。这巨灵神喝道："那业畜！快早去报与弼马温知道，吾乃上天大将，奉玉帝旨意，到此收伏；教他早早出来受降，免致汝等皆伤残也。"那些怪，奔奔波波，传报洞中道："祸事了！祸事了！"猴王问："有甚祸事？"众妖道："门外有一员天将，口称大圣官衔，道：奉玉帝圣旨，来此收伏；教早早出去受降，免伤我等性命。"猴王听说，教："取我披挂来！"就戴上紫金冠，贯上黄金甲，登上步云鞋，手执如意金箍棒，领众出门，摆开阵势。这巨灵神睁睛观看，真好猴王：

_____

　　①吴承恩有意调侃，《隋唐演义》中程咬金的宣花斧成了巨灵神的武器，可惜连三斧子还没用上，
　　　就被孙悟空打得落花流水。

身穿金甲亮堂堂，头戴金冠光映映。

手举金箍棒一根，足踏云鞋皆相称。

一双怪眼似明星，两耳过眉查又硬。

挺挺身才变化多，声音响亮如钟磬。

尖嘴咨牙弼马温，心高要做齐天圣。

巨灵神厉声高叫道："那泼猴！你认得我么？"大圣听言，急问道："你是那路毛神？老孙不曾会你，你快报名来。"巨灵神道："我把你那欺心的猢狲！你是认不得我！我乃高上神霄托塔李天王部下先锋，巨灵天将！今奉玉帝圣旨，到此收降你。你快卸了装束，归顺天恩，免得这满山诸畜遭诛；若道半个'不'字，教你顷刻化为齑粉！"猴王听说，心中大怒道："泼毛神，休夸大口，少弄长舌！我本待一棒打死你，恐无人去报信；且留你性命，快早回天，对玉皇说：他甚不用贤①！老孙有无穷的本事，为何教我替他养马？你看我这旌旗上字号。若依此字号升官，我就不动刀兵，自然的天地清泰；如若不依，时间就打上灵霄宝殿，教他龙床定坐不成！"这巨灵神闻此言，急睁睛迎风观看，果见门外竖一高竿，竿上有旌旗一面，上写着"齐天大圣"四大字。巨灵神冷笑三声道："这泼猴，这等不知人事，辄敢无状，你就要做齐天大圣！好好的吃吾一斧！"劈头就砍将去。那猴王正是会

①孙悟空自视甚高，不仅以"能"自居，还以"贤"自许。他对小猴们说"玉帝不会用人"，对鬼王说"玉帝轻贤"，对巨灵神说玉帝"甚不用贤"，用的都是"天生圣人"口吻，戴的是"齐天大圣"高帽。他没把巨灵神一棒打死，就是让他"快去报信"，向玉帝汇报，给猴王安排更大一点的官。

家不忙，将金箍棒应手相迎。这一场好杀：

棒名如意，斧号宣花。他两个乍相逢，不知深浅；斧和棒，左右交加。一个暗藏神妙，一个大口称夸。使动法，喷云嗳雾；展开手，播土扬沙。天将神通就有道，猴王变化实无涯。棒举却如龙戏水，斧来犹似凤穿花。巨灵名望传天下，原来本事不如他：大圣轻轻抡铁棒，着头一下满身麻。

巨灵神抵敌他不住，被猴王劈头一棒，慌忙将斧架隔，挜抉的一声，把个斧柄打做两截，急撤身败阵逃生。猴王笑道："脓包！脓包！我已饶了你，你快去报信！快去报信！"

巨灵神回至营门，径见托塔天王，忙哈哈跪下道："弼马温果是神通广大！末将战他不得，败阵回来请罪。"李天王发怒道："这厮锉吾锐气，推出斩之！"旁边闪出哪吒太子①，拜告："父王息怒，且恕巨灵之罪，待孩儿出师一遭，便知深浅。"天王听谏，且教回营待罪管事。

这哪吒太子，甲胄齐整，跳出营盘，撞至水帘洞外。那悟空正来收兵，见哪吒来的勇猛。好太子：

总角才遮囟，披毛未苫肩。

---

① 哪吒三太子也是神话传说中著名的"正能量"小英雄。"哪吒闹海"的知名度不比孙悟空大闹天宫低。

神奇多敏悟，骨秀更清妍。

诚为天上麒麟子，果是烟霞彩凤仙。

龙种自然非俗相，妙龄端不类尘凡。

身带六般神器械，飞腾变化广无边。

今受玉皇金口诏，敕封海会号三坛。

　　悟空迎近前来问曰："你是谁家小哥？闯近吾门，有何事干？"哪吒喝道："泼妖猴！岂不认得我？我乃托塔天王三太子哪吒是也。今奉玉帝钦差，至此捉你。"悟空笑道："小太子，你的奶牙尚未退，胎毛尚未干，怎敢说这般大话？我且留你的性命，不打你。你只看我旌旗上是甚么字号，拜上玉帝：是这般官衔，再也不须动众，我自皈依；若是不遂我心，定要打上灵霄宝殿。"哪吒抬头看处，乃"齐天大圣"四字。哪吒道："这妖猴能有多大神通，就敢称此名号！不要怕！吃吾一剑！"悟空道："我只站下不动，任你砍几剑罢。"那哪吒奋怒，大喝一声，叫"变！"即变做三头六臂，恶狠狠，手持着六般兵器，乃是斩妖剑、砍妖刀、缚妖索、降妖杵、绣球儿、火轮儿，丫丫叉叉，扑面来打。悟空见了，心惊道："这小哥倒也会弄些手段！莫无礼，看我神通！"好大圣，喝声："变！"也变做三头六臂；把金箍棒幌一幌，也变做三条；六只手拿着三条棒架住。这场斗，真个是地动山摇，好杀也：

六臂哪吒太子，天生美石猴王，相逢真对手，正遇本源流。那一个蒙差来下界，这一个欺心闹斗牛。斩妖宝剑锋芒快，砍妖刀狠鬼神愁；缚妖索子如飞蟒，降妖大杵似狼头；火轮掣电烘烘艳，往往来来滚绣球。大圣三条如意棒，前遮后挡运机谋。苦争数合无高下，太子心中不肯休。把那六件兵器多教变，百千万亿照头丢。猴王不惧呵呵笑，铁棒翻腾自运筹。以一化千千化万，满空乱舞赛飞虹。唬得各洞妖王都闭户，遍山鬼怪尽藏头。神兵怒气云惨惨，金箍铁棒响飕飕。那壁厢，天丁呐喊人人怕；这壁厢，猴怪摇旗个个忧。发狠两家齐斗勇，不知那个刚强那个柔。

三太子与悟空各骋神威，斗了个三十回合。那太子六般兵，变做千千万万；孙悟空金箍棒，变做万万千千。半空中似雨点流星，不分胜负。原来那悟空手疾眼快，正在那混乱之时，他拔下一根毫毛，叫声："变！"就变做他的本相，手挺着棒，演着哪吒；他的真身，却一纵，赶至哪吒脑后，着左膊上一棒打来[①]。哪吒正使法间，听得棒头风响，急躲闪时，不能措手，被他着了一下，负痛逃走；收了法，把六件兵器，依旧归身，败阵而回。

那阵上李天王早已看见，急欲提兵助战。不觉太子倏至面前，战兢兢报道："父王！弼马温真个有本事！孩儿这般法力，也战他不过，已被他打伤膊也。"天王大惊失色道："这厮怎的神通，如何取胜？"太子道："他洞门外竖一竿旗，上写'齐天大圣'四字，亲口夸称，教玉帝就封他做齐天大圣，万事俱休；若还不是此号，定要打上灵霄宝殿哩！"天王道："既然如此，且不要与他相持，且去上界，将此言回奏，再多遣天兵，围捉这厮，未为迟也。"太子负痛，不能复战，故同天王回天启奏不题。

你看那猴王得胜归山，那七十二洞妖王与那六弟兄，俱来贺喜。在洞天福地，饮乐无比。他却对六弟兄说："小弟既称齐天大圣，你们亦可以大圣称之。"内有牛魔王忽然高叫道："贤弟言之有理，我即称做平天大圣。"蛟魔王道："我称做覆海大圣。"鹏魔王道："我称混天大圣。"狮狝王道："我称移山大圣。"猕猴王道："我称通风大圣。"猬狨王道："我称驱神大圣。"[②]此时七大圣自作自为，自称自号，耍乐一日，各散讫。

[①] 孙悟空战胜哪吒的招数，不够正大光明。但没办法，两军对阵，赢得战斗才是硬道理。

[②] 你也"大圣"我也"大圣"，七个魔王全部"大圣"，还不是那帮乌合之众换汤不换药？

却说那李天王与三太子领着众将，直至灵霄宝殿。启奏道："臣等奉圣旨出师下界，收伏妖仙孙悟空，不期他神通广大，不能取胜，仍望万岁添兵剿除。"玉帝道："谅一妖猴，有多少本事，还要添兵？"太子又近前奏道："望万岁赦臣死罪！那妖猴使一条铁棒，先败了巨灵神，又打伤臣臂膊。洞门外立一竿旗，上书'齐天大圣'四字，道是封他这官职，即便休兵来投；若不是此官，还要打上灵霄宝殿也。"玉帝闻言，惊讶道："这妖猴何敢这般狂妄！着众将即刻诛之。"正说间，班部中又闪出太白金星，奏道："那妖猴只知出言，不知大小。欲加兵与他争斗，想一时不能收伏，反又劳师。不若万岁大舍恩慈，还降招安旨意，就教他做个齐天大圣。只是加他个空衔，有官无禄便了[①]。"玉帝道："怎么唤做'有官无禄'？"金星道："名是齐天大圣，只不与他事管，不与他俸禄，且养在天壤之间，收他的邪心，使不生狂妄，庶乾坤安靖，海宇得清宁也。"玉帝闻言道："依卿所奏。"即命降了诏书，仍着金星领去。

金星复出南天门，直至花果山水帘洞外观看。这番比前不同，威风凛凛，杀气森森，各样妖精，无般不有。一个个都执剑拈枪，拿刀弄杖的，在那里咆哮跳跃。一见金星，皆上前动手。金星道："那众头目来！累你去报你大圣知之。吾乃上帝遣来天使，有圣旨在此请他。"众妖即跑入报道："外面有一老者，他说是上界天使，有旨意请你。"悟空道："来得好！来得好！想是前番来的那太白金星。

---

① 弯刀对着瓢切菜，用"虚高官衔"对付喜欢戴高帽的家伙，太白金星真是个心理学家！孙悟空虽然好大喜功，却心中没大有成算，没有什么级别概念。

那次请我上界，虽是官爵不堪，却也天上走了一次，认得那天门内外之路。今番又来，定有好意。"教众头目大开旗鼓，摆队迎接。大圣即带引群猴，顶冠贯甲，甲上罩了赫黄袍，足踏云履，急出洞门，躬身施礼，高叫道："老星请进，恕我失迎之罪。"

金星趋步向前，径入洞内，面南立着道："今告大圣，前者因大圣嫌恶官小，躲离御马监，当有本监中大小官员奏了玉帝。玉帝传旨道：'凡授官职，皆由卑而尊，为何嫌小①？'即有李天王领哪吒下界取战。不知大圣神通，故遭败北，回天奏道：'大圣立一竿旗，要做"齐天大圣"。'众武将还要支吾，是老汉力为大圣冒罪奏闻，免兴师旅，请大王授箓。玉帝准奏，因此来请。"悟空笑道："前番动劳，今又蒙爱，多谢！多谢！但不知上天可有此'齐天大圣'之官衔也？"金星道："老汉②以此衔奏准，方敢领旨而来；如有不遂，只坐罪老汉便是。"

悟空大喜，恳留饮宴不肯，遂与金星纵着祥云，到南天门外。那些天丁天将，都拱手相迎。径入灵霄殿下。金星拜奏道："臣奉诏宣弼马温孙悟空已到。"玉帝道："那孙悟空过来。今宣你做个'齐天大圣'，官品极矣，但切不可胡为。"这猴亦止朝上唱个喏，道声谢恩。玉帝即命工干

---

① 虚构一番玉帝的"官员循序渐进提拔经"，告诉孙悟空：你不是嫌官小而"躲离御马监"吗，玉帝说啦，"凡授官职，皆由卑而尊"，玉帝没有错，你着什么急啊？你在天宫等着慢慢往上升就是啦。

② 天宫地位那么高的太白金星居然自称"老汉"，好像他是长安街头卖吃食的似的！

官——张、鲁二班——在蟠桃园右首，起一座齐天大圣府，府内设个二司：一名安静司，一名宁神司③。司俱有仙吏，左右扶持。又差五斗星君送悟空去到任，外赐御酒二瓶，金花十朵，着他安心定志，再勿胡为。那猴王信受奉行，即日与五斗星君到府，打开酒瓶，同众尽饮。送星官回转本宫，他才遂心满意，喜地欢天，在于天宫快乐，无挂无碍。正是：仙名永注长生箓，不堕轮回万古传。毕竟不知向后如何，且听下回分解。

---

① 李卓吾评《西游记》："定要做齐天大圣，到底名根不断，所以还受人束缚，受人驱使。毕竟并此四字抹杀，方得自由自在。齐天大圣府设安静、宁神两司，极有深意。若能安静宁神，便是齐天大圣；若不能安静宁神，还是个猴王。读者大须着眼。"

《西游记》第五回
导读

大闹天宫是中国古代神魔小说最精彩的故事。孙悟空其实是三次大闹天宫，第一次反了天宫，跑回花果山，是嫌弼马温官小；第二次反了天宫，与天宫对打，是嫌待遇低；第三次反了天宫，是从老君炉里逃出，想动真格的，对玉帝取而代之。第五回写的是第二次大闹天宫，做了齐天大圣后的孙悟空搅黄蟠桃宴。汪憺漪《西游证道书》说，《西游记》笔墨纵横，在乱蟠桃登峰造极。孙悟空做了齐天大圣，已觉山穷水尽，忽出来蟠桃园，私赴蟠桃会偷吃仙酒仙肴，大醉信步，偏偏入老君宫丹房饱吃仙丹，逃回山洞又再次上天偷酒与小妖共享。"极力写心猿灵妙天纵，一至于此。""是作者绝大手笔，写得淋漓满志。"

1. 猴王搅黄蟠桃会

孙悟空知道弼马温没品级，说玉帝不会用人，反了天宫，他闹到"齐天大圣"封号再回天宫，玉帝越发不会用人了。居然命猴儿"权管那蟠桃园"。蟠桃既可解饿解馋，还能长生不老。孙悟空来个调虎离山计，把土地、力士等骗出园外，脱了冠服，爬上九千年一熟的大树，摘桃自在受用。王母派七衣仙子来摘桃办蟠桃会。变做小人睡在树上的孙悟空现出本相，逼问仙女来做甚？听说摘桃为王母办蟠桃大会，就将七仙女用定身法定住，自己去侦察。他骗赤脚大仙，玉帝旨意"先到通明殿演礼"，自己变做赤脚大仙模样奔赴瑶池。看到桌上龙肝凤髓诸般美味，嗅到酒香扑鼻，立即变毫毛为瞌睡虫，抛向准备宴会的服务人员。众人睡倒，猴王就着佳肴异品，酒缸酒瓮边，将给诸神仙准备的玉液琼浆、香醪佳酿痛喝一气，酩酊大醉后任情乱撞，到兜率天宫，将太上老君五个葫芦的金丹，像吃嘎崩豆一般吞到肚里。猴儿自知闯下大祸，逃回花果山，向猴群好一阵卖弄，又返回天宫，再次偷仙酒，来个花果山"仙酒会"。

　　从偷吃蟠桃，到偷喝仙酒，再到偷吃仙丹，孙悟空一路行来，离不开一个字：偷。但孙悟空与"三言二拍"小说中的市井神偷有本质不同。孙悟空从不曾以苟且之心求个人私利。他身上绝无铜臭气，对"俸禄""钱财""珠宝"等一般世人趋之若鹜的东西，无兴趣、无追求甚至"无概念"。孙悟空之偷，常出于口腹之欲，有趣好玩。如偷蟠桃，猴儿本嗜桃，是最原始的生存冲动。《西游记》是充满童话气息的神魔小说。孙悟空充满童心，儿童般天真，儿童般不知天高地厚。孙悟空之偷，像儿童恶作剧，通常是临时起意、顺手牵羊，除了对他太爱的蟠桃耍点儿心机，将随从调出园外，自己再去偷桃外，喝仙酒、吃金丹，都是误打误撞。更重要的是，孙悟空所偷的，都是神话故事中的幻想物品。人生不过百年，九千年一熟的蟠桃，谁见过？蟠桃宴的龙肝凤髓谁见过？当然是小说家虚构。玉帝能吃，王母能吃，如来佛能吃，孙猴子吃吃又何妨？有的专家将孙悟空之偷与"三言二拍"中的神偷类比，未免消解了美猴王的天性和谐趣。

2. 孙悟空踢天弄井显神通

第五回"乱蟠桃大圣偷丹",在铺写瑰丽天宫的同时,把孙悟空瞒天过海、踢天弄井的能耐充分展示出来:

一曰腾挪变化。偷完仙桃,孙悟空变做两寸长小人呆在蟠桃树的浓叶下休息,多惬意!偏偏这枝蟠桃上剩了个半红半白的桃子,被"青衣女用手扯下枝来,红衣女摘了",将猴王美梦惊醒。多富有情趣的巧合啊!

一曰定身法。孙悟空要到蟠桃会打听消息,念咒语,对众仙女说声"住!"仙女摆起美丽的pose,呆站在桃树之下一周天。

一曰瞌睡虫。孙悟空赶到蟠桃宴,嗅到天宫美酒的香味,拖不动腿了,但造酒师还在那儿忙活。怎么办?揪下几根毫毛嚼了,变成瞌睡虫,爬到那伙人脸上,个个酣睡,方便孙悟空大吃大喝。

一曰隐身法。搅了蟠桃宴,偷了老君仙丹,猴儿知道闯下弥天大祸,"从西天门,使个隐身法逃去"。

3. 十万天兵围困花果山

孙悟空这场祸事,导致十万天兵围攻花果山,成为古代小说令人百读不厌的章节。孙悟空大战天兵天将,令人眼花缭乱、目不暇接,好看煞!天宫武将倾巢而出,四大天王协同托塔李天王父子,点二十八宿、九曜星官、十二元辰、五方揭谛、四值功曹、东西星斗、南北二神、五岳四渎、普天星相，"停云降雾临凡世"，十万天兵布下十八架天罗地网，将花果山围得水泄不通。头一阵九曜星一个个败下阵来，李天王调四大天王与二十八宿出战，孙悟空派独角鬼王、七十二洞妖王迎敌，辰时布阵，杀到日落西山，鬼王和妖王都被天王捉走。孙悟空一条棒抵住了李天王父子和四大天王，再次祭起毫毛战，变出千百个大圣，挥动如意金箍棒，杀退哪吒和天王。美猴王越战越勇！上次大闹天宫，孙悟空与哪吒对阵，最后还得靠点儿阴招，从背后给哪吒一棒，这次正面作战，居然把哪吒父子一起打败，还顺带战胜了四大天王。

对阵者各奏凯歌：孙悟空胜了哪吒太子和五个天王；四大天王捉了鬼王和七十二洞妖王。"七十二洞妖王"中有没有牛魔王？从理论上讲，应该有。但第五回"反天宫诸神捉怪"天王们报功，"有拿住虎豹的，有拿住狮象的，有拿住狼虫狐狢的"，"牛"字没出现。孙悟空西天取经时，牛魔王再出江湖，是当年被捉又刑满释放，还是当年就逃出法网？不得而知。吴承恩不是写侦探小说的克里斯蒂，即便有小小破绽，也不足为奇。

第五回　乱蟠桃大圣偷丹　反天宫诸神捉怪（节选）

话表齐天大圣到底是个妖猴，更不知官衔品从，也不较俸禄高低，但只注名便了。那齐天府下二司仙吏，早晚伏侍，只知日食三餐，夜眠一榻，无事牵萦，自由自在。闲时节会友游宫，交朋结义。见三清，称个"老"字；逢四帝，道个"陛下"。与那九曜星、五方将、二十八宿、四大天王、十二元辰、五方五老、普天星相、河汉群神，俱只以弟兄相待，彼此称呼①。今日东游，明日西荡，云去云来，行踪不定。

一日，玉帝早朝，班部中闪出许旌阳真人②，颍囟启奏道："今有齐天大圣，无事闲游，结交天上众星宿，不论高低，俱称朋友。恐后闲中生事。不若与他一件事管，庶免别生事端。"玉帝闻言，即时宣诏。那猴王欣然而至，道："陛下，诏老孙有何升赏？"玉帝道："朕见你身闲无事，与你件执事。你且权管那蟠桃园，早晚好生在意。"大圣欢喜谢恩，朝上唱喏而退③。

他等不得穷忙，即入蟠桃园内查勘。本园中有个土地拦住，问道："大圣何往？"大圣道："吾奉玉帝点差，代管蟠桃园，今来查勘也。"那土地连忙施礼，即呼那一班锄树力士、运水力士、修桃力士、打扫力士都来见大圣磕头，引他进去。但见那：

---

① 孙悟空的"天官从政"生涯，让他认识了神仙界各种朋友，将来在他西天取经路上遭难时，这些神仙朋友都会伸出援手。

② 《西游记》对前辈作家创造的神话人物和故事信手拈来，为我所用。许旌阳真人为传说中的道教神，曾任旌阳令，后得道飞升。冯梦龙《警世通言·许旌阳铁树镇妖》演其故事。这位爱管闲事者引出了闹蟠桃趣事。

③ 玉帝昏庸之至、颟顸之极。派猴儿管桃园，何异于派山羊看守大白菜、派狼看守羊群？孙悟空两次被玉帝封官，"唱喏"而已，派他管蟠桃园，则"欢喜谢恩"。猴儿对封官和看园为何反映不同？其实再好理解不过：孙悟空终于得了个油水最大的美差！俗话说"猴子手里掉不了枣"，猴子手里更掉不了桃。

夭夭灼灼，棵棵株株。夭夭灼灼花盈树，棵棵株株果压枝。果压枝头垂锦弹，花盈枝上簇胭脂。时开时结千年熟，无夏无冬万载迟。先熟的，酡颜醉脸；还生的，带蒂青皮。凝烟肌带绿，映日显丹姿。树下奇葩并异卉，四时不谢色齐齐。左右楼台并馆舍，盈空常见罩云霓。不是玄都凡俗种，瑶池王母自栽培。

大圣看玩多时①，问土地道："此树有多少株数？"土地道："有三千六百株：前面一千二百株，花微果小，三千年一熟，人吃了成仙了道，体健身轻。中间一千二百株，层花甘实，六千年一熟，人吃了霞举飞升，长生不老。后面一千二百株，紫纹细核，九千年一熟，人吃了与天地齐寿，日月同庚。"大圣闻言，欢喜无任。当日查明了株树，点看了亭阁，回府。自此后，三五日一次赏玩，也不交友，也不他游。

　　一日，见那老树枝头，桃熟大半，他心里要吃个尝新。奈何本园土地、力士并齐天府仙吏紧随不便。忽设一计道："汝等且出门外伺候，让我在这亭上少憩片时。"那众仙果退。只见那猴王脱了冠服，爬上大树，拣那熟透的大桃，摘了许多，就在树枝上自在受用。吃了一饱，却才跳下树来，簪冠着服，唤众等仪从回府。迟三二日，又去设法偷桃，尽他享用。

　　一朝，王母娘娘设宴，大开宝阁，瑶池中做"蟠桃胜会"，即着那红衣仙女、青衣仙女、

---

　　①孙悟空大概馋得哈拉子都流下来了，却煞有介事地做起新官上任的调查。

素衣仙女、皂衣仙女、紫衣仙女、黄衣仙女、绿衣仙女，各顶花篮，去蟠桃园摘桃建会。七衣仙女直至园门首，只见蟠桃园土地、力士同齐天府二司仙吏，都在那里把门。仙女近前道："我等奉王母懿旨，到此摘桃设宴。"土地道："仙娥且住。今岁不比往年了，玉帝点差齐天大圣在此督理，须是报大圣得知，方敢开园。"仙女道："大圣何在？"土地道："大圣在园内，因困倦，自家在亭子上睡哩。"仙女道："既如此，寻他去来，不可迟误。"土地即与同进。寻至花亭不见，只有衣冠在亭，不知何往。四下里都没寻处。原来大圣耍了一会，吃了几个桃子，变做二寸长的个人儿，在那大树梢头浓叶之下睡着了。七衣仙女道："我等奉旨前来，寻不见大圣，怎敢空回？"旁有仙使道："仙娥既奉旨来，不必迟疑。我大圣闲游惯了，想是出园会友去了。"

汝等且去摘桃。我们替你回话便是。"那仙女依言，入树林之下摘桃。先在前树摘了二篮，又在中树摘了三篮；到后树上摘取，只见那树上花果稀疏，止有几个毛蒂青皮的。原来熟的都是猴王吃了。七仙女张望东西，只见向南枝上止有一个半红半白的桃子。青衣女用手扯下枝来，红衣女摘了，却将枝子望上一放。原来那大圣变化了，正睡在此枝，被他惊醒。大圣即现本相，耳朵里掣出金箍棒，幌一幌，碗来粗细，咄的一声道："你是那方怪物，敢大胆偷摘我桃！"慌得那七仙女一齐跪下道："大圣息怒。我等不是妖怪，乃王母娘娘差来的七衣仙女，摘取仙桃，大开宝阁，做'蟠桃胜会'。适至此间，先见了本园土地等神，寻大圣不见。我等恐迟了王母懿旨，是以等不得大圣，故先在此摘桃，万望恕罪。"大圣闻言，回嗔作喜①道："仙娥请起。王母开阁设宴，请的是谁？"仙女②道："上会自有旧规。请的是西天佛老、菩萨、圣僧、罗汉，南方南极观音，东方崇恩圣帝、十洲三岛仙翁，北方北极玄灵，中央黄极黄角大仙，这个是五方五老。还有五斗星君，上八洞三清、四帝、太乙天仙等众，中八洞玉皇、九垒、海岳神仙；下八洞幽冥教主、注世地仙。各宫各殿大小尊神③，俱一齐赴蟠桃嘉会。"大圣笑道："可请我么？"仙女道："不曾听得说。"大圣道："我乃齐天大圣，就

---

① 为什么"回嗔作喜"，原来称七仙女"怪物"也变成叫"仙娥"？此乃猴儿判断有场好饭局啦。孙悟空认为堂堂齐天大圣，玉帝亲口说"极品"，理当会受蟠桃邀请，还可以坐他个席尊。

② 七仙女当然知道孙悟空不在蟠桃会邀请范围内，一个看桃园的角色，连俸禄都没有的"官"，岂能参加高档宴会？七仙女先老老实实说没听说请齐天大圣，接着就强调是"上会旧规"。言外之意：您这位齐天大圣是上次蟠桃会之后封的官儿，这次有没有您？自己问去！天才小说家就是如此，即使完全"克里空"的小说，即使在小说里只露一面的角色，也会信笔一描，栩栩如生。七仙女就活像人世有修养、有家教、说话绝不得罪人的乖巧女孩。

③ 七仙子开出的"神界高级干部名单"，是中国神魔小说仙界的完备"档案"。而这些"高级干部"将在孙悟空大闹天宫、西天取经中纷纷登场。从这个名单来看，四海龙王似乎还进不去，大概只能算中层干部。玉帝的亲外甥二郎神也不在邀请名单中。

请我老孙做个席尊，有何不可？"仙女道："此是上会旧规，今会不知如何。"大圣道："此言也是，难怪汝等。你且立下，待老孙先去打听个消息，看可请老孙不请。"

好大圣，捻着诀，念声咒语，对众仙女道："住！住！住！"这原来是个定身法，把那七衣仙女，一个个睁睁睁睁，白着眼，都站在桃树之下。大圣纵朵祥云，跳出园内，径奔瑶池路上而去①。

正行时，只见那壁厢：

一天瑞霭光摇曳，五色祥云飞不绝。
白鹤声鸣振九皋，紫芝色秀分千叶。
中间现出一尊仙，相貌昂然丰采别。
神舞虹霓幌汉霄，腰悬宝篆无生灭。
名称赤脚大罗仙，特赴蟠桃添寿节。

那赤脚大仙觌面撞见大圣，大圣低头定计，赚哄真仙，他要暗去赴会，却问："老道何往？"大仙②道："蒙王母见招，去赴蟠桃嘉会。"大圣道："老道不知。玉帝因老孙筋斗云疾，着老孙五路邀请列位，

---

① 张书绅《新说西游记》："小人有小人的衬贴，不善有不善的排场。无所不至有无所不至的根据。实字刻画，虚字摩声，读此方知文章之别有一天。"

② 赤脚大仙是传说中道教散仙，云游四方，笑口常开，与人为善，双脚是其最有力的武器。一说八仙过海之中的蓝采和是其化身。《水浒传》写宋仁宗是赤脚大仙下凡。

先至通明殿下演礼，后方去赴宴。"①大仙是个光明正大之人，就以他的诳语作真。道："常年就在瑶池演礼谢恩，如何先去通明殿演礼，方去瑶池赴会？"无奈，只得拨转祥云，径往通明殿去了。

　　大圣驾着云，念声咒语，摇身一变，就变做赤脚大仙模样，前奔瑶池。不多时，直至宝阁，按住云头，轻轻移步，走入里面。只见那里：

　　　　琼香缭绕，瑞霭缤纷。瑶台铺彩结，宝阁散氤氲。凤翥鸾翔形缥缈，金花玉萼影浮沉。上排着九凤丹霞扆，八宝紫霓墩。五彩描金桌，千花碧玉盆。桌上有龙肝和凤髓，熊掌与猩唇。珍馐百味般般美，异果嘉肴色色新。

那里铺设得齐齐整整，却还未有仙来。这大圣点看不尽，忽闻得一阵酒香扑鼻；忽转头，见右壁厢长廊之下，有几个造酒的仙官，盘糟的力士，领几个运水的道人，烧火的童子，在那里洗缸刷瓮，已造成了玉液琼浆，香醪佳酿。大圣止不住口角流涎，就要去吃，奈何那些人都在这里。他就弄个神通，把毫毛拔下几根，丢入口中嚼碎，喷将出去，念声咒语，叫："变！"即变做几个瞌睡虫，奔在众人脸上。你看那伙人，手软头低，闭眉合眼，丢了执事，都去盹睡。大圣却拿了些百味八珍，

---

　　① 此猴惯会捣鬼。

佳肴异品，走入长廊里面，就着缸，挨着瓮，放开量，痛饮一番。吃勾了多时，酕醄醉了①。自揣自摸道："不好！不好！再过会，请的客来，却不怪我？一时拿住，怎生是好？不如早回府中睡去也。"

好大圣，摇摇摆摆，仗着酒，任情乱撞，一会把路差②了；不是齐天府，却是兜率天宫。一见了，顿然醒悟道："兜率宫是三十三天之上，乃离恨天太上老君之处，如何错到此间？——也罢！也罢！一向要来望此老，不曾得来，今趁此残步，就望他一望也好。"即整衣撞进去。那里不见老君，四无人迹。原来那老君与燃灯古佛在三层高阁朱陵丹台上讲道，众仙童、仙将、仙官、仙吏，都侍立左右听讲。这大圣直至丹房里面，寻访不遇，但见丹灶之旁，炉中有火。炉左右安放着五个葫芦，葫芦里都是炼就的金丹。大圣喜道："此物乃仙家之至宝。老孙自了道以来，识破了内外相同之理，也要炼些金丹济人，不期到家无暇；今日有缘，却又撞着此物，趁老子不在，等我吃他几丸尝新。"他就把那葫芦都倾出来，都吃了，如吃炒豆似的。

一时间丹满酒醒。又自己揣度道："不好！不好！这场祸，比天还大；若惊动玉帝，性命难存。走！走！走！不如下界为王去也！"他就跑出兜率天宫，不行旧路，从西天门，使个隐身法逃去。即按云头，回至花果山界。但见那旌旗闪灼，戈戟光辉，原来是四健将与七十二洞妖王，在那里演习武艺。大圣高叫道："小的们！我来也！"众怪丢了器械，跪倒道："大圣好宽心！丢下我等许久，不

①七仙女罗列那么多神灵，总得上百位吧，居然数不到齐天大圣？这对自诩得坐首席的孙悟空是多大的调侃和捉弄！原来"齐天大圣"跟"弼马温"没区别！俺老孙在天庭仍是没地位的小角色！太白金星和玉帝老儿联手忽悠了猴哥！那么好吧，既然你们不请爷，爷就自己请自己一把，提前把你们给仙界"知名人士"的美酒佳肴享用了！

②偏偏有此一差！差出更多趣事，差出无限奇文，不如此不见构思之佳、文字之妙。猴王闹蟠桃会，偷桃有吃桃之趣，偷酒有痛饮之趣，偷金丹则像顽童吃嘎嘣豆，作家写得如此花团锦簇、妙趣横生、雅俗共赏，真是神来之笔！

来相顾！"大圣道："没多时！没多时！"且说且行，径入洞天深处。四健将打扫安歇，叩头礼拜毕。俱道："大圣在天这百十年，实受何职？"大圣笑道："我记得才半年光景，怎么就说百十年话？"健将道："在天一日，即在下方一年也。"大圣道："且喜这番玉帝相爱，果封做'齐天大圣'，起一座齐天府，又设安静、宁神二司，司设仙吏侍卫。向后见我无事，着我待管蟠桃园。近因王母娘娘设'蟠桃大会'，未曾请我，是我不待他请，先赴瑶池，把他那仙品、仙酒，都是我偷吃了。走出瑶池，跟跟踉踉误入老君宫阙，又把他五个葫芦金丹也偷吃了。但恐玉帝见罪，方才走出天门来也。"

众怪闻言大喜。即安排酒果接风，将椰酒满斟一石碗奉上。大圣喝了一口，即咨牙俫嘴道："不好吃！不好吃！"崩、芭二将道："大圣在天宫，吃了仙酒、仙肴，是以椰酒不甚美口。常言道：'美不美，乡中水。'"大圣道："你们就是'亲不亲，故乡人。'①我今早在瑶池中受用时，见那长廊之下，有许多瓶罐，都是那玉液琼浆。你们都不曾尝着。待我再去偷他几瓶回来，你们各饮半杯，一个个也长生不老。"众猴欢喜不胜。大圣即出洞门，又翻一筋斗，使个隐身法，径至蟠桃会上。进瑶池宫阙，只见那几个造酒、盘糟、运水、烧火的，还鼾睡未醒。他将大的从左右胁下挟了两个，两手提了两个，即拨转云头回来，会众猴于洞中，就做个"仙酒会"，各饮了几杯，快乐不题。

却说那七衣仙女自受了大圣的定身法术，一周天方能解脱。各提花篮，回奏王母，说道："齐

---

① "美不美，乡中水""亲不亲，故乡人"，这类通俗小说的常用语居然出现在猴群之中，令人喷饭！

天大圣使术法困住我等，故此来迟。"王母问道："汝等摘了多少蟠桃？"仙女道："只有两篮小桃，三篮中桃。至后面，大桃半个也无，想都是大圣偷吃了。及正寻间，不期大圣走将出来，行凶拷打，又问设宴请谁。我等把上会事说了一遍，他就定住我等，不知去向。直到如今，才得醒解回来。"

王母闻言，即去见玉帝，备陈前事。说不了，又见那造酒的一班人，同仙官等来奏："不知甚么人，搅乱了'蟠桃大会'，偷吃了玉液琼浆，其八珍百味，亦俱偷吃了。"又有四个大天师来奏上："太上道祖来了。"玉帝即同王母出迎。老君朝礼毕，道："老道宫中，炼了些'九转金丹'，伺候陛下做'丹元大会'，不期被贼偷去，特启陛下知之。"玉帝见奏，悚惧。少时，又有齐天府仙吏叩头道："孙大圣不守执事，自昨日出游，至今未转，更不知去向。"玉帝又添疑思。只见那赤脚大仙又颎凶上奏道："臣蒙王母诏昨日赴会，偶遇齐天大圣，对臣言万岁有旨，着他邀臣等先赴通明殿演礼，方去赴会。臣依他言语，即返至通明殿外，不见万岁龙车凤辇，又急来此俟候。"玉帝越发大惊道："这厮假传旨意，赚哄贤卿，快着纠察灵官①缉访这厮踪迹！"

灵官领旨，即出殿遍访，尽得其详细。回奏道："搅乱天宫者，乃齐天大圣也。"又将前事尽诉一番。玉帝大恼。即差四大天王，协同李天王并哪吒太子，点二十八宿、九曜星官、十二元辰、五方揭谛、四值功曹、东西星斗、南北二神、五岳四渎、普天星相，共十万天兵，布一十八架天罗地网下界，去花果山围困，定捉获那厮处治。众神即时兴师，离了天宫。这一去，但见那：

---

①原来天界也得有纠察灵官！这位灵官早干什么去了！

黄风滚滚遮天暗，紫雾腾腾罩地昏。只为妖猴欺上帝，致令众圣降凡尘。四大天王，五方揭谛：四大天王权总制，五方揭谛调多兵。李托塔中军掌号，恶哪吒前部先锋。罗睺星为头检点，计都星随后峥嵘。太阴星精神抖擞，太阳星照耀分明。五行星偏能豪杰，九曜星最喜相争。元辰星子午卯酉，一个个都是大力天丁。五瘟五岳东西摆，六丁六甲左右行。四渎龙神分上下，二十八宿密层层。角亢氐房为总领，奎娄胃昴惯翻腾。斗牛女虚危室壁，心尾箕星个个能，井鬼柳星张翼轸，抢枪舞剑显威灵。停云降雾临凡世，花果山前扎下营①。

诗曰：

　　　　　天产猴王变化多，偷丹偷酒乐山窝。

　　　　　只因搅乱蟠桃会，十万天兵布网罗。

　　当时李天王传了令，着众天兵扎了营，把那花果山围得水泄不通。上下布了十八架天罗地网，先差九曜恶星出战。九曜即提兵径至洞外，只见那洞外大小群猴跳跃玩耍。星官厉声高叫道："那小妖！你那大圣在那里？我等乃上界差调的天神，到此降你这造反的大圣。教他快快来归降；若道半个'不'字，教汝等一概遭诛！"那小妖慌忙传入道："大圣，祸事了！祸事了！外面有九个凶神，口称上界差来的天神，收降大圣。"

---

① 四大天王、五方揭谛、五瘟五岳、六丁六甲、四渎龙神、二十八宿全部出动，又一次天界"兵力"总展示。

那大圣正与七十二洞妖王，并四健将分饮仙酒，一闻此报，公然不理道："'今朝有酒今朝醉，莫管门前是与非。'"说不了，一起小妖又跳来道："那九个凶神，恶言泼语，在门前骂战哩！"大圣笑道："莫采他。'诗酒且图今日乐，功名休问几时成。'"说犹未了，又一起小妖来报："爷爷！那九个凶神已把门打破，杀进来也！"大圣怒道："这泼毛神，老大无礼！本待不与他计较，如何上门来欺我？"即命独角鬼王，领帅七十二洞妖王出阵，"老孙领四健将随后"。那鬼王疾帅妖兵，出门迎敌，却被九曜恶星一齐掩杀，抵住在铁板桥头，莫能得出。

正嚷间，大圣到了。叫一声"开路！"掣开铁棒，幌一幌，碗来粗细，丈二长短，丢开架子，打将出来。九曜星那个敢抵，一时打退。那九曜星立住阵势道："你这不知死活的弼马温！你犯了十恶之罪，先偷桃，后偷酒，搅乱了蟠桃大会，又窃了老君仙丹，又将御酒偷来此处享乐，你罪上加罪，岂不知之？"大圣笑道："这几桩事，实有！实有！但如今你怎么？"九曜星道："吾奉玉帝金旨，帅众到此收降你，快早皈依！免教这些生灵纳命。不然，就蹦平了此山，掀翻了此洞也！"①大圣大怒道："量你这些毛神，有何法力，敢出浪言。不要走，请吃老孙一棒！"这九曜星一齐踊跃。那美猴王不惧分毫，轮起金箍棒，左遮右挡，把那九曜星战得筋疲力软，一个个倒拖器械，败阵而走，急入中军帐下，对托塔天王道："那猴王果十分骁勇！我等战他不过，败阵来了。"李天王即调

---

①打头阵的九曜星向花果山小妖宣布"到此降你这造反的大圣"，待把孙悟空从洞中激出来，却故意不叫"大圣"叫"弼马温"，专提美猴王"那把不开的壶"气他："你这不知死活的弼马温！"在天宫悠哉游哉做大圣时，孙悟空常与九曜星吃吃喝喝，"烂板凳高谈阔论"。听到酒友问罪，孙悟空几乎是快快乐乐承认："这几桩事，实有！实有！但如今你怎么？"言外之意：好兄弟，你好意思把老哥怎么的？听九曜星要踏平花果山，猴儿立即挥起金箍棒。昔日推杯换盏、称兄道弟，今日舞刀弄枪、你死我活！真没错了那句世俗老话：没有永恒的朋友，只有永恒的利益。

四大天王与二十八宿，一路出师来斗。大圣也公然不惧，调出独角鬼王、七十二洞妖王与四个健将，就于洞门外列成阵势。你看这场混战好惊人也：

> 寒风飒飒，怪雾阴阴。那壁厢旌旗飞彩，这壁厢戈戟生辉。滚滚盔明，层层甲亮。滚滚盔明映太阳，如撞天的银磬；层层甲亮砌岩崖，似压地的冰山。大捍刀，飞云掣电，楮白枪，度雾穿云。方天戟，虎眼鞭，麻林摆列；青铜剑，四明铲，密树排阵。弯弓硬弩雕翎箭，短棍蛇矛挟了魂。大圣一条如意棒，翻来复去战天神。杀得那空中无鸟过，山内虎狼奔；扬砂走石乾坤黑，播土飞尘宇宙昏。只听兵兵扑扑惊天地，煞煞威威振鬼神①。

这一场自辰时布阵，混杀到日落西山。那独角鬼王与七十二洞妖怪，尽被众天神捉拿去了，止走了四健将与那群猴，深藏在水帘洞底。这大圣一条棒，抵住了四大天王与托塔天王、哪吒太子，俱在半空中，——杀戮多时，大圣见天色将晚，即拔毫毛一把，丢在口中，嚼碎了，喷将出去，叫声"变！"就变了千百个大圣，都使的是金箍棒，打退了哪吒太子，战败了五个天王。

大圣得胜，收了毫毛，急转身回洞，早又见铁板桥头，四个健将，领众叩迎那大圣，哽哽咽

---

① 既是想象的战场，也有真实的成分，有鬼神界的寒风飒飒、怪雾阴阴，也有普通战场使用的各类武器，大捍刀、楮白枪、方天戟、虎眼鞭、弯弓硬弩、短棍蛇矛，亦真亦幻，煞是好看。

咽大哭三声，又嘻嘻哈哈大笑三声。大圣道："汝等见了我，又哭又笑，何也？"四健将道："今早帅众将与天王交战，那七十二洞妖王与独角鬼王，尽被众神捉了，我等逃生，故此该哭。这见大圣得胜回来，未曾伤损，故此该笑。"大圣道："胜负乃兵家之常。古人云：'杀人一万，自损三千。'况捉了去的头目乃是虎豹、狼虫、獾獐、狐狢之类，我同类者未伤一个，何须烦恼[①]？他虽被我使个分身法杀退，他还要安营在我山脚下。我等且紧紧防守，饱食一顿，安心睡觉，养养精神。天明看我使个大神通，拿这些天将，与众报仇。"四将与众猴将椰酒吃了几碗，安心睡觉不题。

那四大天王收兵罢战，众各报功：有拿住虎豹的，有拿住狮象的，有拿住狼虫狐狢的，更不曾捉着一个猴精。当时果又安辕营，下大寨，赏犒了得功之将，吩咐了天罗地网之兵，各个提铃喝号，围困了花果山，专待明早大战。各人得令，一处处谨守。此正是：妖猴作乱惊天地，布网张罗昼夜看。毕竟天晓后如何处治，且听下回分解。

[①] 猴王差矣！"我同类者未伤一个，何须烦恼？"什么话？不像话！与美猴王同仇敌忾共患难的狼虫虎豹被捉，猴王居然如此不在意，猴王太不够朋友了！还没成多大气候，就搞起嫡派、庶派，如何顾全大局、统御宇内？虽有"战神"气质，却缺"领袖气概"，尤其缺少包容万象的品格。看来，美猴王还在成长，尚待磨练。

《西游记》第六回
导读

1. 观音举荐二郎神

花果山紧锣密鼓战斗时，观音菩萨见了玉帝，给玉帝举荐神通广大的二郎真君。二郎真君对战胜孙悟空很有把握：不要李天王等天兵天将帮助；我输给孙悟空，由兄弟们帮助；我胜了孙悟空，由兄弟们捆绑；只须托塔李天王在空中用照妖镜照住孙悟空不让他逃脱就成。

有当代作家总结自己的创作经验时说：把好人做坏人写，把坏人做好人写。这样的总结颇有哲理。其实，好人好到像天使，坏人坏到头顶长疮脚底流脓，"三突出""高大全"是"文革"时的创作规则。中国古代作家早就懂得写人物要写出丰富性、复杂性、多面性，写出立体雕塑感，不要简单化、脸谱化，即便神魔小说创造神话形象也如此。孙悟空、猪八戒都是所谓"有缺点的好人"或"有缺点的英雄"。哪吒三太子和二郎真君都与正面"男一号"孙悟空斗个你死我活，他们同样堂堂正正、体体面面、风风光光，他们身上同样也有"正能量"。读者看着他们与孙悟空斗法，只觉得好看、好玩、有趣，似乎并不觉得他们是什么"黑恶势力"的帮凶。《西游记》最有趣的地方在于，朋友和敌人说不定什么时候就互相转换，朋友成了敌人，敌人成了朋友。哪吒三太子和二郎真君现在受玉皇大帝调遣与孙悟空打得天崩地裂，将来孙悟空西天取经时，哪吒三太子、二郎真君乃至玉皇大帝都会成为对他鼎力帮助的友邦。

2. 空前绝后的精彩战斗

在千奇百怪的天庭武将中，"心高不认天家眷，性傲归神住灌江"的二郎真君最帅气秀美、武艺超群。孙悟空跟二郎真君的战斗堪称古代神魔小说、神话、童话从未有过的精彩战斗和经典战斗。孙悟空跟二郎真君大战二百个回合不分胜负。二郎真君摇身一变，变得身高万丈，青面獠牙，两手举着像华山之峰的三尖两刃锋砍向孙悟空；孙悟空变得跟二郎真君身躯面目一样，举着像昆仑擎天柱一样的如意金箍棒，抵挡二郎真君。天兵天将被他们吓得战战兢兢，使不得刀剑。二郎真君的梅山六兄弟趁乱将花果山群猴捉了两三千。孙悟空见众猴惊散，不再恋战，想溜号，被梅山六兄弟拦住，只好玩起变动物的小儿科，没想到二郎真君玩得比他还高明：

孙悟空变麻雀，二郎真君变饿鹰；

孙悟空变大鹚老，二郎真君变大海鹤；

孙悟空入涧变鱼，二郎真君变鱼鹰儿；

孙悟空变水蛇，二郎真君变灰鹤……

不管孙悟空变什么动物，二郎真君总是棋高一着，能变出立即可咬死他、啄死他、吞吃他的生物链"上线动物"。两将对阵，却幻化出光怪陆离的"动物世界"，天上飞的，水中游的，一物降一物，一鸟治一鸟。中国古代任何战争描写中，可曾有过如此别开生面的斗法？可曾见过如此这般的"鸟来鹰啄、蛇来鹤吞"！战神之战变动物混战，眼花缭乱，奇哉异哉，情趣盎然，妙趣横生，令人拍案叫绝。

孙悟空所变的鸟被二郎真君的弹弓击中，滚下山变做土地庙，口齿做门板，舌头变菩萨，眼睛变窗棂。二郎真君寻到山下，不见了孙悟空变的鸟，看到座怪异的土地庙，心想"我也曾见庙宇，更不曾见一个旗竿竖在后面的"。当然是猴儿尾巴，"断是这畜牲弄喧"。二郎真君宣布捣门踢扇，猴王立即跳到空中不见了。李天王照妖镜发现：美猴王跑到二郎真君庙了！孙悟空变成二郎神的样子在灌江口理起政来，"坐中间盘点香火"，"见李虎拜还的三牲，张龙许下的保福，赵甲求子的文书，钱丙告病的良愿"，偷闲忙里，煞有介事，有趣！

3. 奇想奔驰却个性突出

这些描写当然是神话，是天马行空的想象。但人物个性非常突出且符合其"出身"，孙悟空和二郎真君都有惊天动地、神鬼莫测之本领，都擅长变化，但孙悟空始终有"野猴"的生物特性，不管怎么变，总有根猴子尾巴，变成庙宇时不伦不类地将旗杆竖在庙后头，为二郎真君识破。正因为原是野猴，才不在乎什么名声不名声，连鸟儿也可以变。玉帝外甥却得讲点儿自尊。你变成鸟我就显本相用弹弓打。孙悟空跑到二郎庙并顽童般宣布"庙宇已经姓孙了"，作者写紧张激烈的战斗，不忘开玩笑。搞笑搞得巧妙，出人意料又情理之中。在古今中外的小说作品中，大概找不出第二个孙悟空大战二郎真君这样好看、好玩，充满妙趣谐趣的段落了。

　　孙悟空和二郎真君半雾半云杀回花果山。玉帝、观音、太上老君从南天门观战，商量如何偷袭孙悟空。观音菩萨要用杨柳净瓶打孙悟空以助二郎真君一臂之力。太上老君说，你那个净瓶是瓷器，碰到金箍棒就碎了，还是我来吧。太上老君好不容易炼了那么多金丹，都被孙悟空当零食吃了，敲猴儿一下子很合理。老君拿出金钢琢：锟钢抟炼，还丹点成，水火不侵，能套诸物……金钢琢打中孙悟空天灵，跌了一跤；二郎真君的哮天犬照腿肚子上咬一口，又跌一跤；"被七圣一拥按住，即将绳索捆绑，使勾刀穿了琵琶骨，再不能变化"。一件当年保护老子过函谷关的兵器，一条细犬，七位凶神恶煞的战将，总算捉住齐天大圣。

第六回　观音赴会问原因　小圣施威降大圣（节选）

　　且不言天神围绕，大圣安歇。话表南海普陀落伽山大慈大悲救苦救难灵感观世音菩萨[①]，自王母娘娘请赴蟠桃大会，与大徒弟惠岸行者，同登宝阁瑶池，见那里荒荒凉凉，席面残乱；虽有几位天仙，俱不就座，都在那里乱纷纷讲论。菩萨与众仙相见毕，众仙备言前事。菩萨道："既无盛会，又不传杯，汝等可跟贫僧去见玉帝。"众仙怡然随往。至通明殿前，早有四大天师、赤脚大仙等众，俱在此迎着菩萨，即道玉帝烦恼，调遣天兵，擒怪未回等因。菩萨道："我要见见玉帝，烦为转奏。"天师邱弘济，即入灵霄宝殿，启知宣入。时有太上老君在上，王母娘娘在后。

　　菩萨引众同入里面，与玉帝礼毕，又与老君、王母相见，各坐下，便问："蟠桃盛会如何？"玉帝道："每年请会，喜喜欢欢，今年被妖猴作乱，甚是虚邀也。"菩萨道："妖猴是何出处？"玉帝道："妖猴乃东胜神洲傲来国花果山石卵化生的。当时生出，即目运金光，射冲斗府。始不介意，继而成精，降龙伏虎，自削死籍。当有龙王、阎王启奏。朕欲擒拿，是长庚星启奏道：'三界之间，凡有九窍者，可以成仙。'朕即施教育贤，宣他上界，封为御马监弼马温官。那厮嫌恶官小，反了天宫。即差李天王与哪吒太子收降，又降诏抚安，宣至上界，就封他做个'齐天大圣'，只是有官无禄。他因没事干，东游西荡。朕又恐别生事端，着他待管蟠桃园。他又不遵法律，将老树大桃，尽行偷吃。及至设会，他乃无禄人员[②]，不曾请他；他就设计赚哄赤脚大仙，却自变他相貌入会，将仙肴仙酒尽偷吃了，又偷老君仙丹，又偷御酒若干，去与本山众猴享乐。朕心为此烦恼，故调十万天兵，天罗地网收伏。这

[①] 观音菩萨是《西游记》中基本贯穿始终，与"男一号"孙悟空交往最多的柔美形象。在孙悟空大闹天宫，玉帝束手无策时，是观音菩萨举荐了二郎神，演出了惊天动地的"小圣施威降大圣"。是观音菩萨执行如来法旨挑选取经人、组建取经团队。西天取经路上，遇到各种各样的妖精，观音菩萨出来帮助次数最频繁、为孙悟空排忧解难最多。观音菩萨是《西游记》塑造的非常成功的形象。张含章《通易西游正旨》："观音乃一部西游要紧脉络。"民间有谚："西游记，大实话，没办法，搬菩萨。"

[②] 天庭因为一份小小的俸禄惹下如此泼天大祸！孙猴子这场大闹天宫大概是古今中外闹得最轰轰烈烈的了。

一日不见回报，不知胜负如何。"

菩萨闻言，即命惠岸行者道："你可快下天宫，到花果山，打探军情如何。如遇相敌，可就相助一功，务必的实回话。"惠岸行者整整衣裙，执一条铁棍，驾云离阙，径至山前。见那天罗地网，密密层层，各营门提铃喝号，将那山围绕的水泄不通。惠岸立住，叫："把营门的天丁，烦你传报：我乃李天王二太子木叉①，南海观音大徒弟惠岸，特来打探军情。"那营里五岳神兵，即传入辕门之内。早有虚日鼠、昴日鸡、星日马、房日兔，将言传到中军帐下。李天王发下令旗，教开天罗地网，放他进来。此时东方才亮。惠岸随旗进入，见四大天王与李天王下拜。拜讫，李天王道："孩儿，你自那厢来者？"惠岸道："愚男随菩萨赴蟠桃会，菩萨见胜会荒凉，瑶池寂寞，引众仙并愚男去见玉帝。玉帝备言父王等下界收伏妖猴，一日不见回报，胜负未知，菩萨因命愚男到此打听虚实。"李天王道："昨日到此安营下寨，着九曜星挑战，被这厮大弄神通，九曜星俱败走而回。后我等亲自提兵，那厮也排开阵势。我等十万天兵，与他混战至晚，他使个分身法战退。及收兵查勘时，止捉得些狼虫虎豹之类，不曾捉得他半个妖猴。今日还未出战。"

说不了，只见辕门外有人来报道："那大圣引一群猴精，在外面叫战。"②四大天王与李天王并太子正议出兵。木叉道："父王，愚男蒙菩萨吩咐，下来打探消息，就说若遇战时，可助一功。今

---

① 居然是位天宫官二代！《西游记》神佛和妖精之间也是盘根错结、联络有亲，宛如《红楼梦》里的四大家族，一荣俱荣，一损俱损。

② 有趣！猴王主动挑战！完全是两军对垒、平等争斗，根本不像是被围剿。孙悟空的战斗精神可嘉。

不才愿往，看他怎么个大圣！"天王道："孩儿，你随观音修行这几年，想必也有些神通，切须在意。"

好太子，双手轮着铁棍，束一束绣衣，跳出辕门，高叫："那个是齐天大圣？"大圣挺如意棒，应声道："老孙便是。你是甚人，辄敢问我？"木叉道："吾乃李天王第二太子木叉，今在观音菩萨宝座前为徒弟护教，法名惠岸是也。"大圣道："你不在南海修行，却来此见我做甚？"木叉道："我蒙师父差来打探军情，见你这般猖獗，特来擒你！"大圣道："你敢说那等大话！且休走！吃老孙这一棒！"木叉全然不惧，使铁棒劈手相迎。他两个立那半山中，辕门外，这场好斗：

棍虽对棍铁各异，兵纵交兵人不同。一个是太乙散仙呼大圣，一个是观音徒弟正元龙。浑铁棍乃千锤打，六丁六甲运神功；如意棒是天河定，镇海神珍法力洪。两个相逢真对手，往来解数实无穷。这个的阴手棍，万千凶，绕腰贯索疾如风；那个的夹枪棒，不放空，左遮右挡怎相容？那阵上旌旗闪闪，这阵上鼍鼓冬冬。万员天将团团绕，一洞妖猴簇簇丛。怪雾愁云漫地府，狼烟煞气射天宫。昨朝混战还犹可，今日争持更又凶。堪羡猴王真本事，木叉复败又逃生。

这大圣与惠岸战经五六十合，惠岸臂膊酸麻，不能迎敌，虚幌一幌，败阵而走。大圣也收了

猴兵，安扎在洞门之外。只见天王营门外，大小天兵，接住了太子，让开大路，径入辕门，对四天王、李托塔、哪吒，气哈哈的，喘息未定："好大圣！好大圣！着实神通广大！孩儿战不过，又败阵而来也！"李天王见了心惊，即命写表求助，便差大力鬼王与木叉太子上天启奏。

二人当时不敢停留，闯出天罗地网，驾起瑞霭祥云。须臾，径至通明殿下，见了四大天师，引至灵霄宝殿，呈上表章。惠岸又见菩萨施礼。菩萨道："你打探的如何？"惠岸道："始领命到花果山，叫开天罗地网门，见了父亲，道师父差命之意。父王道：'昨日与那猴王战了一场，止捉得他虎豹狮象之类，更未捉他一个猴精。'正讲间，他又索战，是弟子使铁棍与他战经五六十合，不能取胜，败走回营。父亲因此差大力鬼王同弟子上界求助。"菩萨低头思忖。

却说玉帝拆开表章，见有求助之言，笑道："叵耐这个猴精，能有多大手段，就敢敌过十万天兵！李天王又来求助，却将那路神兵助之？"言未毕，观音合掌启奏："陛下宽心，贫僧举一神，可擒这猴。"玉帝道："所举者何神？"菩萨道："乃陛下令甥显圣二郎真君[1]，见居灌洲灌江口，享受下方香火。他昔日曾力诛六怪，又有梅山兄弟与帐前一千二百草头神，神通广大。奈他只是听调不听宣，陛下可降一道调兵旨意，着他助力，便可擒也。"玉帝闻言，即传调兵的旨意，就差大力鬼王赍调。

那鬼王领了旨，即驾起云，径至灌江口。不消半个时辰，直至真君之庙。早有把门的鬼判，传报至里道："外有天使，捧旨而至。"二郎即与众弟兄，出门迎接旨意，焚香开读。旨意上云：

---

[1] 当年玉帝对妹子与人间情郎的婚事横加干涉，把妹子压到桃山下。二郎真君劈山救母，美名远扬。偌大天庭，只有他这个亲外甥对玉帝"听调不听宣"。"作为战斗人员，玉帝调我战顽敌，没说的，斗强敌是本神爱好；作为享受下方香火、不享天庭俸禄的天神，玉帝想如同对待一般朝臣'宣'我见驾，即便你是亲舅舅，对不起，不伺候！"

"花果山妖猴齐天大圣作乱。因在宫偷桃、偷酒、偷丹，搅乱蟠桃大会，见着十万天兵，一十八架天罗地网，围山收伏，未曾得胜。今特调贤甥同义兄弟即赴花果山助力剿除。成功之后，高升重赏①。"

真君大喜道："天使请回，吾当就去拔刀相助也。"鬼王回奏不题。

这真君即唤梅山六兄弟——乃康、张、姚、李四太尉，郭申、直健二将军②，聚集殿前道："适才玉帝调遣我等往花果山收降妖猴，同去去来。"众弟兄俱欣然愿往。即点本部神兵，驾鹰牵犬，搭弩张弓，纵狂风，霎时过了东洋大海，径至花果山。见那天罗地网，密密层层，不能前进，因叫道："把天罗地网的神将听着：吾乃二郎显圣

---

① 病急乱投医，危难空许愿。玉帝跟《莺莺传》里的崔夫人有一比：崔夫人许愿，哪个退了贼兵就把女儿嫁她，最后却不兑现；玉帝许愿剿除妖猴给二郎神升官，也是空头支票。

② 梅山六兄弟到底是哪些人？古代传说里众说纷纭，《西游记》确实列出了这六兄弟的姓名，可惜他们到底是什么人，各有什么拿手武艺，未做细致描写。

真君，蒙玉帝调来，擒拿妖猴者，快开营门放行。"一时，各神一层层传入。四大天王与李天王俱出辕门迎接。相见毕，问及胜败之事，天王将上项事备陈一遍。真君笑道："小圣来此，必须与他斗个变化。列公将天罗地网，不要幔了顶上，只四围紧密，让我赌斗。若我输与他，不必列公相助，我自有兄弟扶持；若赢了他，也不必列公绑缚，我自有兄弟动手。只请托塔天王与我使个照妖镜，住立空中。恐他一时败阵，逃窜他方，切须与我照耀明白，勿走了他。"天王各居四维，众天兵各挨排列阵去讫。

这真君领着四太尉、二将军，连本身七兄弟，出营挑战；分付众将，紧守营盘，收全了鹰犬。众草头神得令。真君只到那水帘洞外，见那一群猴，齐齐整整，排作个蟠龙阵势；中军里，立一竿旗，上书"齐天大圣"四字。真君道："那泼妖，怎么称得起齐天之职？"梅山六弟道："且休赞叹，叫战去来。"那营口小猴见了真君，急走去报知。那猴王即掣金箍棒，整黄金甲，登步云履，按一按紫金冠，腾出营门，急睁睛观看，那真君的相貌，果是清奇，打扮得又秀气。真个是：

> 仪容清俊貌堂堂，两耳垂肩目有光。
>
> 头戴三山飞凤帽，身穿一领淡鹅黄。
>
> 缕金靴衬盘龙袜，玉带团花八宝妆。
>
> 腰挎弹弓新月样，手执三尖两刃枪。

斧劈桃山曾救母，弹打榾椤双凤凰。

力诛八怪声名远，义结梅山七圣行。

心高不认天家眷，性傲归神住灌江。

赤城昭惠英灵圣，显化无边号二郎。

大圣见了，笑嘻嘻的，将金箍棒掣起，高叫道："你是何方小将，辄敢大胆到此挑战？"真君喝道："你这厮有眼无珠，认不得我么！吾乃玉帝外甥，敕封昭惠灵显王二郎是也。今蒙上命，到此擒你这反天宫的弼马温猢狲，你还不知死活！"大圣道："我记得当年玉帝妹子思凡下界，配合杨君，生一男子，曾使斧劈桃山的，是你么？我行要骂你几声，曾奈无甚冤仇；待要打你一棒，可惜了你的性命。你这郎君小辈，可急急回去，唤你四大天王出来。"真君闻言，心中大怒道："泼猴！休得无礼！吃吾一刃！"大圣侧身躲过，疾举金箍棒，劈手相还。他两个这场好杀：

昭惠二郎神，齐天孙大圣，这个心高欺敌美猴王，那个面生压伏真梁栋。两个乍相逢，各人皆赌兴。从来未识浅和深，今日方知轻与重。铁棒赛飞龙，神锋如舞凤。左挡右攻，前迎后映。这阵上梅山六弟助威风，那阵上马流四将传军令。摇旗擂鼓各齐心，呐喊筛锣都助兴。两个钢刀有见机，一来一往无丝缝。金箍棒是海中珍，变化飞腾能取胜；若还身慢命该休，但要差池为蹭蹬。

真君与大圣斗经三百余合，不知胜负。那真君抖搜神威，摇身一变，变得身高万丈，两只手，举着三尖两刃神锋，好便似华山顶上之峰，青脸獠牙，朱红头发，恶狠狠，望大圣着头就砍。这大圣也使神通，变得与二郎身躯一样，嘴脸一般，举一条如意金箍棒，却就如昆仑顶上的擎天之柱，抵住二郎神①：唬得那马、流元帅，战兢兢，摇不得旌旗；崩、芭二将，虚怯怯，使不得刀剑。这阵上，康、张、姚、李、郭申、直健，传号令，撒放草头神，向他那水帘洞外，纵着鹰犬，搭弩张弓，一齐掩杀。可怜冲散妖猴四健将，捉拿灵怪二三千！那些猴，抛戈弃甲，撒剑丢枪；跑的跑，喊的喊；上山的上山，归洞的归洞：好似夜猫惊宿鸟，飞洒满天星。众兄弟得胜不题。

却说真君与大圣变做法天象地的规模，正斗时，大圣忽见本营中妖猴惊散，自觉心慌，收了法象，掣棒抽身就走。真君见他败走，大步赶上道："那里走？趁早归降，饶你性命！"大圣不恋战，只情跑起。将近洞口，正撞着康、张、姚、李四太尉，郭申、直健二将军，一齐帅众挡住道："泼猴！那里走！"大圣慌了手脚，就把金箍棒捏做个绣花针，藏在耳内，摇身一变，变做个麻雀儿②，飞在树梢头钉住。那六兄弟，慌慌张张，前后寻觅不见，一齐吆喝道："走了这猴精也！走了这猴精也！"

---

① 孙悟空刚从龙宫得到如意金箍棒时，曾在众小猴面前表演过如此顶天立地的"法象"，那次纯粹是表演，这次棋逢对手。张书绅《新说西游记》评论孙悟空大战二郎神："直写出如许的情景，无边的妙意，笔阵有如黄河之九曲，而变幻神奇，真千古之绝调。"

② 擅长七十二般变化的高手斗法，是神魔小说情节，但人物心理活动真切可信：孙悟空变四不像的鱼儿逃走，二郎真君变三不像的鸟儿捉拿。水中游的孙悟空发现水面上来只既不像青鹚，也不像鹭鸶，更不像老鹳的鸟，判断是二郎变的，调头逃走。天上飞的二郎真君发现有只鱼儿急转身，既不像鲤鱼，也不像鳜鱼、黑鱼和鲂鱼，肯定是孙悟空变的！他们的判断多有逻辑性又博学多识！如果吴承恩枯守书斋、只读圣贤书，不曾对动植物学科杂学旁收，怎么可能写出四不像的鱼儿和三不像的鸟儿，怎么可能写出如此有趣的心理战。对作家来说，没有什么知识是多余的。

正嚷处，真君到了，问："兄弟们，赶到那厢不见了？"众神道："才在这里围住，就不见了。"二郎圆睁凤目观看，见大圣变了麻雀儿，钉在树上，就收了法象，撇了神锋，卸下弹弓，摇身一变，变做个饿鹰儿，抖开翅，飞将去扑打。大圣见了，搜的一翅飞起去，变做一只大鹚老，冲天而去。二郎见了，急抖翎毛，摇身一变，变做一只大海鹤，钻上云霄来嗛。大圣又将身按下，入涧中，变做一个鱼儿，淬入水内。二郎赶至涧边，不见踪迹。心中暗想道："这猢狲必然下水去也，定变做鱼虾之类。等我再变变拿他。"果一变变做个鱼鹰儿，飘荡在下溜头波面上，等待片时。那大圣变鱼儿，顺水正游，忽见一只飞禽，似青鹞，毛片不青；似鹭鸶，顶上无缨；似老鹳，腿又不红："想是二郎变化了等我哩！……"急转头，打个花就走。二郎看见道："打花的鱼儿，似鲤鱼，尾巴不红；似鳜鱼，花鳞不见；似黑鱼，头上无星；似鲂鱼，鳃上无针。他怎么见了我就回去了？必然是那猴变的。"赶上来，刷的啄一嘴。那大圣就撺出水中，一变，变做一条水蛇，游近岸，钻入草中。二郎因嗛他不着，他见水响中，见一条蛇撺出去，认得是大圣，急转身，又变了一只朱绣顶的灰鹤，伸着一个长嘴，与一把尖头铁钳子相似，径来吃这水蛇。水蛇跳一跳，又变做一只花鸨，木木樗樗的，立在蓼汀之上。二郎见他变得低贱，——花鸨乃鸟中至贱至淫之物，不拘鸾、凤、鹰、鸦都与交群①——故此不去拢傍，即现原身，走将去，取过弹弓拽满，一弹子把他打个躘踵。

_____

①孙悟空被二郎真君逼急施低招，变成贱而淫的花鸨。对野猴孙悟空来说，什么体面不体面、高贵不高贵，什么身份不身份，生存才是硬道理。估计到二郎真君的高傲品性，只要能逃脱，猴子连至贱至淫的鸟儿也可变！而玉帝外甥二郎真君在任何情况下都重名誉，看到孙悟空变成这样的鸟，再变任何鸟都是对自己的不尊重，不陪孙悟空玩了，变回原形用弹弓对付！如此奇异的情节，却和人物的"出身"亲密无间。吴承恩竟然连各类鸟儿交配的习惯都知道！

土地祠

那大圣趁着机会，滚下山崖，伏在那里又变，变一座土地庙儿：大张着口，似个庙门；牙齿变做门扇，舌头变做菩萨，眼睛变做窗棂。只有尾巴不好收拾，竖在后面，变做一根旗竿。真君赶到崖下，不见打倒的鸨鸟，只有一间小庙；急睁凤眼，仔细看之，见旗竿立在后面，笑道："是这猢狲了！他今又在那里哄我。我也曾见庙宇，更不曾见一个旗竿竖在后面的。断是这畜生弄喧！他若哄我进去，他便一口咬住。我怎肯进去？等我掣拳先捣窗棂，后踢门扇！"大圣听得，心惊道："好狠！好狠！门扇是我牙齿，窗棂是我眼睛；若打了牙，捣了眼，却怎么是好？"扑的一个虎跳，又冒在空中不见。

真君前前后后乱赶，只见四太尉、二将军，一齐拥至道："兄长，拿住大圣了么？"真君笑道："那猴儿才自变座庙宇哄我。我正要捣他窗棂，踢他门扇，他就纵一纵，又渺无踪迹。可怪！可怪！"众皆愕然，四望更无形影。真君道："兄弟们在此看守巡逻，等我上去寻他。"急纵身驾云，起在半空。见那李天王高擎照妖镜，与哪吒住立云端，真君道："天王，曾见那猴王么？"天王道："不曾上来。我这里照着他哩。"真君把那赌变化，弄神通，拿群猴一事说毕，却道："他变庙宇①，正打处，就走了。"李天王闻言，又把照妖镜四方一照，呵呵的笑道："真君，快去！快去！那猴使了个隐身法，走出营围，往你那灌江口去也。"二郎听说，即取神锋，回灌江口来赶。

却说那大圣已到灌江口，摇身一变，变做二郎爷爷的模样，按下云头，径入庙里。鬼判不能相认，一个个磕头迎接。他坐中间，点查香火：见李虎拜还的三牲，张龙许下的保福，赵甲求子的文书，钱丙告病的良愿。正看处，有人报："又一个爷爷来了。"众鬼判急急观看，无不惊心。真君却道："有个甚么齐天大圣，才来这里否？"众鬼判道："不曾见甚么大圣，只有一个爷爷在里面查点哩。"真君撞进门，大圣见了，现出本相道："郎君不消嚷，庙宇已姓孙了。"②这真君即举三尖两刃神锋，劈脸就砍。那猴王使个身法，让过神锋，掣出那绣花针儿，幌一幌，碗来粗细，赶到前，对面相还。两个嚷嚷闹闹，打出庙门，半雾半云，且行且战，复打到花果山，慌得那四大天王等众，提防愈紧。这康、张太尉等迎着真君，合心努力，把那美猴王围绕不题。

话表大力鬼王既调了真君与六兄弟提兵擒魔去后，却上界回奏。玉帝与观音菩萨、王母并众仙卿，正在灵霄殿讲话，道："既是二郎已去赴战，这一日还不见回报。"观音合掌道："贫僧请陛下

---

① 孙悟空会七十二般变化，怎么可能没法处理自
己的尾巴呢，这是作家故意调侃。

② 趣笔！贼猴。

同道祖出南天门外，亲去看看虚实如何？"玉帝道："言之有理。"即摆驾，同道祖、观音、王母与众仙卿至南天门。早有些天丁、力士接着，开门遥观，只见众天丁布罗网，围住四面；李天王与哪吒，擎照妖镜，立在空中；真君把大圣围绕中间，纷纷赌斗哩。菩萨开口对老君说："贫僧所举二郎神如何？——果有神通，已把那大圣围困，只是未得擒拿。我如今助他一功,决拿住他也。"老君道："菩萨将甚兵器？怎么助他？"菩萨道："我将那净瓶杨柳抛下去，打那猴头；即不能打死，也打个一跌，教二郎小圣，好去拿他。"老君道："你这瓶是个瓷器，准打着他便好，如打不着他的头，或撞着他的铁棒，却不打碎了？你且莫动手，等我老君助他一功。"菩萨道："你有甚么兵器？"老君道："有，有，有。"将起衣袖，左膊上，取下一个圈子，说道："这件兵器，乃锟钢抟炼的，被我将还丹点成，养就一身灵气，善能变化，水火不侵，又能套诸物；一名'金钢琢'，又名'金钢套'。当年过函关，化胡为佛，甚是亏他。早晚最可防身。等我丢下去打他一下。"①

话毕，自天门上往下一掼，滴流流，径落花果山营盘里，可可的着猴王头上一下。猴王只顾苦战七圣，却不知天上坠下这兵器，打中了天灵，立不稳脚，跌了一跤，爬将起来就跑；被二郎爷爷的细犬赶上，照腿肚子上一口，又扯了一跌。他睡倒在地，骂道："这个亡人！你不去妨家长，却来咬老孙！"急翻身爬不起来，被七圣一拥按住，即将绳索捆绑，使勾刀穿了琵琶骨，再不能变化。

①太上老君的这件兵器，将来还会在西天取经路上出现，给孙悟空制造不小的麻烦。向来嘴不饶人的美猴王怎么没给点评一下。"施暗器不算好汉！"不用观音的净瓶，这样的安排很合理，观音菩萨救苦救难，岂能"助纣为虐"！

那老君收了金钢琢，请玉帝同观音、王母、众仙等，俱回灵霄殿。这下面四大天王与李天王诸神，俱收兵拔寨，近前向小圣贺喜，都道："此小圣之功也！"小圣道："此乃天尊洪福，众神威权，我何功之有？"康、张、姚、李道："兄长不必多叙，且押这厮去上界见玉帝，请旨发落去也。"真君道："贤弟，汝等未受天箓，不得面见玉帝。教天甲神兵押着，我同天王等上界回旨。你们帅众在此搜山，搜净之后，仍回灌口。待我请了赏，讨了功，回来同乐。"四太尉、二将军，依言领诺。这真君与众即驾云头，唱凯歌，得胜朝天。不多时，到通明殿外。天师启奏道："四大天王等众已捉了妖猴齐天大圣了。来此听宣。"玉帝传旨，即命大力鬼王与天丁等众，押至斩妖台，将这厮碎剁其尸。咦！正是：欺诳今遭刑宪苦，英雄气概等时休。毕竟不知那猴王性命何如，且听下回分解。

《西游记》第七回
导读

1. 八卦炉中逃大圣

孙悟空大闹天宫被捉之后，玉帝下令处死。然而刀砍斧剁、雷打火烧，都不能动孙悟空分毫。是因为师父须菩提教的本领太强，是因为蟠桃、御酒、金丹起了作用，还是因为古代神魔小说"第一战神"孙悟空顽强的生命力？玉帝的斩杀令执行不了，太上老君又勇挑重担：把孙悟空放到我的八卦炉里，"炼出我的丹来，他身自为灰烬矣"。

于是，便有了《西游记》第七回章题"八卦炉中逃大圣"。

有了"火眼金睛"的俗语，后人用来形容眼力过人，其实原本是孙悟空在太上老君的八卦炉里时，躲在巽宫位，有风无火却有烟，把眼睛熏红，总害眼病。

有了取经路上的火焰山，原来孙悟空踢倒太上老君的八卦炉时，几块火炭从天上掉到地上。太上老君宫内的地面咋成了"豆腐渣工程"？原来，它是为小说家细针密线的构思服务。

有了"如来佛的手掌心"这个俗语，人们用来形容或概括不管有多大本事的人，总会有软肋，总有迈不过去的坎，其实这是孙悟空从大闹天宫到西天取经的精彩转折、必要过渡。

更有了被许多研究者称赞不已，被称作孙悟空"响彻云霄的革命口号"的"皇帝轮流做，明年到我家"。

孙悟空蹬倒八卦炉，耳朵里掣出如意金箍棒，再次大乱天宫，打得九曜星闭门闭户，四天王无影无踪。打到通明殿外，数十名灵官雷将，将孙悟空团团围住。孙悟空三头六臂法象再次显露，毫毛战术再次发威，"无穷变化闹天宫，雷将神兵不可捉"。二郎神已回灌江口，玉帝只好派人向西天如来佛求救。

2. 皇帝轮流做，明年到我家

多种通行的《西游记》版本，在如来佛亮相时都说："我是西方极乐世界释迦牟尼尊者，南无阿弥陀佛。"有研究者解释这是吴承恩的偶尔失误。其实吴承恩怎么可能犯这种小儿科错误！《西游记》第一百回"径回东土，五圣成真"吟诵四十八尊佛名，"南无释迦牟尼佛"排第三，"南无阿弥陀佛"排第九。吴承恩不曾混同两佛。是后人句读错了。2008年笔者与星云大师闲聊，大师说"信徒常念'阿弥陀佛'，有时佛也念'阿弥陀佛'，知道为什么吗？这叫'求人不如求己'！"受到星云大师启发，我悟出，如来佛出场做自我介绍是这样："我是西方极乐世界释迦牟尼尊者。"然后，他念了声佛，"南无阿弥陀佛"！

孙悟空向如来佛宣布"皇帝轮流做，明年到我家"，叫玉帝把天宫让给他。有学者将孙悟空大闹天宫与历史上的农民起义挂钩，有些牵强。孙悟空说这番话，不过是因为战功挑起野心，懵懵懂懂以为"政权"只需要金箍棒，不需要文治韬略，也不需要"张良""诸葛亮"辅佐。孙悟空有种不服输、不怕死乃至死不了的精神，却没有什么改朝换代的政治纲领和执政主张。孙悟空并不曾对天宫的基本秩序提出异议，不管做弼马温还是做齐天大圣，在天宫都如鱼得水，遵守"封建朝廷"倒影的天宫秩序。大闹天宫不过是无拘无束的野猴耍脾气，闯祸事。哪有农民起义那么"深刻"的社会意义！

3. 如来佛的手掌心

如来佛懒得与孙悟空做口舌之争，他与孙悟空赌赛：如果你能跳出我的手心，就让玉帝把天宫让给你。孙悟空在"五根肉红柱子"、他以为的天尽头写下"齐天大圣到此一游"，撒泡猴尿。待他回来，佛祖开骂"尿精猴子"，孙悟空留的记号在如来佛手指上，如来佛"翻掌一扑，把这猴王推出西天门外，将五指化作金、木、水、火、土五座联山，唤名'五行山'，轻轻地把他压住。"

孙悟空跳不出如来佛手掌心的情节，猴王在如来佛手掌心中撒尿等情节，受到前辈"西学家"的热情赞扬。"奇思天纵，妙想非凡。"（张书绅《新说西游记》）"趣甚！妙甚！何物文人，思笔双幻乃尔！"（《李卓吾先生批评〈西游记〉》）"文字奇妙至此，真正笔歌墨舞，天花乱坠，顽石点头矣。"（汪憺漪《西游证道书》）

如来佛一个巴掌超过十万天兵天将。玉帝设宴招待如来佛。仙乐玄歌，琼香缭绕，龙肝凤髓，异品奇珍，仙女唱的唱，舞的舞。五行山下，被压在山底的孙悟空还没从莫名其妙的失败中醒过神来，已顽强地把脑袋从山下伸出来。如来佛让阿傩将个帖子贴到山顶，"那座山即生根合缝"。猴王头能伸出，手能摇挣，身体却动弹不得了。如来佛又大发慈悲，令五行山土地，"但他饥时，与他铁丸子吃，渴时，与他熔化的铜汁饮"。怪不得后来孙悟空越发钢筋铁骨！

4. 五行山下五百年的思考

孙悟空从此被压到五行山下。其实称五行"金木水火土"是道教观念，佛教称五行为"布施、持戒、忍辱、精进、止观"。

如来佛在山顶上粘的咒语乃佛教密宗"唵嘛呢叭咪吽"。钱锺书先生在《管锥编》中引用明代《青溪暇笔》，解释是"俺那里把你哄了也。"

孙悟空闹龙宫、闹地府，特别是大闹天宫，是孙悟空可以把尾巴翘得高高的"政治资本"，是将来西天取经过程中镇慑妖魔的法宝。孙悟空常吹嘘：本人是五百年前大闹天宫的齐天大圣。孙悟空的"三闹"使得爱跟任何人称兄道弟的猴王，在龙宫、地府、天宫闹出许多朋友。成了天宫、地府、龙宫的"关系户"，人头熟，孙悟空能见了寿星叫"老弟"，见了玉帝叫"老哥"，动不动把诸天神佛麻烦个够，只说个"列位，起动了"就了事。个把妖精当然不放在他眼里，"有我哩，怕他怎的？走路！走路"。

孙悟空被压在五行山下，得像佛教教义主张的持戒、忍辱，思考自己为何失败。失败后还能做什么。这一思考，就是五百年。

第七回　八卦炉中逃大圣　五行山下定心猿（节选）

富贵功名，前缘分定，为人切莫欺心。正大光明，忠良善果弥深。些些狂妄天加谴，眼前不遇待时临。问东君因甚，如今祸害相侵。只为心高图罔极，不分上下乱规箴。

话表齐天大圣被众天兵押去斩妖台下，绑在降妖柱上，刀砍斧剁，枪刺剑刳，莫想伤及其身。南斗星奋令火部众神，放火煨烧，亦不能烧着。又着雷部众神，以雷屑钉打，越发不能伤损一毫。那大力鬼王与众启奏道："万岁，这大圣不知是何处学得这护身之法，臣等用刀砍斧剁，雷打火烧，一毫不能伤损，却如之何？"玉帝闻言道："这厮这等，这等……如何处治？"太上老君即奏道："那猴吃了蟠桃，饮了御酒，又盗了仙丹，——我那五壶丹，有生有熟，被他都吃在肚里，运用三昧火，煅成一块，所以浑做金钢之躯，急不能伤。不若与老道领去，放在八卦炉中，以文武火煅炼。炼出我的丹来，他身自为灰烬矣。"玉帝闻言，即教六丁、六甲，将他解下，付与老君。老君领旨去讫。一壁厢宣二郎显圣，赏赐金花百朵，御酒百瓶，还丹百粒，异宝明珠，锦绣等件，教与义兄弟分享①。真君谢恩，回灌江口不题。

---

① 玉帝当初调二郎真君来对付齐天大圣时曾许诺："今特调贤甥同义兄弟即赴花果山助力剿除。成功之后，高升重赏。"二郎真君取得成功后，玉帝却既没把二郎真君高升，比如说给他个李天王的"副帅"干干；也没把二郎真君留在身边。玉帝为什么这样做？著名政治学家萨孟武在《〈西游记〉与中国古代政治》中提出：玉帝对孙大圣，应刑而不敢刑，对小圣，应赏而不敢赏，是"乱政"表现。萨孟武还认为，相比汉文帝遣周勃就国，玉帝对二郎真君赏金帛让其仍回灌江口，明智得多了。因为皇室宗亲和外戚极易形成难以节制的政治威胁。二郎真君似乎没把舅舅的食言而肥当回事。既担当重任、扬名立威，又潇洒自在地活着，大概是他更感兴趣的。因此，虽然他是降服孙悟空的战神，读者却并不觉得他有多么可恶。

那老君到兜率宫，将大圣解去绳索，放了穿琵琶骨之器，推入八卦炉中，命看炉的道人、架火的童子，将火扇起煅炼。原来那炉是乾、坎、艮、震、巽、离、坤、兑八卦。他即将身钻在"巽宫"位下。巽乃风也，有风则无火。只是风搅得烟来，把一双眼熌红了，弄做个老害病眼，故唤作"火眼金睛"。

真个光阴迅速，不觉七七四十九日，老君的火候俱全。忽一日，开炉取丹。那大圣双手捂着眼，正自揉搓流涕，只听炉头声响，猛睁睛看见光明，他就忍不住，将身一纵，跳出丹炉，唿喇一声，蹬倒八卦炉①，往外就走。慌得那架火、看炉，与丁甲一班人来扯，被他一个个都放倒，好似癫痫的白额虎、疯狂的独角龙。老君赶上抓一把，被他一捽，捽了个倒栽葱，脱身走了。即去耳中掣出如意棒，迎风幌一幌，碗来粗细，依然拿在

①第五十九回"唐三藏路阻火焰山"就是因为孙悟空踢倒丹炉，有几块火炭掉到地面上了。

手中，不分好歹，却又大乱天宫，打得那九曜星闭门闭户，四天王无影无形。好猴精！有诗为证。诗曰：

混元体正合先天，万劫千番只自然。

渺渺无为浑太乙，如如不动号初玄。

炉中久炼非铅汞，物外长生是本仙。

变化无穷还变化，三皈五戒总休言。

又诗：

一点灵光彻太虚，那条拄杖亦如之：

或长或短随人用，横竖横排任卷舒。

又诗：

猿猴道体配人心，心即猿猴意思深①。

大圣齐天非假论，官封"弼马"是知音。

---

① "心猿"即一心一意修炼心性、全心全意西天取经的猴王。孙悟空被称作"心猿"且在回目中多次出现。吴承恩将王阳明"心学"与佛教《心经》熔铸到一起，用在孙悟空身上。

马猿合作心和意，紧缚牢拴莫外寻。

万相归真从一理，如来同契住双林。

这一番，那猴王不分上下，使铁棒东打西敌，更无一神可挡。只打到通明殿里，灵霄殿外。幸有佑圣真君的佐使王灵官执殿。他看大圣纵横，掣金鞭近前挡住道："泼猴何往！有吾在此，切莫猖狂！"这大圣不由分说，举棒就打。那灵官鞭起相迎。两个在灵霄殿前厮浑一处。好杀：

赤胆忠良名誉大，欺天诳上声名坏。一低一好幸相持，豪杰英雄同赌赛。铁棒凶，金鞭快，正直无私怎忍耐？这个是太乙雷声应化尊，那个是齐天大圣猿猴怪。金鞭铁棒两家能，都是神宫仙器械。今日在灵霄宝殿弄威风，各展雄才真可爱。一个欺心要夺斗牛宫，一个竭力匡扶玄圣界。苦争不让显神通，鞭棒往来无胜败。

他两个斗在一处，胜败未分，早有佑圣真君，又差将佐发文到雷府，调三十六员雷将齐来，把大圣围在垓心，各骋凶恶鏖战。那大圣全无一毫惧色，使一条如意棒，左遮右挡，后架前迎。一时，见那众雷将的刀枪剑戟、鞭简挝锤、钺斧金瓜、旄镰月铲，来的甚紧，他即摇身一变，变做三头六臂；把如意棒幌一幌，变做三条；六只手使开三条棒，好便似纺车儿一般，滴流流，在那垓心里飞舞。

众雷神莫能相近。真个是：

> "圆陀陀，光灼灼，亘古常存人怎学？入火不能焚，入水何曾溺？光明一颗摩尼珠，剑戟刀枪伤不着。也能善，也能恶，眼前善恶凭他作。善时成佛与成仙，恶处披毛并带角。无穷变化闹天宫，雷将神兵不可捉。"

当时众神把大圣攒在一处，却不能近身，乱嚷乱斗，早惊动玉帝[①]。遂传旨着游奕灵官同翊圣真君上西方请佛老降伏。

那二圣得了旨，径到灵山胜境，雷音宝刹之前，对四金刚、八菩萨礼毕，即烦转达。众神随至宝莲台下启知，如来召请。二圣礼佛三匝，侍立台下。如来问："玉帝何事，烦二圣下临？"二圣即启道："向时花果山产一猴，在那里弄神通，聚众猴搅乱世界。玉帝降招安旨，封为'弼马温'，他嫌官小反去。当遣李天王、哪吒太子擒拿未获，复招安他，封做'齐天大圣'，先有官无禄。着他代管蟠桃园，他即偷桃；又走至瑶池，偷肴，偷酒，搅乱大会；仗酒又暗入兜率宫，偷老君仙丹，反出天宫。玉帝复遣十万天兵，亦不能收伏。后观世音举二郎真君同他义兄弟追杀，他变化多端，

[①]胡适在《西游记考证》中说：《西游记》前七回"乃是世间最有价值的一篇神话文学"。"美猴王的天宫'革命'虽然失败，究竟这是一个'虽败犹荣'的英雄。""如果著者没有一肚子牢骚，他为什么把玉帝写成那样一个大饭桶？为什么把天上写成那样黑暗、腐败、无人？为什么教一个猴子去把天宫闹得那样稀糟？""他又是一个玩世不恭的人，故这七回虽是骂人，却不是板着面孔骂人。他骂了你，你还觉得这是一篇极滑稽、极有趣，无论谁看了都要大笑的神话小说。是一部极滑稽的神话小说。"

亏老君抛金钢琢打重，二郎方得拿住。解赴御前，即命斩之。刀砍斧剁，火烧雷打，俱不能伤，老君奏准领去，以火煅炼。四十九日开鼎，他却又跳出八卦炉，打退天丁，径入通明殿里，灵霄殿外；被佑圣真君的佐使王灵官挡住苦战，又调三十六员雷将，把他困在垓心，终不能相近。事在紧急，因此，玉帝特请如来救驾。"如来闻诏，即对众菩萨道："汝等在此稳坐法堂，休得乱了禅位，待我炼魔①救驾去来。"

　　如来即唤阿傩、迦叶二尊者相随，离了雷音，径至灵霄门外。忽听得喊声振耳，乃三十六员雷将围困着大圣哩。佛祖传法旨："教雷将停息干戈，放开营所，叫那大圣出来，等我问他有何法力。"众将果退。大圣也收了法象，现出原身近前，怒气昂昂，厉声高叫道："你是那方善士，敢来止住刀兵问我？"如来笑道："我是西方极乐世界释迦牟尼尊者，南无阿弥陀佛②。今闻你猖狂村野，屡反天宫，不知是何方生长，何年得道，为何这等暴横？"大圣道："我本：

> 天地生成灵混仙，花果山中一老猿。
>
> 水帘洞里为家业，拜友寻师悟太玄。
>
> 炼就长生多少法，学来变化广无边。

---

① 切记：如来佛收伏孙悟空不叫"降妖"而叫"炼魔"，他要叫魔头美猴王压在五行山下经五百年磨炼后再西天取经。如来佛居然是位语言大师。

② 释迦牟尼尊者即如来佛，"南无阿弥陀佛"是如来佛念了一声佛。

因在凡间嫌地窄，立心端要住瑶天。

灵霄宝殿非他久，历代人王有分传。

强者为尊该让我，英雄只此敢争先①。

佛祖听言，呵呵冷笑道："你那厮乃是个猴子成精，焉敢欺心，要夺玉皇上帝龙位？他自幼修持，苦历过一千七百五十劫。每劫该十二万九千六百年。你算，他该多少年数，方能享受此无极大道？你那个初世为人的畜生，如何出此大言！不当人子！不当人子！折了你的寿算！趁早皈依，切莫胡说！但恐遭了毒手，性命顷刻而休，可惜了你的本来面目！"大圣道："他虽年劫修长，也不应久占在此。常言道：'皇帝轮流做，明年到我家。'只教他搬出去，将天宫让与我，便罢了；若还不让，定要搅攘，永不清平！"佛祖道："你除了长生变化之法，再有何能，敢占天宫胜境？"大圣道："我的手段多哩！我有七十二般变化，万劫不老长生。会驾筋斗云，一纵十万八千里。如何坐不得天位？"佛祖道："我与你打个赌赛：你若有本事，一筋斗打出我这右手掌中，算你赢，再不用动刀兵苦争战，就请玉帝到西方居住，把天宫让你；若不能打出手掌，你还下界为妖，再修几劫，却来争吵。"

那大圣闻言，暗笑道："这如来十分好呆！我老孙一筋斗去十万八千里。他那手掌，方圆不满一尺，如何跳不出去？"急发声道："既如此说，你可做得主张？"佛祖道："做得！做得！"伸开

①孙悟空自我介绍，他是天然生长的花果山老猴，学到本事，练会长生不老之法，有七十二般变化，有打遍三界无敌手的如意金箍棒。花果山地方太小，天宫不错。既然历来有改朝换代的事，玉帝老儿干脆将天宫让给我算了。这个世界不就是"拳头大的是哥哥"吗！

右手，却似个荷叶大小。那大圣收了如意棒，抖擞神威，将身一纵，站在佛祖手心里，却道声："我出去也！"你看他一路云光，无影无形去了。佛祖慧眼观看，见那猴王风车子一般相似不住，只管前进。大圣行时，忽见有五根肉红柱子，撑着一股青气。他道："此间乃尽头路了。这番回去，如来作证，灵霄宫定是我坐也。"又思量说："且住！等我留下些记号，方好与如来说话。"拔下一根毫毛，吹口仙气，叫："变！"变做一管浓墨双毫笔，在那中间柱子上写一行大字云："齐天大圣，到此一游。"写毕，收了毫毛。又不庄尊，却在第一根柱子根下撒了一泡猴尿①。翻转筋斗云，径回本处，站在如来掌内道："我已去，今来了。你教玉帝让天宫与我。"

如来骂道："我把你这个尿精猴子②！你正好不曾离了我掌哩！"大圣道："你是不知。我去到天尽头，见五根肉红柱，撑着一股青气，我留个记在那里，你敢和我同去看么？"如来道："不消去，你只自低头看看。"那大圣睁圆火眼金睛，低头看时，原来佛祖右手中指写着"齐天大圣，到此一游。"大指丫里，还有些猴尿臊气，大圣吃了一惊道："有这等事！有这等事！我将此字写在撑天柱子上，如何却在他手指上？莫非有个未卜先知的法术。我决不信！不信！等我再去来！"

好大圣，急纵身又要跳出，被佛祖翻掌一扑，把这猴王推出西天门外，将五指化作金、木、水、火、土五座联山，唤名"五行山"，轻轻地把他压住③。众雷神与阿傩、迦叶，一个个合掌称扬道："善哉！善哉！

---

① 太好玩了！自然界动物撒尿就是为了说明"这个地方是我的势力范围"，孙悟空是齐天大圣，却仍然不脱猴儿本色。作家奇思妙想如此，令人绝倒。

② 骂得妙，骂得有趣。如来佛亦有幽默感。

③ 如来佛为什么不一下子将孙悟空压死？是因为佛祖大慈大悲，还是因为他知道孙悟空是自己的"徒孙"，是自己十大弟子之一须菩提的徒弟，还是因为他预测将来孙悟空还得跟自己第二个弟子金蝉子历尽艰险到他这儿来取经？

当年卵化学为人，立志修行果道真。

万劫无移居胜境，一朝有变散精神。

欺天罔上思高位，凌圣偷丹乱大伦。

恶贯满盈今有报，不知何日得翻身。

　　如来佛祖殄灭了妖猴，即唤阿傩、迦叶同转西方极乐世界。时有天蓬①、天佑急出灵霄宝殿道："请如来少待，我主大驾来也。"佛祖闻言，回首瞻仰。须臾，果见八景鸾舆，九光宝盖；声奏玄歌妙乐，咏哦无量神章；散宝花，喷真香，直至佛前谢曰："多蒙大法收殄妖邪，望如来少停一日，请诸仙做一会筵奉谢。"如来不敢违悖，即合掌谢道："老僧承大天尊宣命来此，有何法力？还是天尊与众神洪福。敢劳致谢？"玉帝传旨，即着雷部众神，分头请三清、四御、五老、六司、七元、八极、九曜、十都、千真万圣，来此赴会，同谢佛恩。又命四大天师、九天仙女，大开玉京金阙、太玄宝宫、洞阳玉馆，请如来高座七宝灵台，调设各班坐位，安排龙肝凤髓，玉液蟠桃。

　　不一时，那玉清元始天尊、上清灵宝天尊、太清道德天尊、五炁真君、五斗星君、三官四圣、九曜真君、左辅、右弼、天王、哪吒，玄虚一应灵通，对对旌旗，双双幡盖，都捧着明珠异宝，寿果奇花，向佛前拜献曰："感如来无量法力，收伏妖猴。蒙大天尊设宴呼唤，我等皆来陈谢。请如

---

　　①猪八戒的前身到了，此时天蓬元帅还在天宫做官，还没醉酒戏嫦娥。

来将此会立一名,如何？”如来领众神之托曰:“今欲立名,可作个‘安天大会^①’。”各仙老异口同声,俱道:“好个‘安天大会’！好个‘安天大会’！”言讫,各坐座位,走觥传觞,簪花鼓瑟,果好会也。有诗为证。诗曰:

> 宴设蟠桃猴搅乱,安天大会胜蟠桃。
>
> 龙旗鸾辂祥光蔼,宝节幢幡瑞气飘。
>
> 仙乐玄歌音韵美,凤箫玉管响声高。
>
> 琼香缭绕群仙集,宇宙清平贺圣朝。

众皆畅然喜会,只见王母娘娘引一班仙子、仙娥、美姬、毛女,飘飘荡荡舞向佛前,施礼曰:“前被妖猴搅乱蟠桃嘉会,请众仙众佛,俱未成功。今蒙如来大法链锁顽猴,喜庆‘安天大会’,无物可谢,今是我净手亲摘大株蟠桃数颗奉献^②。”真个是:

> 半红半绿喷甘香,艳丽仙根万载长。
>
> 堪笑武陵源上种,争如天府更奇强！

---

①张书绅《新说西游记》:“‘安天’一会,设想极其冠冕,布置何等精细。在天列宿仙佛,无不备载。学问富丽,笔墨新奇。会是天上第一天,笔是古今第一笔。非此笔不足以写此会,非此会亦无以见此笔也。”如来佛命名的“安天大会”,是对《西游记》前七回的收煞。孙悟空完成了闹龙宫、闹地府、闹天宫,被如来佛压在五行山下,像一部大戏的主角演完了第一场,场中锣鼓暂定,主角幕后休息。
②安天大会摘桃者身份比蟠桃会高了,可惜九千年一熟的桃都给猴儿吃了。

紫纹娇嫩寰中少，缢核清甜世莫双。

延寿延年能易体，有缘食者自非常。

佛祖合掌向王母谢讫。王母又着仙姬、仙子唱的唱，舞的舞。满会群仙，又皆赏赞。正是：

缥缈天香满座，缤纷仙蕊仙花。玉京金阙大荣华，异品奇珍无价。　对对与天齐寿，双双万劫增加。桑田沧海任更差，他自无惊无讶。

王母正着仙姬仙子歌舞，觥筹交错，不多时，忽又闻得：

一阵异香来鼻嗅，惊动满堂星与宿。

天仙佛祖把杯停，各各抬头迎目候。

霄汉中间现老人，手捧灵芝飞蔼绣。

葫芦藏蓄万年丹，宝篆名书千纪寿。

洞里乾坤任自由，壶中日月随成就。

遨游四海乐清闲，散淡十洲容辐辏。

曾赴蟠桃醉几遭，醒时明月还依旧。

长头大耳短身躯，南极之方称老寿。

寿星又到。见玉帝礼毕，又见如来，申谢曰："始闻那妖猴被老君引至兜率宫煅炼，以为必致平安，不期他又反出。幸如来善伏此怪，设宴奉谢，故此闻风而来。更无他物可献，特具紫芝瑶草，碧藕金丹^①奉上。"诗曰：

碧藕金丹奉释迦，如来万寿若恒沙。

清平永乐三乘锦，康泰长生九品花。

无相门中真法主，色空天上是仙家。

乾坤大地皆称祖，丈六金身福寿赊。

如来欣然领谢。寿星得座，依然走斝传觞。只见赤脚大仙又至。向玉帝前颏囟礼毕，又对佛祖谢道："深感法力，降伏妖猴。无物可以表敬，特具交梨二颗，火枣^②数枚奉献。"诗曰：

大仙赤脚枣梨香，敬献弥陀寿算长。

①寿星的长寿礼物。

②看来赤脚大仙主要也是与人为善、助人长寿。

七宝莲台山样稳，千金花座锦般妆。

寿同天地言非谬，福比洪波话岂狂。

福寿如期真个是，清闲极乐那西方。

如来又称谢了。叫阿傩、迦叶，将各所献之物，一一收起，方向玉帝前谢宴。众各酩酊。只见个巡视灵官来报道："那大圣伸出头来了。"佛祖道："不妨，不妨。"袖中只取出一张帖子，上有六个金字："唵嘛呢叭咪吽①"递与阿傩，叫贴在那山顶上。这尊者即领帖子，拿出天门，到那五行山顶上，紧紧地贴在一块四方石上。那座山即生根合缝，可运用呼吸之气，手儿爬出，可以摇挣摇挣。阿傩回报道："已将帖子贴了。"

如来即辞了玉帝众神，与二尊者出天门之外，又发一个慈悲心，念动真言咒语，将五行山，召一尊土地神祇，会同五方揭谛，居住此山监押。

① "唵嘛呢叭咪吽"，俺把你哄了也。看来吴承恩读过《青溪暇笔》，故意用这句咒语调侃佛祖。如来佛把孙悟空哄了，正是孙悟空五百年后痛定思痛做的判断。如来佛原本不是说，如果你跳不出我的手掌心，就仍下界为妖？为什么出尔反尔呢？佛家不打诳语，至高无上的佛祖却哄了花果山的野猴！

但他饥时，与他铁丸子吃；渴时，与他溶化的铜汁饮。待他灾愆满日，自有人救他。正是：

妖猴大胆反天宫，却被如来伏手降。

渴饮溶铜捱岁月，饥餐铁弹度时光。

天灾苦困遭磨折，人事凄凉喜命长。

若得英雄重展挣，他年奉佛上西方。

又诗曰：

伏逞豪强大势兴，降龙伏虎弄乖能。

偷桃偷酒游天府，受箓承恩在玉京。

恶贯满盈身受困，善根不绝气还升。

果然脱得如来手，且待唐朝出圣僧。

毕竟不知向后何年何月，方满灾殃，且听下回分解。

组建取经团

　　西天取经是谁安排的？如来佛。第八回"我佛造经传极乐，观音奉旨上长安"，如来佛说，东土南赡部洲的人"贪淫乐祸，多杀多争"，是"口舌凶场，是非恶海"。必须用三藏真经改变其人心向背。大慈大悲的如来佛何不亲驾祥云，将三藏经送到东土？佛说东土"众生愚蠢，毁谤真言"，必须东土派人来求取真经才行。由一个有法力的到东土挑选取经人，取经人必须经千山万水、历尽磨难。"解八难，度群生，万称万应，千圣千灵"的观世音菩萨愿往东土寻找取经人。如来佛要求观音不可一片祥云直飘东土，要亲自踏看道路，目过山水，谨记程途远近之数，以"叮咛那取经人"。取经人的一举一动，要时时刻刻在佛门掌控之下。

　　如来佛给观世音菩萨五件宝贝。锦襕袈裟和九环锡杖，交取经人使用。取三个紧箍儿，告诉观音：我有"紧金禁"三篇咒语。你去东土的路上假若撞见神通广大的妖魔，劝他学好，给取经人做徒弟。他若不服使唤，可将这箍儿给他戴在头上，箍儿立即见肉生根，只要念动相应的咒语，多么神通广大的妖精都眼胀头痛，脑门皆裂，肯定服服帖帖皈依我佛门。

　　观世音菩萨前往东土，一路之上，招降纳叛，给取经人准备徒弟，收服顺序与未来唐僧取经顺序恰好相逆：

1. 流沙河招纳沙悟净

观音菩萨路过流沙河,遇个丑恶妖魔:青不青、黑不黑的晦气脸,眼光如灯,獠牙似剑,红发蓬松,"一声叱咤如雷吼,两脚奔波似滚风"。妖精与惠岸昏漠漠、雾腾腾大战数十回合后,询问惠岸是哪儿来的和尚?得知观音菩萨降临,喏喏连声,收起宝杖,听凭木叉揪去见观音。见到菩萨纳头下拜诉苦:我本是灵霄殿卷帘大将。只因在蟠桃会上,失手打碎琉璃盏,被玉帝打八百锤,贬下界变成妖精模样。七日一次,用飞剑穿胸胁百馀下……为了生存,只好在流沙河隔三差五寻个行人充饥。观音菩萨说:你在天有罪,贬到下界再如此伤生,罪上加罪。何不入我门来,皈依善果,给取经人做徒弟,上西天拜佛求经?只要入我门来,飞剑不来穿你,功成官复原职。昔日卷帘大将立即皈依。观音菩萨为其摩顶受戒,指沙为姓,命名"沙悟净",世称沙僧,更响的名字叫"沙和尚"。

2. 福陵山招纳猪悟能

观音菩萨路过恶气遮漫的福陵山,狂风刮出个巨型猪精:"卷脏莲蓬吊搭嘴,耳如蒲扇显金睛。獠牙锋利如钢挫,长嘴张开似火盆。"一见菩萨"举钉耙就筑",惠岸与其对打,菩萨抛下莲花隔开,猪精得知观世音到来,纳头就拜:我本是天河天蓬元帅,只因醉酒戏嫦娥,被玉帝打二千锤,贬下尘凡,错投猪胎。我咬杀母猪,打死群彘,占了山场,吃人度日。"不期撞着菩萨,万望拔救,拔救。"观音菩萨依样画葫芦,像对沙僧一样,给猪精做思想工作,先说"若要有前程,莫做没前程"的哲理名言,再劝猪精:"你既上界违法,今又伤生造孽,却不是二罪俱罚?"哪想到猪精的回答与沙僧完全不一样："前程！前程！若依你，教我嗑风！常言道：'依着官法打杀，依着佛法饿杀。'去也！去也！还不如捉个行人，肥腻腻的吃他家娘！管甚么二罪，三罪，千罪，万罪！"这是猪八戒标志性、性格化的语言。凡事讲究实际利益，遇事先在心里惦量"是否对自己有利"的小九九，是猪八戒"为猪处世"之道。如此精彩亮相的语言将一直延续在西行路上。观音菩萨苦口婆心说服猪精做取经人的徒弟，为其摩顶受戒，指身为姓，曰"猪悟能"。"猪八戒"这个最响亮的名字，将由他师父给取。

3. 鹰愁涧招纳小白龙

观音菩萨半云半雾前进，空中有条玉龙叫唤。自称西海龙王敖闰之子，因纵火烧了殿上明珠，父王在玉帝跟前告忤逆，不日诛杀。"望菩萨搭救！"观音上南天门，求见玉帝，要求将悬吊孽龙"赐与贫僧，教他与取经人做个脚力"。后来唐僧得了龙马，担心"无鞍辔的马，怎生骑得？"观音菩萨派落伽山土地变为西番哈咇国里社祠的庙祝，送上雕鞍、宝镫、辔头、云扇、嚼铁、垂缨、紫丝绳牵缰，连马鞭子都有了。

4. 五行山招纳孙悟空

观音菩萨来到五行山，知道五百年前大闹天宫的齐天大圣压在山下，口占一首七律，后四句："十万军中无敌手，九重天上有威风。自遭我佛如来困，何日舒伸再显功！"观音菩萨认为孙悟空是了不起的大英雄，可惜被如来佛困在这里，什么时候能像大战十万天兵那样再建奇勋？孙悟空问：

"是哪个在山上吟诗，揭我的短哩？"观音回答："姓孙的，你认得我么？"孙悟空道"我怎么不认得你。你好的是那南海普陀落伽山救苦救难大慈大悲南无观世音菩萨。承看顾！承看顾！我在此度日如年，更无一个相知的来看我一看。你从哪里来也？"

　　这样的对话，哪儿像菩萨居高临下看落难的齐天大圣？倒像好友久别重逢！菩萨熟稔地称孙悟空"姓孙的"。孙悟空回她句"承看顾"，诉苦说没有相知来看他。孙悟空已将观音菩萨看成"相知"，动不动叫太白金星"老哥"的孙悟空，不厌其烦将观音普救人生的头衔一一罗列出来，言外之意是，您看我如此落难，岂能不管？您可是大慈大悲、救苦救难的观音啊！

　　聪明的孙悟空看到：观音给自己带来了生路！孙悟空说"如来哄了我"压了五百年，望菩萨搭救，观音并不反驳如来佛哄了猴儿，只是说："你这厮罪业弥深，救你出来，恐你又生祸害，反为不美。"孙悟空回答："我已知悔了，但愿大慈悲指条门路，情愿修行。"观音菩萨说："你既有此心，待我到了东土大唐国，寻一个取经的人来，教他救你。你可跟他做个徒弟，秉教伽持，入我佛门，再修正果。如何？"

　　沙悟净、猪悟能、小白龙都是观音菩萨要求他们跟随取经僧修行、将功赎罪，孙悟空是自己提出"情愿修行"，似乎观音菩萨顺水推舟。其实不是这么回事。观音菩萨知道孙悟空一言既出，驷马难追。她得让孙悟空自己把"情愿修行"说出来。将来，不管西行路上有什么艰难险阻，可是你孙悟空"情愿"的，而艰难险阻正是你孙悟空"修行"的必修课。

　　有研究者认为，孙悟空皈依佛门，像农民起义被招安，我认为不是这么回事。"情愿修行"是压在五行山下的孙悟空思考了五百年的结论。因为遇到绝路，另找出路，是聪明人的最佳选择。大闹天宫的齐天大圣要换种活法了。用时髦的话来说，孙悟空要寻找自己存在的另一价值了。

　　有打遍天界无敌手的猴头保护，取经人应该能安全西行了吧？只是姓孙的顽皮惯了，自由散漫惯了，不服从领导惯了，必须时时刻刻有人管着！观音菩萨瞅准机会，把如来佛的金箍儿套到不安分的猴王头上，教给唐僧念紧箍咒。从《西游记》出现后，"紧箍咒"成了汉语常用词。

　　观音菩萨不仅给取经僧收了四个徒弟，还派出六丁六甲、五方揭谛、四值功曹、一十八位护教伽蓝沿途护卫唐僧。第十五回"蛇盘山诸神暗佑，鹰愁涧意马收缰"写到藏在鹰愁涧的小白龙吃掉了唐僧的马，孙悟空要去寻找，唐僧又担心那条龙再出来把自己吃了，扯住孙悟空不让走，孙悟空暴躁地对师父叫喊如雷："你忒不济！不济！又要马骑，又不放我去，似这般看着行李，坐到老罢！"这时，空中有人说话："孙大圣莫恼，唐御弟休哭。我等是观音菩萨差来的一路神祇，特来暗中保取经者。"护法神的出现，让孙悟空过了番"领导"瘾，叫神将通名报姓，他点卯。

　　不要将观音菩萨聚拢取经队伍看作《西游记》的普通情节，它其实是《西游记》的大纲。清代汪憺漪在《西游证道书》中说：

　　　　凡作一部大文字，必有提纲挈领之处，然后线索在手，丝丝不乱。如此书拜佛取经，以唐僧为主。而唐僧所恃者，三徒一马。此三徒一马者，固非长安所随，唐王所赐者也。若必待登程之后，逐一零星凑合，便是《水浒》中之李逵、武松、鲁智深矣。此书作者之妙，妙在于此一回内，尽数埋伏，一沙二猪三马四猿，先后次第灼然不紊。及至唐僧出了长安城，过了两界山，一路收拾将来，便有顺流破竹之势，毫不费力，此一书之大纲领也。作文要诀，总不出此，岂独小说为然。

有才能的作家总会后来居上。观音菩萨聚集取经队伍，确实像水浒英雄上梁山。《水浒传》用"逼上梁山"的线，串起"宋（江）十回""武（松）十回""石（秀）十回"，一步一步完成义军队伍的组建。《西游记》四两拨千斤，仅借观音菩萨"东征"，用大半回篇幅就完成组建取经队伍的任务。张书绅《新说西游记》中说：

> 五圣之散处如珠，菩萨之贯串有线。以极难之题目，竟成极易之文章，真是大手笔，真是妙手笔。

选中孙悟空、沙悟净、猪悟能、小白龙四个徒弟后，观音菩萨来到长安，经过一番真真假假的精彩表演，选中陈玄奘做取经僧。

5. 陈玄奘成唐僧

取经缘起见于《西游记》第八回至第十二回。

泾河龙与神卦袁守诚赌赛，故意误降雨数，玉帝要将其斩首，派人间宰相魏征监斩。泾河龙托梦求唐太宗救助，唐太宗将魏征请进宫下棋以阻止他执行上天交给的任务，没想到魏征趴在棋盘上酣睡梦斩泾河龙。泾河龙将唐太宗告到阴司。唐太宗带着魏征给原礼部侍郎崔珏的书信求"方便一二，放我陛下还阳"。现任判官的崔珏悄悄将生死簿上唐太宗的寿限增添了二十年。唐太宗被放回阳世，遵照崔珏嘱咐，做水陆大会，超度冤魂。唐太宗召宰相魏征、萧瑀和太仆卿张道源，选拔有大德行的坛主：

> 当日对众举出玄奘法师。这个人自幼为僧，出娘胎，就持斋受戒。他外公见是当朝一路总管殷开山，他父亲陈光蕊，中状元，官拜文渊殿大学士。一心不爱荣华，只喜修持寂灭。查得他根源又好，德行又高；千经万典，无所不通；佛号仙音，无般不会。

此时，观音菩萨来到长安寻找取经人。唐王选中玄奘大做法会，观音菩萨深知玄奘的"佛门来历"，他原是如来佛的第二个弟子金蝉子，是由观音菩萨引送投胎的。如来佛给取经人准备下两件宝物：锦襕袈裟一领，九环锡杖一根。"穿我的袈裟，免堕轮回；持我的锡杖，不遭毒害。"为了将如来佛的两件法宝送给他的前徒弟，观音菩萨变成疥癞僧捧了锦襕袈裟、九环锡杖到长安街面叫卖，要价七千两纹银。艳艳生光的袈裟先惹动长安城没被唐王选中的愚僧问，接着引起散朝宰相萧瑀关注。"疥癞僧"宣扬：着了这袈裟，不入沉沦，不堕地狱，不遭恶毒之难，不遇虎狼之穴。贪淫乐祸的愚僧，不斋不戒的和尚，毁经谤佛的凡夫，难见我袈裟之面。对不遵佛法，不敬三宝，强买袈裟、锡杖者，袈裟和锡杖定要卖七千两；若敬重三宝，见善随喜，皈依我佛，承受得起，情愿送他，结个善缘。萧瑀邀请"疥癞僧"往见唐王，"疥癞僧"到唐王驾前滔滔不绝说起袈裟的好处。这篇《袈裟颂》骈文简而言之：袈裟是冰蚕抽丝，仙娥织就，上有舍利子、夜明珠、如意珠、摩尼珠、辟尘珠、定风珠、红玛瑙、紫珊瑚、祖母绿。穿上它，照山川，惊虎豹，影海岛，动鱼龙。万神朝礼，七佛随身，满身红雾，身心清净。九环锡杖"不染红尘些子秽，喜伴神僧上玉山"。听说唐王要买下袈裟锡杖赐给正在长安弘扬佛法的玄奘法师。"疥癞僧"表示："陛下明德止善，敬我佛门，况又高僧有德有行，宣扬大法，理当奉上，决不要钱。"

　　观音菩萨接受如来佛的任务后，为什么不直接把袈裟和锡杖交给玄奘？还要在长安城大造舆论后，由唐太宗将袈裟和锡杖交给玄奘？因为由唐太宗交付玄奘，袈裟和锡杖就有了双重价值：它们既是佛祖给的，又是唐朝天子赏的。唐僧既获得佛门护身法宝，又获得朝廷信赖。观音菩萨把佛祖法旨和皇帝恩惠融为一体，真是位策划大师。

　　玄奘法师披上锦襕袈裟后：

凛凛威颜多雅秀，佛衣可体如裁就。

晖光艳艳满乾坤，结彩纷纷凝宇宙。

朗朗明珠上下排，层层金线穿前后。

兜罗四面锦沿边，万样稀奇铺绮绣。

八宝妆花缚钮丝，金环束领攀绒扣。

玄奘本来人物出众，却只是寻常美和尚。袈裟和锡杖却把他变成"圣僧"。看到披上袈裟的玄奘法师，太宗喜之不胜，文武大臣阶前喝采，长安城老老少少夸奖"活罗汉下降，活菩萨临凡"，寺庙僧人"都道是地藏王来了"。

从此，身披锦襕袈裟，手执九环锡杖，成为唐僧的经典造型。在西天取经途中，唐僧多次因相貌出众引来人们赞叹，也引来女儿国国王和若干女妖的"爱慕"，构成一次又一次的劫难。如来佛的锦襕袈裟和九环锡杖似乎并没起到佛祖宣扬的可回避恶毒之难，袈裟本身还引来一次磨难。真正战胜磨难，还得靠孙悟空的斗争哲学。

当玄奘在台上念《受生度亡》等经时，观音菩萨幻化为疥癞僧"近前来，拍着宝台，厉声高叫道：'那和尚，你只会谈小乘教法，可会谈大乘么？'"玄奘表示：我们这些僧人向来都讲小乘教法，不知大乘教法如何。菩萨说：小乘教法，度不得亡者升天，而大乘佛法三藏，"能超亡者升天，能度难人脱苦，能修无量寿身，能作无来无去"。接着，观音菩萨在长安显真身：

有那司香巡堂官急奏唐王道："法师正讲谈妙法，被两个疥癞游僧，扯下来乱说胡话。"王令擒来，只见许多人将二僧推拥进后法堂。见了太宗，那僧人手也不起，拜也不拜，仰面道："陛下问我何事？"唐王却认得他，道："你是前日送袈裟的和尚？菩萨道："正是。"太宗道："你既来此处听讲，只该吃些斋便了，为何与我法师乱讲，扰乱经堂，误我佛事？"菩萨道："你那法师讲的是小乘教法，度不得亡者升天。我有大乘佛法三藏，可以度亡脱苦，寿身无坏。"太宗正色喜问道："你那大乘佛法，在于何处？"菩萨道："在大西天天竺国大雷音寺

我佛如来处,能解百冤之结,能消无妄之灾。"太宗道:"你可记得么?"菩萨道:"我记得。"太宗大喜道:"教法师引去,请上台开讲。"那菩萨带了木叉,飞上高台,遂踏祥云,直至九霄,现出救苦原身,托了净瓶杨柳。左边是木叉惠岸,执着棍,抖擞精神。喜的个唐王朝天礼拜,众文武跪地焚香,满寺中僧尼道俗,士人工贾,无一人不拜祷道:"好菩萨!好菩萨!"……那菩萨祥云渐远,霎时间不见了金光。只见那半空中,滴溜溜落下一张简帖,上有几句颂子,写得明白。颂曰:"礼上大唐君,西方有妙文。程途十万八千里,大乘进殷勤。此经回上国,能超鬼出群。若有肯去者,求正果金身。"

玄奘自愿西天取经,唐太宗与他结为兄弟,称"御弟圣僧",发牒出行,亲送至关外,又为玄奘指经为号作"唐三藏"。唐僧踏上漫漫取经路。

玄奘与唐太宗发生联系,与《西游记》成书前流传已久、脍炙人口的《唐太宗入冥记》、魏征梦斩泾河龙、刘全进瓜故事,有因果关系。这是第九回"袁守诚妙算无私曲,老龙王出计犯天条"、第十回"二将军宫门镇鬼,唐太宗地府还魂"、第十一回"还受生唐王遵善果,度孤魂萧瑀正空门"写的内容。唐太宗入冥故事,是《西游记》对古代神魔小说重要领域幽冥界的细致描摹。小说家通过唐太宗入冥、出冥,对幽冥界做摇镜头般刻画,不乏精彩的皮里阳秋笔墨。阎罗王对民间帝王毕恭毕敬,判官对生死簿上下其手,唐太宗入冥遇到他杀害的兄弟李建成、李元吉,出冥受到的"六十四处烟尘、七十二处草寇"其实是隋末被李渊父子镇压的起义军冤魂阻拦，这些魔幻描写有深厚的历史背景和社会批判意义。吴承恩善谐趣的特点也充分表现，如刘全进瓜，阎王放其夫妇还魂，因其妻尸体腐烂，将刘妻灵魂推到公主身上。公主对服侍她的人乱嚷："这里那是我家！我家是那清凉瓦屋，不像这个害黄病的房子，花里胡哨的门扇！放我出去！"将皇宫朱门贬得一文不值。张书绅《新说西游记》中说：

> 未写游西天，先写游地府；未写唐僧，先写唐王；未写妖魔，先写鬼怪；未见西天之崎岖，先言幽冥的险阻；未睹凌云渡，已见奈何桥；阿傩索礼物，判官受情书；正是一部书的影子，可谓"小西游"。把一座阴曹地府写得肃静森严，历历如绘，读之令人失色。不是唐王游地府，竟是开了鬼门关，令读者看地府也。千奇百怪，如见如闻，非寻常笔墨所可得而梦见也。

好看的唐太宗入冥故事的重要作用，是合情合理地引出西天取经僧。从此，唐僧按照观音菩萨预先踩好的点，亦步亦趋走上西行取经之路。先收下四个徒弟，四兄弟来历不同、秉性不同：孙悟空智勇双全，富有挑战精神；猪八戒好吃懒做，还有点儿好色，但能吃苦亦能战斗；沙和尚忠心耿耿，擅长在师兄弟间调和"统战"；白龙马任劳任怨，聪慧精明。唐僧带领四个徒弟，"你挑着担，我牵着马，迎来日出，送走晚霞"。四个徒弟，你方唱罢我登场，都不是为他人做嫁衣裳，他们既为西天取真经、保师父平安无事，也奔自己的锦绣前程。一师四徒，各有个性，各有招数，碰撞出一个个"师徒矛盾""师兄弟矛盾"故事。在西天取经大片中，唐僧是"灾难"主演。西行路上群妖出洞，男妖想吃唐僧肉，女妖想做唐僧妇。唐僧今儿被这个妖精抓走，明儿给那个妖精逮住。不断忍受皮肉之苦，反复接受"拒腐蚀永不沾"考验。孙悟空是"战妖"主演。孙悟空保护师父，过了一山又一山，迈了一水又一水。妖精从天宫，从海底，从深山老林，纷至沓来。各有各的先进武器。孙悟空不停地打斗，不停地上天入地，奔南海，到西天求援兵。不断接受战斗的考验、才智的检验、斗争的洗礼。一个接一个的取经磨难故事，花样百出，娱乐着全世界一代又一代读者。

胡适在《西游记考证》中指出，取经因缘与取经人物有许多不合历史事实的地方。但这种变换在情理之中。历史上玄奘家世、幼年事迹太寻常，没有小说写的有情趣，有改变的必要。

陈玄奘是唐代真实的、对佛教在中国传播做出贡献的高僧。《西游记》把他的身世和性格改写了。历史上玄奘十一岁出家，《西游记》的唐僧满月被和尚收养，自幼出家。《西游记》第十一回叙述唐僧本是如来佛二弟子金蝉子，因无心听佛讲，被贬到尘凡受苦："父是海州陈状元，外公总管当朝长。出身命犯落江星，顺水随波逐浪泱。海岛金山有大缘，迁安和尚将他养。"父母悲欢离合的故事纯是小说家虚构。小说中玄奘之父陈光蕊中状元，贞观十三年（639年）与殷小姐结婚。历史人物玄奘贞观三年（629年）已出国。唐僧取经缘由与历史上的玄奘取经的缘由也不一样。历史人物玄奘没得到唐朝皇帝的允许擅自出境取经。小说中的唐僧取经却成了唐朝皇帝的需要。历史上的玄奘大智大勇、聪明过人、气度恢宏；小说人物唐僧既慈悲为怀又善恶不分、人妖不辨，遇到困难一筹莫展，一听说有妖精，就战战兢兢、泪流满面、两腿酸软、念佛不止。徒弟孙悟空当面说他"脓包"，还为师父创造个特有名词"皮松"。第五十六回孙悟空挖苦师父："天下也有和尚，似你这种皮松的却少。"当然，如果唐僧与孙悟空"强强联合"，就出不了那么多西行路上唐僧遇难、悟空救难等变幻层出的故事了。

西行多劫难

第十三回唐僧要动身西天取经，众僧说水远山高、路多虎豹，唐僧答："心生，种种魔生；心灭，种种魔灭。"这是《西游记》依恃的哲学思维。西天取经路上遇到的各种磨难，是对取经人能否战胜艰难险阻，一心向佛的考验。第十九回乌巢禅师向唐僧传授《心经》，西天取经队伍主要战斗力孙悟空叫"心猿"，取经师徒在战胜妖魔的同时，战胜自己的心魔。"佛即心兮心即佛。"

1."心猿归正，六贼无踪"

第十三回"陷虎穴金星解厄，双叉岭伯钦留僧"。唐僧未出大唐边境就遭遇两个劫难：与两随从坠坑，随从被野牛精、熊罴精、老虎精吃了，太白金星将唐僧救出并告诉他：前边就有徒弟帮你了。唐僧一人前行遇两只猛虎，得猎人刘伯钦救助。刘伯钦送唐僧出境，到大唐与鞑靼分界处两界山，听到山脚下喊声如雷"我师父来也！"刘伯钦对唐僧说："王莽篡汉之时，天降此山，山下压着一个神猴。"从王莽篡汉到唐贞观十三年（639年），恰好五百年。真实的历史印证着虚幻的小说。美猴王再次出山。

大闹天宫时美猴王的造型是，头戴凤翅紫金冠，脚蹬藕丝步云履，身穿锁子黄金甲，腰系蓝田玉带，身披赭黄袍。这是"战神＋领导者"的经典造型。大闹天宫时孙悟空跟如来佛打赌，被如来佛反掌压在五行山下。观音菩萨嘱咐孙悟空等取经僧来救他。唐僧在两界山见到的孙悟空，齐天大圣的气宇轩昂一丝丝也没了，被打回猴儿自然态，混得连衣服都没了：

尖嘴朔腮，金睛火眼。头上堆苔藓，耳中生薜萝。鬓边少发多青草，颔下无须有绿莎。眉间土，鼻凹泥，十分狼狈；指头粗，手掌厚，尘垢馀多。还喜得眼睛转动，喉舌声和。语言虽利便，躯体莫能那。正是五百年前孙大圣，今朝难满脱天罗。

孙悟空对唐僧说：自从观音菩萨叫他保护取经人西天取经后，"昼夜提心，晨昏吊胆，只等师父来救我脱身"。无法无天的猴儿什么时候这么小心、这么用心了？这就是五百年被压的经验教训。唐僧揭开如来佛镇压孙悟空的五行山上的六字封皮，"只闻得一声响亮，真个是地裂山崩。众人尽皆悚惧。只见那猴早到了三藏的马前，赤淋淋跪下，道声：'师父，我出来也！'"请注意"赤淋淋"三字，此时的孙悟空是个"光腚猴"。唐僧要给徒弟取名字，神猴说：我早有名字叫孙悟空。唐僧听了很欢喜，说正合我们的宗派，"你这个模样，就像那小头陀一般，我再与你起个混名，称为行者，好么？"孙悟空有了新名"行者"，背着行李，"赤条条，拐步而行"。孙悟空刚从石匣出来，身上没条线缕，赤条条，完全是猴的"自然形态"；走路一拐一拐，是罗圈腿。既写猴儿像人一样行走，又刻画被山压了五百年，还不太会行走，形象有趣。接着，孙悟空自己创造起行者新披挂来：

忽然见一只猛虎，咆哮剪尾而来。三藏在马上惊心。行者在路旁欢喜道："师父莫怕他，他是送衣服与我的。"放下行李，耳朵里拔出一个针儿，迎着风，幌一幌，原来是个碗来粗细一条铁棒。他拿在手中，笑道："这宝贝，五百馀年不曾用着他，今日拿出来换件衣服儿穿穿。"……那只虎蹲着身，伏在尘埃，动也不敢动。却被他照头一棒，就打的脑浆迸万点桃红，牙齿喷几珠玉块。唬得那陈玄奘滚鞍落马，咬指道声"天那！天那！刘太保前日打的斑斓虎，还与他斗了半日；孙悟空不用争持，把这虎一棒打得稀烂，正是'强中更有强中手'"！

孙悟空将如意金箍棒变成牛耳尖刀，剥下虎皮，"割个四四方方一块虎皮"，裁成两幅，收起一幅，把一幅围在腰间，扯下条葛藤紧紧束起，遮住下体。这个举动说明孙悟空形体是猴，内心却是有礼仪意识的"人"。孙悟空标志性服装虎皮裙从此诞生。自然界的猴儿是老虎的腹中餐，孙猴子却用虎皮做"时装"！

接着，孙悟空到五行山下借宿处，向主人诉说："我有五百多年没洗澡了，你可去烧些汤来，与我师徒们洗浴洗浴。"洗完澡孙悟空借来针线，亲手制造"时装"，看到唐僧洗浴换下件白布短小直裰，披在身上。把虎皮脱下，联接一处，打个马面样折子，围在腰间，勒了藤条。走到师父跟前问：老孙今日这等打扮如何？唐僧夸他更像行者，将白布直裰送他。孙悟空唱喏："承赐！承赐！"当年四海龙王送那么华丽的服饰，也没从猴王嘴里换回个"承赐"，一件旧布直裰换回两个"承赐"。孙悟空是个好学生，不管对菩提祖师还是对唐僧，都有份骨子里的亲情。

虎皮裙意味着孙悟空从"美猴王"到"孙行者"转型。与之密切相关的是戴金箍，而戴金箍缘于灭六贼。

第十四回"心猿归正，六贼无踪"。"心猿归正"是孙悟空走上正路；"六贼无踪"表面上是孙悟空打死六个贼人，实际上有佛教内涵，是断绝人生一切杂念。

孙悟空与师父刚走上取经路，路旁闪出六个人拦路抢劫。强盗为什么是六个？不是四个五个、七个八个？因为必须六个才符合佛教对"六贼"的论述。特别妙的是六贼供出名字："一个唤作眼看喜，一个唤作耳听怒，一个唤作鼻嗅爱，一个唤作舌尝思，一个唤作意见欲，一个唤作身本忧。"《百家姓》有没有"眼、耳、鼻、舌、身"这几个姓氏？未仔细查证，即便有，这些奇怪之极的姓氏为何偏偏组合到一起？佛教把眼、耳、鼻、舌、身、意称"六贼"，六贼在身，就"六根"不净，"六尘"随身。"灭六贼"从佛教教义演义出来。孙悟空打死六贼，等于断了六根，弃了六尘，消灭人间一切物欲诱惑，清清净净，无牵无挂，专心向佛。

　　唐僧肯定知道佛教中的"六贼"是什么，明明听到六贼的名字，却不明白孙悟空打死六贼意味着什么。絮絮叨叨，把孙悟空气跑，经东海龙王劝解，又回到唐僧身边。孙悟空丢下唐僧后，观音菩萨变成一老母，谎称短命儿子留下锦衣花帽，情愿送长老徒弟，又教给唐僧紧箍咒，"他若不服你使唤，你就默念此咒，他再不敢行凶，也再不敢去了"。佛教不是不打诳语吗？为了给孙悟空戴上金箍，观音菩萨和唐僧却把谎话说得天花乱坠。唐僧知道孙悟空好奇，故意让孙悟空打开包袱拿食物时"偶然"发现锦衣花帽，猴儿立即产生兴趣，唐僧编套鬼话：绵布直裰和嵌金花帽"是我小时穿戴的。这帽子若戴了，不用教经，就会念经；这衣服若穿了，不用演礼，就会行礼"。孙悟空道："好师父，把与我穿戴了罢。"孙悟空穿戴好，唐僧念起紧箍咒，嵌金花帽变成金箍扎进猴儿脑袋生根。猴儿痛得竖蜻蜓，翻筋斗，耳红面赤，眼胀身麻。知道这是观音菩萨奈何自己的法子，只得向唐僧保证：我愿保你，再无退悔之意。从此孙行者经典服装产生：头戴小花僧帽，上身绵布直裰，下身虎皮裙。

　　此后小花僧帽并不在孙悟空脑袋上，取而代之的，是金箍。孙悟空头上的金箍相当有哲理性。极端天才的人物，往往有极端自由的倾向，往往不受世俗管束，不服从"领导"。观音菩萨给手无寸铁的唐僧送来掌管孙悟空的权杖，只要唐僧念紧箍咒，孙悟空就头痛欲裂，因此只好乖乖听话。

2. 多亏有个猪八戒

孙悟空在高老庄收伏猪精。猪悟能向师父汇报：他自从受菩萨戒行，就断了五荤三厌。唐僧又给他起名字"八戒"。佛教根本大戒是五戒，不杀生、不偷盗、不邪淫、不妄语、不饮酒。猪八戒大约连葱蒜韭都戒了，但他的人生欲望却一样也戒不了，这些欲望不断喷薄：贪吃争嘴，追逐美女，攒点私房钱，传点老婆舌头，给孙悟空打打小报告，时不时说点谎话，干点以小人之心度君子之腹的糗事，吹吹自己先前做天蓬元帅时如何阔……猪八戒又笨又不老实，常出洋相。

猪八戒从在观音菩萨面前露面，到走完取经路，他的造型是亦猪亦人亦神。他的长嘴有时藏在怀里，冷不丁伸出来吓人取乐。他的蒲扇耳则成了藏私房钱的小金库。他猪头人身，没有孙悟空那套帅气的猴王服装或潇洒的行者服装，只有普通僧人的衣帽，这套服装还是他在离开高老庄时据理力争向前岳父要来的。他会腾云驾雾，会三十六般变化，能变些粗老笨重的物件和形象，比如黄胖和尚或大树，变灵巧的小女孩一秤金就得孙悟空给他吹口气了。他使用钉钯打仗。这件原来的天宫奇珍异宝，本来"层次"远高于孙悟空的如意金箍棒，到了猪八戒手中，却成了带有劳动特点的武器。猪八戒靠这个武器在高老庄以辛勤劳动做了几年上门女婿，在西天取经路上也常用来披荆斩棘。

猪八戒是由孙悟空降服的，孙悟空居高临下叫猪八戒"馕糠的夯货""呆子"。"夯货""呆子"

两个蔑称，伴随整个西行取经路。孙悟空对猪八戒想捉弄就捉弄，想嘲笑就嘲笑，想斥骂就斥骂。同样是"动物级"徒弟，为什么师兄总拿师弟的形体开涮？而师弟从没有拿比如"雷公脸""尖嘴猴腮"说师兄？还是猪八戒忠厚老实。西行路上，孙悟空干的是巧活、场面上的活，猪八戒干的是笨活、看不出成就的活。笨、呆、懒、贪吃，出言令人喷饭。不仅荆棘岭、稀柿衕离不了猪八戒，一路寂寞更离不了猪八戒。猪八戒之妙不在聪明上，在呆上。既笨拙又聪明，既懒散又勤劳，既好美色又重"结发情"，既贪小利又不忘大义，猪八戒是生动的双面像。因为这个扇着一对招风耳，伸着一个长嘴巴角色的出现，《西游记》充满喜剧性，猪八戒是《西游记》脍炙人口的重要因素。猪八戒给《西游记》带来喜剧氛围和妙趣盎然的可读性。伴随着猪八戒总会出现谐趣、风趣、有趣的情节，开口解颐的语言。

　　构思猪八戒，是小说家天才的灵光一闪，是小说布局的绝妙一招。

　　唐僧的两个徒弟孙悟空和猪八戒形成强烈对比：

　　孙悟空心高气傲理想化，猪八戒务实求实现实性；

　　孙悟空不近女色，猪八戒见了美女就挪不动腿；

　　孙悟空越斗越勇，猪八戒打不赢就钻草丛睡觉；

　　孙悟空被念紧箍咒也不走，猪八戒动不动想散伙……

　　反过来又可以说，猪八戒宽厚，孙悟空促狭；猪八戒务实求实，孙悟空好高骛远。

如果没有孙悟空，唐僧取经只能是唐三藏西域真实故事；如果没有猪八戒，《西游记》肯定不太好玩，不太好看，不太有趣，不那么引人入胜。孙悟空令读者觉得神奇得高不可攀，猪八戒令读者觉得真实如街坊邻居。猪八戒把普通人的正常欲望带进了取经队伍。

3.《心经》和五行

佛教经典《心经》和道教概念五行，在《西游记》中非常重要。

乌巢法师授予唐三藏《心经》。乌巢法师住的地方清幽宁静，山禽对语，仙鹤齐飞，花香浓浓，青草冉冉。山南有青松碧桧，山北有绿柳红桃。涧下滔滔绿水，崖前朵朵祥云。禅师在香桧树前搭个柴草窝居住。左有麋鹿衔花，右有山猴献果。树梢飞翔着青鸾、彩凤、玄鹤、锦鸡。乌巢禅师送给唐僧《多心经》并念首诗告诉西去路途，其中有"野猪挑担子，水怪前头遇。多年老石猴，那里怀嗔怒。"将猪八戒和孙悟空调侃一番。乌巢禅师说完，化一道金光飞上乌巢，孙悟空大怒，"举铁棒望上乱捣，只见莲花生万朵，祥雾护千层。行者纵有搅海翻江力，莫想挽着乌巢一缕藤"。

《般若波罗密多心经》，全名《摩诃般若波罗蜜多心经》，简称《般若心经》。"般若"在梵文中是"智慧"之意；"波罗密"是从此岸到彼岸的途径之意。乌巢禅师对唐僧说："若遇魔瘴之处，但念此经，自无伤害。"心经从此一直伴随唐僧的取经之路。《心经》的"关键词"是，心无挂碍即无恐怖，可远离颠倒梦想，除一切苦。一切源于"心"，一切决定于"心"。

西天取经路上，师徒经常谈"心"，第三十二回"平顶山功曹传信，莲花洞木母逢灾"，见一山挡路，唐僧要徒弟仔细，恐有虎狼阻挡。孙悟空回答："师父，出家人莫说在家话。你记得那乌巢和尚的《心经》云：'心无挂碍；无挂碍，方无恐怖，远离颠倒梦想'之言？但只是'扫除心上垢，洗净耳边尘。不受苦中苦，难为人上人。'"

《西游记》中，与《心经》同样重要的是"五行"。吴承恩将唐僧师徒分别定为金、木、水、火、土。孙悟空是金，猪八戒是木，唐僧是水，沙和尚是土，白龙马是火。五人相辅相成，相生相克。清代人将《西游记》看作"释厄书""证道书"，认为西天取经故事背后有道家如何修练的寓意。弄不清吴承恩设计的唐僧师徒"五行"，看小说章回回目都难免如坠五里雾中。吴承恩有时还将师徒的五行写进回目：

第三十二回"平顶山功曹传信，莲花洞木母逢灾"，写观音菩萨向太上老君借来金、银童子变化成金角、银角大王，将唐僧掳进莲花洞之事。"木母"谐指猪八戒几乎被上锅蒸。

第四十七回"圣僧夜阻通天水，金木垂慈救小童"，写的是孙悟空和猪八戒在陈家庄变成一男一女两童子。"金"指孙悟空，"木"指猪八戒。

第八十九回"黄狮精虚设钉钯宴，金木土计闹豹头山"，写取经僧的武器被妖怪偷去，三兄弟到豹头山与妖怪战斗。"金"指孙悟空，"木"指猪八戒，"土"指沙和尚。

吴承恩还将《心经》和"五行"纠缠在一起，创造了既可说是佛家，也可说是道家，还带了王阳明心学学派色彩的专用名词，如：灵台方寸、心猿意马、金公木母、婴儿姹女。这些专用名词常有深刻的哲理意味，如灵台山方寸洞被安排为孙悟空开蒙师父须普提的住处；心猿意马被安排为唐僧被妖魔变成老虎后，白龙马（意马）思念悟空（心猿），让八戒将大师兄请回来。吴承恩还用这类词构成小说章回回目。如第五十一回"心猿空用千般计，水火无功难炼魔"、第八十回"姹女育阳求配偶，心猿护主识妖邪"。

《西游记》是神魔小说，文化意味却非常浓。它融合儒释道三教，天马行空，上天宫，探地狱，去西天，下东海，大开大阖，大俗大雅。只要弄通《西游记》中一些常用的基本概念，中小学生也可以无障碍阅读，兴味盎然地欣赏充满童心童趣的书。

4. 谐趣横生的妖精世界

西天取经路上经历最多的磨难是遇妖。群妖出洞，各显神通，演义一个一个妙趣横生、绝不雷同的故事。《西游记》这部全世界最杰出的神魔小说，不仅创造了严整有序的天宫及各司其职的诸神形象，创造了金光盖地的西方极乐世界和威严齐全的群佛形象，还创造了丰富多彩的妖精群像。论仿生寓意的妖精造型，别出心裁的妖精武器，没有任何小说能超过《西游记》。

西天取经降魔有点儿像现在的电脑游戏：厂家设计好若干程序，布置好若干关口，玩家必须一个一个通过，否则不得分。每一关都有"专用密码"，那就是一物降一物的降妖，比如昂日星官昂首一鸣，蝎子精立即死翘翘。如来佛和观音就是《西游记》的"游戏厂家"，不按他们的游戏规则做，唐僧师徒就修不成正果。而天宫诸神、西天诸佛，为帮助如来佛完成八十一难宿命，或亲手制造灾难，或故意疏于管理纵放坐骑等下界成妖，给唐僧制造磨难，神佛共同玩起"妖精"游戏：

黄风岭黄风怪，是如来佛让灵吉菩萨镇押的灵山黄毛貂鼠；

黑树林黄袍怪，是天宫二十八宿之一奎木狼星下界；

平顶山金角、银角大王是太上老君的童子，观音菩萨借来客串妖精；

取代乌鸡国国王的终南全真怪，是文殊菩萨的青毛狮子所变；

黑水河的鼍怪，是西海龙王的外甥；

通天河的水怪，是观音菩萨莲花池里的金鱼成精；

金兜山的金兜大王，是太上老君的青牛成精；

小雷音寺冒充如来佛的黄眉怪是弥勒佛的黄眉童儿；

麒麟山的赛太岁是观音菩萨的坐骑金毛犼；

狮驼岭三怪是文殊菩萨的青毛狮、普贤菩萨的大象、佛母孔雀大明王菩萨的兄弟大鹏，论辈分大鹏怪算如来佛的舅舅；

比丘国的国丈，是寿星骑的鹿；

无底洞的老鼠精，原是地灵成精，后来成托塔李天王的螟蛉义女、哪吒三太子的义妹；

九曲盘垣洞的九灵元圣，是太乙天尊的九头狮；

天竺招亲的公主是月宫嫦娥的玉兔……

唐僧取经本来走得好好儿的，突然冒出一个又一个妖精；一些神佛、星辰、瑞兽本来在天宫或西方极乐世界待得好好儿的，突然不厌其烦、不嫌其秽下界为妖。文殊菩萨至少跑下界三次，第一次来试唐僧是否贪女色、富贵，后两次来领回自己的坐骑。他的青毛狮子跑下界两次，先到乌鸡国，后到狮驼岭。讲究色即是空的菩萨竟然亲自变成美女到尘世勾引男人，观音菩萨还亲自变过一次妖精。

　　如果说观音菩萨借来的天上星宿或瑞兽变成妖精，像西天取经路上神佛的卧底，变来变去，打来打去，反而说明"神魔本是一家"，那么本地出产的真正的妖精才是取经僧的命中魔星。

　　这些"土妖精"有时单打独斗，如：

　　害唐僧琵琶洞受苦的是蝎子精；

　　闹"真假猴王"大动静的是六耳猕猴；

　　隐雾山遇魔是豹子精；

　　玄英洞遇魔是犀牛精；

　　通天河落水因为失信于老鼋……

　　相当多的妖精还会拉帮结伙，如：

　　唐僧在唐朝边城河州卫遇到"处士"野牛精、"山君"熊罴精、"寅将军"老虎精，带着五六十个妖邪，将唐僧的两个随从吃了；

　　黑熊精与白蛇精、苍狼精结为朋友，又与金池长老做朋友，借看朋友偷走唐僧的袈裟，再和白蛇、苍狼一起开什么佛衣会；

　　车迟国虎力、鹿力、羊力大仙是虎、鹿、羊成精，老虎不但没把鹿和羊都吞了，还结伴成精；

　　蜘蛛精与蜈蚣精是结义兄妹；

　　白面狐狸与寿星的鹿联手在比丘国作祟；

　　唐僧半夜三更、花前月下遇到几位谈吐古拙的诗人，是树妖……

　　妖精间的"友谊"形成连锁反映，孙悟空降妖常按下葫芦起来瓢，一波未平，一波又起。小说情节此起彼伏、曲折多变。

　　有时还出现妖怪家庭，甚至能与取经僧拉上亲戚关系：

　　红孩儿小妖要吃唐僧肉，请父亲一起吃。父亲是牛魔王，孙悟空的把兄弟。牛魔王、铁扇公主、红孩儿小妖，一夫一妻一独子，外加牛魔王外室玉面狐狸，还有个亲弟弟看守落胎泉。

　　西行路上的妖精，多种多样，精彩无比。

　　降妖办法，同样是多种多样，精彩无比。

　　自从唐僧解救出压在五行山下的孙悟空，降妖重担就落到猴哥身上。孙悟空遇到的第一个妖——黑熊怪，是请观音菩萨来降伏的。当年在天宫打遍天将少敌手的齐天大圣，一人独战四大天王毫不气馁，怎么重出江湖第一战连个笨熊都斗不过？这是小说家有意如此写。倘若西行路上的妖精一个一个命丧孙悟空的如意金箍棒下，痛快固然痛快，却太絮聒，太老套，太单调，一点也不好看，引不起读者的阅读兴趣。小说家不需要孙悟空再做长胜将军，需要他上天入地，把筋斗云翻到尽可能多的古代传说中的神仙那儿，去求援，去"公关"，去展示瑰丽无比的神仙世界和奇幻无比的神仙重器，去铺排神仙界如同人间的眷属、知交关系，这样小说才更有趣、更好看、更引人入胜！所以，从黑熊精开始，孙悟空战胜妖魔，基本都靠外力支援。一个妖魔总会有个"专门"降他的神灵。如二十八宿之一的昂日星官变成大雄鸡昂首一鸣，蝎子精立马扑地而死。孙悟空上天入地寻找"唯一"能降"此妖"的"那神"。有时为了降一个妖魔，孙悟空转遍周天，连如来佛出手都无济于事，最后还得把妖魔的"本主"找来。唯其如此，西天取经故事才会不断有新的神灵出现，有新的降魔高招和法器出现，才会令读者见所未见、闻所未闻，始终保持着新奇感。

妖精从地面到天上纷至沓来，从大型凶猛动物到小爬虫，应有尽有：狮、虎、豹、熊、象、犀牛、兕、鼍、猕猴、鹿、羊、兔、金鱼、蜘蛛、蜈蚣、蝎子……各有其生物优势也各用其生物武器。狮子张大口咬，大象用长鼻卷，蝎子用尾巴蛰，蜘蛛吐丝网……他们还有从天宫或佛界带下来的各种宝贝。这些在天宫非常寻常的物件到了西天取经的路上，有时是净瓶，有时是金铙，有时是根扎腰的绳，都成了给孙悟空制造各种各样麻烦的法力无边的"魔障"：青牛怪的金刚琢套走了天宫诸将的武器，套走了如来佛的金沙，却原来不过是太上老君拴牛鼻子的小圈圈；黄眉怪的布袋囊括了二十八宿和孙悟空师徒，却原来仅仅是弥勒佛的一个破包袱皮人种袋！为了降服这些有千奇百怪武器的妖魔，孙悟空得从天宫，从南海，从西天，从龙宫请援兵。援兵里也不乏本相是动物者：昂日星官是只大公鸡，蝎子和蜈蚣的天敌；井木犴是凶猛动物狴犴，上山能啃虎，下海能食犀。魔高一尺，道高一丈，你方唱罢我登场，演出"西天取经降魔大合唱"。

不管妖魔还是神佛，突出特点是"人化"、谐趣化。胡适在《中国章回小说考证》中说，《西游记》之所以能成为世界一部绝大"神话小说"，因为里边种种神话都带有诙谐意味，让人开口一笑，就把神话"人化"了。《西游记》的神话是"人的意味的神话"。鲁迅先生在《中国小说的历史变迁》中也曾剖析，为什么《西游记》里的妖魔并不面目可憎。因为吴承恩本善于滑稽，他讲妖怪的喜、怒、哀、乐，都近于人情，所以人喜欢看，喜欢妖怪的本领。而且读者看《西游记》"无所容心"，不像《三国演义》，见刘胜则喜，见曹胜则恨，因为《西游记》讲的是妖怪，读者看了，但觉好玩，"所谓忘怀得失、独存赏鉴了——这也是他的本领"。

5. 众擎群举降妖魔

在孙悟空降妖过程中，哪些神仙对他帮忙最大？

观音菩萨首屈一指：她许诺猴王遇困叫天天应叫地地灵，送三片净瓶柳叶做救命毫毛，多次亲自降妖，甚至变妖精帮悟空。

玉皇大帝位列第二：他不计前嫌，只要孙悟空上天求助，不管是唱喏，是"奏闻"，还是叫"老官儿"，都对猴王有求必应。天宫文官之首太白金星不仅成了"西天取经信息部主任"，还亲自帮过唐僧；天宫武官之首李天王成了西天取经路上的救火队长。天宫诸神，都是叫之即来，来之即战，其中表现最抢眼的，是哪吒三太子和二十八宿，当然，也不要忘了观音、玉帝派来的金头揭谛、四值功曹等"无名英雄"。

四海龙王最讲友情：孙悟空一声咒语，离他最近的龙王马上飘云而来，需要"无根水"但没带雨具，便打几个喷嚏；需要变冷风，马上钻到要炸猴王的油锅底下和要蒸唐僧师徒的铁锅下。从第三回孙悟空自龙宫"借"到如意金箍棒和披挂，到第九十二回西海龙王太子摩昂帮助擒拿犀牛精，龙王对孙悟空的帮助真可谓是及时雨。

西天取经路上无奇不有，妖魔作祟之外，还有过菩萨试禅心；有过人间灾难，如子母河水；有过人为灾难，如西梁女国和灭法国。唐僧师徒真是渡尽劫波取真经。

初期遭磨难

唐僧西行最初路程的磨难，有时来自妖精，有时来自神佛，有时来自取经僧内心。第十六回"观音院僧谋宝贝，黑风山怪窃袈裟"到第十八回"观音院唐僧脱难"的袈裟事件，第二十回"黄风岭唐僧有难，半山中八戒争先"到第二十一回"护法设庄留大圣，须弥灵吉定风魔"的黄风怪之难，都是外来的灾难，观音和灵吉菩萨先后出手救助。第二十三回"三藏不忘本，四圣试禅心"，是菩萨亲自设置磨难考验取经僧。不同的磨难都是考验取经僧一心向佛的精神，也一步一步展示取经师徒的不同个性。三个不同的磨难故事，将孙悟空顽皮好胜、唐僧志向坚定、猪八戒禁不住诱惑，写得活灵活现。

1. 袈裟风波

如来佛给唐僧锦襕袈裟、九环锡杖。西行路上，唐僧一直将九环锡杖握在手中。锦襕袈裟只有寺庙拜佛或投换关文才披上。锦襕袈裟本是保护唐僧的，却因孙猴子逞能引来灾祸。

唐僧师徒到达"层层殿阁，叠叠廊房。三山门外，巍巍万道彩云遮；五福堂前，艳艳千条红雾绕"的观音禅院。唐僧朝着观音菩萨金像叩头。观音禅院和尚打鼓，孙悟空就去撞钟。唐僧祝拜毕，和尚住了鼓，孙悟空一长一短，时撞时歇，撞钟不停，还调侃"做一日和尚撞一日钟"。观音院长老听得钟声乱响，问："那个野人在这里乱敲钟鼓？"孙悟空跳出来喊："是你孙外公撞了耍子的！"

和尚被他的相貌吓得跌跌滚滚，叫："雷公爷爷！"孙悟空道："雷公是我的重孙儿哩！起来，起来，不要怕，我们是东土大唐来的老爷。"游脚僧到别人地盘，师父五体投地拜菩萨，徒弟乱撞钟瞎咋呼吹大牛。自称和尚外公、雷公爷爷、东土大唐老爷！孙悟空实在顽劣。人们把顽皮捣蛋的男孩叫"皮猴子"。孙悟空是登峰造极的皮猴子。为什么儿童都喜欢孙悟空？因为孙悟空最接近儿童顽皮好动的心性。

观音院和尚卖弄院主有七八百件好袈裟，孙悟空要把袈裟拿出来显摆。三藏把悟空扯住悄悄道："徒弟，莫要与人斗富。你我是单身在外，只恐有错。"悟空道："看看袈裟，有何差错？"三藏道："你不曾理会得。古人有云：'珍奇玩好之物，不可使见贪婪奸伪之人。'倘若一经入目，必动其心；既动其心，必生其计。汝是个畏祸的，索之而必应其求，可也；不然，则殒身灭命，皆起于此，事不小矣。"悟空道："放心！放心！都在老孙身上！"慢藏诲盗，炫富引贼。唐僧讲的是实实在在的人生经验。唐僧是和尚，但有父亲被害的悲惨身世。孙悟空是花果山的猴子，对人心难测一无所知。事实正是按照唐僧的预言发展：袈裟异宝勾起老院主贪心，先借袈裟看一夜，然后接受弟子建议，打算害死唐僧师徒，霸占袈裟。

观音院和尚要堆柴火烧死唐僧师徒，孙悟空发现了他们的秘密，完全可以叫起唐僧，摄走袈裟，牵上白龙马，悄悄离开。然而唯恐天下不乱的孙猴子岂能躲灾避祸，息事宁人？孙悟空不救火却吹风，"与他个顺手牵羊，将计就计，教他住不成罢"。孙悟空跑到天宫向广目天王借避火罩护住师父，

自己护住袈裟，捻诀念咒，望巽地上吸一口气吹去，一阵风起，刮得大火烘烘，"烧得那当场佛像莫能逃，东院伽蓝无处躲。胜如赤壁夜鏖兵，赛过阿房宫内火"。除师父居处和袈裟在内的院主禅房，巍巍峨峨七八十间僧房的观音院烧个精光。满天大火惊动黑风山妖精，发现了佛门异宝锦斓袈裟。趁火打劫，径转东山。孙悟空找袈裟找到黑风山黑风洞，先大吹一通，说："你去乾坤四海问一问，我是历代驰名第一妖！"没想到"老子天下第一"的齐天大圣跟黑熊精打了两天，吐雾喷风，飞砂走石，不分胜败。当唐僧问孙悟空战斗情况如何时，孙悟空老实承认"只战个平手"。

打不赢黑熊精，孙悟空找到南海观音，颠倒黑白、恶人先告状："我师父路遇你的禅院，你受了人间香火，容一个黑熊精在那里邻住，着他偷了我师父袈裟，屡次取讨不与，今特来问你要的。"什么话？观音南海住,"过错"飞头上！黑熊精竟然是观音容他邻住,唐僧袈裟竟然是观音"着他偷"？观音菩萨回答："这猴子说话,这等无状！既是熊精偷了你的袈裟,你怎来问我取讨？都是你这个孽猴大胆,将宝贝卖弄,拿与小人看见,你却又行凶,唤风发火,烧了我的留云下院,反来我处放刁！"孙悟空知道菩萨晓得过去未来之事,只好实话实说："我如果弄不回袈裟,师父要念紧箍咒,求菩萨帮忙！"接着要求菩萨照他的计谋行事并威胁："菩萨要不依我时,菩萨往西,我悟空往东。佛衣只当相送,唐三藏只当落空。"孙悟空的要求很出格:他要菩萨变妖精,他自己变金丹,让菩萨假装送金丹骗妖精,他钻到妖精肚子里。菩萨居然只说句"这猴熟嘴",然后就按照孙悟空的要求变成苍狼精"凌虚子",托着孙悟空变成的金丹前往黑风山骗黑熊精。观音看到黑风山柏苍松翠,涧泉潺潺,崖有鹿,林有鹤。暗喜占了山洞的孽畜有些道分。结果皆大欢喜:孙悟空拿回师父的袈裟,重登西行路;黑熊戴上如来佛的第二箍,成了落伽山后山守山大将。孙悟空看到观音菩萨变成苍狼精时说："妙啊！妙啊,这是妖精菩萨,还是菩萨妖精？"菩萨回答："悟空,菩萨,妖精,总是一念;若论本来,皆属无有。"观音的话说得生动有趣,说得孙悟空"心下顿悟",黑熊精成了观音菩萨的守山大将,大概就是为菩萨妖精"轮回"论做注脚。有研究者认为菩萨的话隐含机锋,西行路上的"菩萨"和"妖精"实际上是取经人内心的外化,如果内心邪恶迷惑,就有"妖精"作祟,艰险重重;如果内心澄明坚定,则"菩萨"护佑,一路顺利。所以,西天取经重在修心。

失袈裟,寻袈裟,夺回袈裟。围绕一领佛衣,一个个人物登台表演。情节波澜起伏,人物穷形尽相。金池贪婪昏庸,唐僧谨慎小心,孙悟空踢天弄井,观音大慈大悲。孙悟空烧了观音留云下院,倒换来观音全力相助。一场袈裟风波,唐僧受些惊吓,菩萨受些劳碌,孙悟空大获全胜。最可怜观音院活了两百多岁的长老因一丝恶念不得善终,僧人助纣为虐流离失所。

2. 黄风岭遇难

唐僧师徒走到黄风岭遇大风。孙悟空用抓风法闻了闻,道:"这风的味道不是虎风,定是怪风。"狂风过后,跳出只斑斓猛虎,吓得唐僧跌下白马。八戒勇敢出击,与虎精在坡前赌斗。孙悟空丢下师父帮八戒。虎精金蝉脱壳,将虎皮蒙在石头上,驾长风把唐僧摄去。黄风岭妖精只将唐僧看作寻常的一餐饭,并不懂得唐僧更高的"价值"——吃唐僧肉可长命百岁。

失策丢了师父的孙悟空,对八戒称"贤弟",让八戒看守行李和马匹。自己到黄风洞挑战。虎先锋打不过孙悟空,往山坡上逃生。恰好八戒在那里放马,一钯筑得九个窟窿鲜血冒。孙悟空大喜:"兄弟啊,这个功劳算你的!"这是孙悟空少有的对猪八戒颂扬有加。随着猪八戒"作风问题"出乖露丑,吃相不雅,孙悟空越来越不把师弟当盘菜了。

黄风怪居然是员气宇轩昂的体面战将:

金盔晃日,金甲凝光。盔上缨飘山雉尾,罗袍罩甲淡鹅黄。勒甲绦盘龙耀彩,护心镜绕眼辉煌。鹿皮靴,槐花染色;锦围裙,柳叶绒妆。手持三股钢叉利,不亚当年显圣郎。

金盔、鹅黄甲、三股叉，怎么像灌江口那位玉帝的外甥？他什么样眉毛、眼睛、鼻子、嘴？吴承恩故意不写。因为不能写也不好写。按照《西游记》写妖怪常用的"原型仿生法"，如象妖有长鼻，蜘蛛精吐丝，黄风岭的妖怪原型是貂鼠，照此仿造，出来跟孙悟空对打者岂不成了尖嘴生胡须、贼眼溜溜转的"娄阿鼠"？妖怪跟孙悟空大战三十回合不分胜败，孙悟空揪下毫毛放嘴里嚼碎，变出百十个行者，围住妖怪；妖怪吹起一阵黄风，把"毫毛大圣"刮得似纺车儿乱转，抢不得棒。孙悟空只好将毫毛收上身，独自举铁棒打，又被那怪劈脸喷一口黄风，眼睛都睁不开了。

"火眼金睛"连眼睛都睁不开，如何再战？齐天大圣栽了。

山穷水尽疑无路，柳暗花明又一村：

受命护卫唐僧的护法神送来伙食和眼药膏；

孙悟空变小蚊虫飞进妖怪洞，听妖怪说最怕灵吉菩萨；

灵吉菩萨在哪？太白金星来指点方向；

灵吉菩萨使飞龙杖拿住妖精，再向如来佛交差。

一切都那么巧！西天取经路上，护法伽蓝总给取经僧雪中送炭。太白金星已两次驾临凡间救唐僧。第一次唐僧在双叉岭遇难，眼看着随从被妖精剖腹挖心吃掉，一筹莫展。忽来一老叟，用手一拂，绳索皆断。唐僧将包袱捎在马上，牵着缰绳，随老叟出坑坎上大路。老叟化作清风，跨朱顶白鹤腾空而去。风飘下张简帖："吾乃西天太白星，特来搭救汝生灵。"这次遇黄风怪，向孙悟空指示灵吉菩萨方向的老叟，又化作清风，留下张简帖："上复齐天大圣听，老人乃是李长庚。须弥山有飞龙杖，灵吉当年受佛兵。"太白金星是天宫与取经僧关系最亲近的忠厚长者。他两次帮了唐僧大忙，此前两次将孙悟空招上天宫，还向玉帝求情，饶了犯错的天蓬元帅一命。知道太白金星来帮忙，猪八戒感激涕零，拜倒在地，遥谢有救命之恩的老神仙。孙悟空倒没事人一样，这是他的特点或个性：好像西天诸神佛都欠他的，哪个帮他，怎么帮他，都应该。

趾高气扬的孙猴子，在遇黄风怪的故事中，不仅纡尊降贵称猪八戒"贤弟"，到灵吉菩萨处求援，又把经常翘到九霄云外的猴尾巴紧紧夹起来。看到灵吉菩萨院道人，恭敬作揖，谦恭地说："累烦你老人家与我传答传答……"这还是当年的齐天大圣？猴儿识时务者为俊杰，明白个道理：需要求人时得低头。

《西游记》不仅故事生动、人物精彩，还独具风情。它描写世间不可能存在的事物，写得洋洋洒洒，煞有介事，令人大饱眼福。以韵语形式描写的黄风岭大风，摧枯拉朽、翻江倒海的沙尘暴，吹得世间一切无法操作，刮得仙界一切无法运转。传说中最有能力的神佛，不管是地位崇高的王母和老君，还是武艺高强的二郎和哪吒，全部束手无策：

> 冷冷飕飕天地变，无影无形黄沙旋。
> 穿林折岭倒松梅，播土扬尘崩岭岾。

黄河浪泼彻底浑，湘江水涌翻波转。

碧天振动斗牛宫，争些刮倒森罗殿。

五百罗汉闹喧天，八大金刚齐嚷乱。

文殊走了青毛狮，普贤白象难寻见。

真武龟蛇失了群，梓橦骡子飘其鞯。

行商喊叫告苍天，梢公拜许诸般愿。

烟波性命浪中流，名利残生随水办。

仙山洞府黑攸攸，海岛蓬莱昏暗暗。

老君难顾炼丹炉，寿星收了龙须扇。

王母正去赴蟠桃，一风吹断裙腰钏。

二郎迷失灌州城，哪吒难取匣中剑。

天王不见手中塔，鲁班吊了金头钻。

雷音宝阙倒三层，赵州石桥崩两断。

一轮红日荡无光，满天星斗皆昏乱。

南山鸟往北山飞，东湖水向西湖漫。

雌雄拆对不相呼，子母分离难叫唤。

龙王遍海找夜叉，雷公到处寻闪电。

十代阎王觅判官，地府牛头追马面。

这风吹倒普陀山，卷起观音经一卷。

白莲花卸海边飞，吹倒菩萨十二院。

盘古至今曾见风，不似这风来不善。

唿喇喇，乾坤险不炸崩开，万里江山都是颤！

不到四百字的韵文，丰富深邃，幻彩迷情。简直是古代经典和神话人物的奇妙汇。上天入地，跨海越界，从人间到天上，从地狱到龙宫，传说中最著名、最有魔力的神灵，都被这场风刮倒、吹晕，找不着北了！

什么神灵能刮出这样的风？

原来是灵山下一只得道的黄毛小貂鼠！

小小貂鼠和邪门狂风，亏吴承恩能把它们联系到一起！

佛法无边，凡占个"佛"字都不可小觑！

怪不得大自然兽中之王只能给"风王"黄毛貂鼠做个呼来喝去的先锋！老虎和貂鼠，这不成比例的对比，构成奇幻之美。

即使是现实生活中实际存在的景物，到吴承恩的笔下，也格外迷人。吴承恩信手点染的黄风岭几笔风景，就着实有味好看：

　　那山高不高，顶上接青霄；这洞深不深，底中见地府。山前面，有骨都都白云，屹嶝嶝怪石，说不尽千丈万丈挟魂崖。崖后有弯弯曲曲藏龙洞，洞中有叮叮当当滴水岩。又见些丫丫叉叉带角鹿，泥泥痴痴看人獐；盘盘曲曲红鳞蟒，耍耍顽顽白面猿。

山、涧、云、石、崖、洞、鹿、獐、蟒、猿，都是现实中司空见惯的，吴承恩用富有生气和谐趣的字眼一形容，成了带拟人化色彩的奇异景物。吴承恩还大玩文字游戏逗读者玩儿："正是那当倒洞当当倒洞，洞当当倒洞当山。"音韵铿锵。

　　黄风怪算不上西行路上多著名的妖怪，降伏黄风怪也算不上《西游记》最好的降妖故事，但仍令读者百读不厌，为什么？大概和这奇异的"风"、奇妙的"景"，和在必要时刻出现在必要场合、提供必要救援的神灵，以及孙猴儿、猪八戒的性格碰撞，有点儿关联。

　　3. 菩萨来搞美人计

　　佛门清净无为，佛门四大皆空。佛教四大菩萨，观音、文殊、普贤、地藏，日理万机。观音为了考察取经僧是否真有禅心，居然约上文殊、普贤两位壮汉菩萨变娇娥，邀黎山老母变中年寡妇，"四圣"临凡，跟西天取经的四个和尚玩了场令人喷饭的美人计。

读者看成是恶作剧，菩萨大概看成是触及灵魂深处的考验。

汪憺漪《西游证道书》说："'四圣试禅心'，此一回文字乃《西游》化工之笔，施耐庵、罗贯中所不能及也。"

唐僧在西行路上走九个年头，收了孙悟空、猪八戒、沙悟净、白龙马四个徒弟，历经黄风怪等生死考验，他真的一心向佛吗？真的参透佛门经典《心经》了吗？他的取经志向坚定吗？他和徒弟们能接受艰难困苦考验，接受生死考验吗？他们在金钱和美女面前能顶得住诱惑吗？男人面临的最严酷考验，有时并不是艰难困苦，甚至不是生死，而是貌美如花的娇滴滴女子，再伴随泼天家业、享不完的富贵，男人能不能顶得住，更难预料。观音菩萨要让取经僧接受一次糖衣炮弹的偷袭。

"四圣试禅心"是《西游记》电视剧中非常好看的一集。男主角不是唐僧、孙悟空，而是猪八戒。

取经苦，猪八戒尤其苦。唐僧骑马，沙僧牵马，孙悟空在前边带路。猪八戒像泰山挑夫挑着重担，挑着师父的全部家当：卧具、钵盂、书籍、衣物、干粮。为防雨淋，用油布包着。食肠大的八戒还常吃不饱！在这样的前提下，温暖"家庭"、美丽"夫人"、殷实家当向猪八戒招手，从此不再挑担，不再挨饿，肚皮饱饱，美人在怀，还有比这更惬意的吗？意志本来就不那么坚定的猪八戒能不动心？

取经僧走到西牛贺洲地界，看到个气派庄园。宅近青山，门垂翠柏，松挺竹秀，菊艳兰幽。高堂大厦，画栋雕梁。猪八戒准确判断出"这个人家是过当的富实之家"，比高老庄强多啦！

女主人出来接待。八戒"饧眼偷看"。"饧眼"是眼巴巴，却只能偷看，因为是和尚。他看到妇人珠翠满头，织金官绿绉丝袄，上罩浅红比甲，系鹅黄锦绣裙，穿高底花鞋。半老徐娘，风韵犹存。妇人用纤长春笋般的手（美），用黄金盘、白玉盏（阔），给和尚们上香茶、摆异果（舒适），吩咐办斋。唐僧礼貌性地问："老菩萨，高姓？贵地是甚地名？"一句话引出妇人"坐家招夫"的话题。自称家资万贯，良田千顷，她和三个女儿，意欲坐山招夫。你们四位恰好，"不知尊意肯否如何？"仔细听，妇人的话已是禅语，有禅心自应领悟：妇人娘家姓"贾"，假也；夫家姓"莫"，没也。三个女儿联起来叫"真爱怜"，三女若从父姓，则是没真、没爱、没怜，若从母姓，则是假真、假爱、假怜，也就是说，财富和美女压根不存在，妇人所说的一切全是假的——庄园子虚乌有、财富镜花水月。菩萨打哑谜：财富、美女只是心中幻想！

　　女主人口若悬河描绘家庭富足和女儿可爱：

　　　"舍下有水田三百馀顷，旱田三百馀顷，山场果木三百馀

　　顷；黄水牛有一千馀只，骡马成群，猪羊无数；东南西北，庄堡草场，共

有六七十处；家下有八九年用不着的米谷，十来年穿不着的绫罗；一生有使不着的金银：胜强似那锦帐藏春，说甚么金钗两路；你师徒们若肯回心转意，招赘在寒家，自自在在，享用荣华，却不强如往西劳碌？""小女俱有几分颜色，女工针指，无所不会……也都晓得些吟诗作对。虽然居住山庄，也不是那十分粗俗之类，料想也配得过列位长老，若肯放开怀抱，长发留头，与舍下做个家长，穿绫着锦，胜强如那瓦钵缁衣，雪鞋云笠！"

取经四众听完各有反应，都符合各自个性：唐僧毫不动心。初次听到坐家招夫的话，"推聋装哑，瞑目宁心，寂然不答"，息事宁人。妇人进一步劝他们留下来。唐僧"如痴如蠢，默默无言"。第三次听到妇人巧舌如簧的劝诱，唐僧"好便似雷惊的孩子，雨淋的虾蟆，只是呆呆挣挣，翻白眼儿打仰"。三次没说一句话，但唐僧坚定西行的信心没受丝毫影响且有两次正面表述：第一次，猪八戒要他回答妇人时，"那师父猛抬头，咄的一声，喝退了八戒道：'你这个孽畜！我们是个出家人，岂以富贵动心，美色留意，成得个甚么道理！'"对徒弟用"孽畜"且声色俱厉，在唐僧是少有的。第二次，唐僧向妇人明确表示他坚持苦行僧的追求：

"女菩萨，你在家人享荣华，受富贵，有可穿，有可吃，儿女团圆，果然是好。但不知我出家的人，也有一段好处。怎见得？有诗为证。诗曰：'出家立志本非常，推倒从前恩爱堂。

外物不生闲口舌，身中自有好阴阳。功完行满朝金阙，见性明心返故乡。胜似在家贪血食，老来坠落臭皮囊。'"

唐僧表现可谓满堂彩，孙悟空和沙僧的表现也可圈可点。孙悟空一开始就知道是菩萨点化，走到庄前，悟空"见那半空中庆云笼罩，瑞霭遮盈，情知定是佛仙点化，他却不敢泄漏天机"。当唐僧敷衍妇人说让孙悟空留下。悟空回答"我从小儿不晓得干那般事"，石猴哪儿做得女婿？拒绝得干净。沙僧委婉批评师父不该让他留下："你看师父说的话！弟子蒙菩萨劝化，受了戒行，等候师父；自蒙师父收了我，又承教诲；跟着师父还不上两月，更不曾进得半分功果，怎敢图此富贵！宁死也要往西天去，决不干此欺心之事。"三位妙龄美女现身进行近距离色诱时，三藏合掌低头，大圣佯佯不睬，沙僧转背身。唐僧和两个徒弟都正气凛然、堂堂正正，受不了诱惑的猪八戒大出洋相。一心想留却不明说，既笨又想取巧，愚蠢却要玩心计，嘴笨偏要撒谎，捉襟见肘、欲盖弥彰。

4."八戒招亲"活喜剧

猪八戒召亲的故事能让读者把肚子笑破：

第一步，猪八戒听到富贵、美色，心痒难耐，坐在椅子上"似针戳屁股，左扭右扭"，生动如画，忍不住扯了师父"做个理会"。他想留下，却希望师父决断。孙悟空说"让八戒留下"，八戒口是心非说:"不要栽人么。大家从长计较。"前后连说三次从长计较,妙绝,画出无限不可画处。待孙悟空故意说出"理想"计较:八戒做倒踏门女婿。他家整会亲筵席,我们落些受用。"却不是两全其美?"八戒心里乐开花还要撇清:"话便也是这等说,却只是我脱俗又还俗,停妻再娶妻了。"

猪八戒不仅尘心未断,还宣传"世人皆浊我也难清":"大家都有此心,独拿老猪出丑。常言道:'和尚是色中饿鬼。'那个不要如此?都这般扭扭捏捏的拿班儿,把好事都弄得裂了。"猪八戒见过多少和尚?他接触的师父和师兄,都不近女色。他的"色中饿鬼"判断从何而来?还不是以小人之心度君子之腹!

第二步,猪八戒采取主动,设法把好事办成。平时最懒的猪八戒主动放马,"虎急急的解了缰绳拉出马去"。孙猴子知道八戒必有动作,变个红蜻蜓跟上,把猪八戒的丑态尽收眼底,回来汇报。八戒把马拉到后门,希望与富家"母女"不期而遇,慧眼洞察一切的菩萨自然如其所愿。八戒开口先把"娘"叫上,再将取经僧与自己区别开:"他们"奉唐王旨意,不肯招亲,"栽"我干,我自然乐意,"只恐娘嫌我嘴长耳大"。妇人担心女儿嫌丑,八戒做思想工作:"娘,你上复令爱,不要这等拣汉。"唐僧人俊,中看不中用!我虽丑,却能持家会干活。妇人表示:那就招你吧,跟师父说说。八戒利令智昏地表示:我有自主权!

第三步,满头簪钗、遍体幽香的真真、爱爱、怜怜露面。八戒"眼不转睛,淫心紊乱,色胆纵横",当着师父、师兄"悄语低声":"有劳仙子下降。娘,请姐姐们去耶。"一边心痒难耐、迫不及待,一边假做推诿:"弄不成! 弄不成! 那里好干这个勾当! "扭扭捏捏、装腔作势、丑态毕露、洋相出绝。八戒跟着"丈母娘"磕磕撞撞,转弯抹角到内堂房屋。急忙将拜堂、谢亲"两当一儿"办了,居然要求三个美女一起娶,还振振有词:"那个没有三房四妾? 就再多几个,你女婿也笑纳了。"猪八戒"撞天婚"的情节最好玩,抓住哪个女儿就跟哪个女儿成亲,猪八戒听得环珮响亮,兰麝馨香,伸手捞人。两边乱扑,左也撞不着,右也撞不着。来来往往,不知有多少女子行动,只是莫想捞着一个。东扑抱着柱子,西扑摸着板壁,两头跑晕,立站不稳。真真、爱爱、怜怜一个也没抓着,猪八戒干脆要求"岳母""你招了我罢"。饥不择食,太不像话! 菩萨将绳索变成美女结的珍珠箓锦汗衫儿,骗猪八戒穿上,"你若穿得那个的,就教那个招你罢"。

　　东方发白,大厦高堂,无影无踪。唐僧师徒睡在松柏林中。猪八戒被吊在树上,痛苦难禁。心高气傲、眼里揉不进沙子的孙悟空要"清理阶级队伍",对沙僧说:"莫睬他,我们去罢。"唐僧宽大为怀,给犯错误者留下改正的机会:"那呆子虽是心性愚顽,却只是一味懞直,倒也有些膂力,挑得行李;还看当日菩萨之念,救他随我们去罢,料他以后再不敢了。"猪八戒绷在树上,孙悟空火上浇油:"好女婿呀! 这早晚还不起来谢亲,又不到师父处报喜,还在这里卖解儿耍子里! 咄! 你娘呢? 你老婆呢? 好个绷巴吊拷的女婿呀! "八戒忍着疼听任猴哥抢白,不敢叫喊。沙僧老大不忍,解了绳索把猪八戒救下,却也调侃一句:"二哥有这般好处哩,感得四位菩萨来与你做亲! "八戒表示:"从今后,再也不敢妄为。就是累折骨头,也只是摩肩压担,随师父西域去也。"

5. 猪八戒凡心不断

有了四圣试禅心血的教训，猪八戒有没有接受经验教训，从此非礼勿言、非礼勿动？没有，猪八戒在此后至少五次见美女动凡心，成为西行路上的趣闻。

第一次，二十七回，猪八戒看到俊美的白骨精，立即忍不住胡言乱语，主动搭讪："女菩萨，往哪里去？手里提的是什么东西？"白骨精感兴趣的是唐僧，不然猪八戒肯定跟她走了。

第二次，五十四回，取经四众到了西梁女国，女王要留下唐僧。猪八戒马上"勇挑重担"，说："打发他往西去，留我在此招赘如何？"看到美丽的女王，猪八戒"忍不住口嘴流涎，心头撞鹿，一时间骨软筋麻，好便似雪狮子向火，不觉都化去也"。自然只能单相思，女王不可能对他有兴趣，如果女王对他有兴趣，他大概跑得比兔子还快。

第三次，七十二回，猪八戒在盘丝洞遇到七个美女妖精，虽然表示要打死她们，却忍不住故意变个鲇鱼在水中的裸体女妖间穿来穿去，总算跟美女来了番有点儿暧昧的"变形接触"。

第四次，九十三回，唐僧被妖精变的公主抛中彩球，皇帝要招他做驸马。猪八戒听说，马上跌脚捶胸："早知我去好来！"

第五次，仍是九十三回，"公主"原是月中白兔，被太阴星君收伏，嫦娥随同太阴星君来到人间，猪八戒一见，立即跳在空中，把霓裳仙子扯住道："姐姐，我与你是旧相识，我和你耍子去也。"

猪八戒的恋爱故事始于嫦娥，终于嫦娥，完成哲理性循环。天蓬元帅之所以成猪八戒，因醉酒戏嫦娥。虽受到天庭惩罚，但天蓬元帅审美层次不低。一旦成了猪八戒，前天蓬元帅就不分年龄、不分阶层地见一个爱一个，乱爱起来。他的"爱"带有极大随意性，却没有长久性。猪八戒见一个爱一个，却总不能得手。对美女容易动情，也容易抛到脑后。猪八戒绝对不是少年维特，他对"失恋"毫不在乎，追不到美女，只要能填饱肚子，马上就没事。从"四圣试禅心"后，猪八戒再也没在美女问题上陷太深、搞太惨。用他自己的话来说，只不过"拉闲散闷、耍子而已"。其实猪八戒的恋爱喜剧，是吴承恩写小说的高招。越丑越爱美女，越笨越想取巧，猪八戒是《西游记》的笑点。

偷吃人参果

"猪八戒吃人参果——食而不知其味",已成了流行甚广的歇后语。《西游记》偷吃人参果的故事脍炙人口。

1. 仙山真福地,神奇神仙果

人参果是《西游记》最负盛名、最具故事性的奇果,对小说的影响不亚于王母蟠桃,价值却在蟠桃之上。王母蟠桃好吃,但不知有多大药效。人参果名"草还丹",乃开天辟地第一果,药效凿凿有据:闻一下,活三百六十岁;吃一个,活四万七千年。五庄观的镇元大仙得到了这混沌初分、天地未开的灵根。三千年一开花,三千年一结果,再三千年才熟,九千年才结三十个果子。人参果树千尺余高,七八丈围圆。青枝馥郁,绿叶阴森,叶似芭蕉,果子丁在枝头,模样如三朝未满的婴儿,四肢俱全,五官咸备。风过时手脚乱动,点头晃脑,似奶娃发声,神奇之极。

人参果的采摘方法比七衣仙女采蟠桃的程序更严格、更繁杂:果遇金而落,遇木而枯,遇水而化,遇火而焦,遇土而入。必须用金器敲、拿丝帕衬垫瓷盘接,用木器就枯了。果子打落地上,立即钻进土里。树下的土比生铁还硬,钢钻也钻不动!

人参果树生长在五庄观。唐僧取经路过,只见高山峻极,顶摩霄汉,峰放毫光,石生瑞气。红雾绕,彩云飞。麋鹿从花出,青鸾对日鸣。龙吟虎啸,鹤舞猿啼。唐僧认为好山好景,幽趣非常,应离雷音寺不远了。前卷帘大将沙僧见的世面多，说："此景鲜明，必有好人居住。"聪明过人的孙悟空竟想不到仙山真福地，必有高人在。五庄观与其他道观不同，不供神佛供"天地"，道童说神佛是观主朋友或晚辈，孙悟空认为是吹牛：

那仙童推开格子，请唐僧入殿，只见那壁中间挂着五彩妆成的"天地"二大字，设一张朱红雕漆的香几，几上有一副黄金炉瓶，炉边有方便整香。唐僧上前，以左手撚香注炉，三匝礼拜。拜毕，回头道："仙童，你五庄观真是西方仙界，何不供养三清、四帝、罗天诸宰，只将'天地'二字侍奉香火？"童子笑道："不瞒老师父，这两个字，上头的，礼上还当；下边的，还受不得我们的香火。是家师父诌佞出来的。"三藏道："何为诌佞？"童子道："三清是家师的朋友，四帝是家师的故人，九曜是家师的晚辈，元辰是家师的下宾。"那行者闻言，就笑得打跌。八戒道："哥啊，你笑怎的？"行者道："只讲老孙会捣鬼，原来这道童会捆风！"三藏道："令师何在？"童子道："家师元始天尊降简请到上清天弥罗宫听讲'混元道果'去了，不在家。"行者闻言，忍不住喝了一声道："这个臊道童！人也不认得，你在那个面前捣鬼，扯甚么空心架子！那弥罗宫有谁是太乙天仙？请你这波牛蹄子去讲甚么！"

当年苏联谍战电影《306号案件》有句著名台词"不知深浅，切莫下水"。孙悟空犯此大忌。

天地位

静中静

做过齐天大圣，住过天宫，也算见多识广，可愣不知道神外有神。当年孙悟空与九曜星称兄道弟，五庄观主却将九曜星视为晚辈，这意味着什么，猴儿难道不该想一想？就武断地将观主说成"泼牛蹄子"！孙悟空"有眼不识金镶玉"，对镇元大仙一无所知，盲目轻视。心高气傲的猴儿要栽个大跟头。

五庄观主镇元大仙认唐僧是故人。五百年前兰盆会相识，如来佛第二个徒弟金禅子亲手为大仙传茶。现在金禅子转世成取经唐僧，那就送两个果子给他吃吧。镇元大仙带四十六个得道高徒到天上听讲座，留两个"绝小的"、仅一千多岁的小徒弟清风、明月接待唐僧。小童照师嘱打下果子送给唐僧，出现了《西游记》研究者频繁引用以说明唐僧独特个性的经典场面：

"唐师父，我五庄观土僻山荒，无物可奉，土仪素果二枚，权为解渴。"那长老见了，战战兢兢，远离三尺道："善哉！善哉！今岁倒也年丰时稔，怎么这观里作荒吃人？这个是三朝未满的孩童，如何与我解渴？"清风暗道："这和尚在那口舌场中，是非海里，弄得眼肉胎凡，不识我仙家异宝。"明月上前道："老师，此物叫做人参果，吃一个儿不妨。"三藏道："胡说！胡说！他那父母怀胎，不知受了多少苦楚，方生下。未及三日，怎么就把他拿来当果子？"清风道："实是树上结的。"长老道："乱谈！乱谈！树上又会结出人来？拿过去，不当人子！"

果子放不住，两个小童只好分着吃了。

2. 孙猴子闯下塌天祸

猪八戒凡事粗心，吃东西的筋却时刻绷着。小童与师父对话，小童"咽啅咽啅"吃人参果的动静，惹动猪八戒的馋虫。调唆孙悟空去偷。孙悟空认为小事一桩，"老孙去，手到擒来"。先敲下一个，钻到地里，揪土地爷来问，知道果子"见土则入"，再敲下三个，三个师兄弟分享。哪想到猪八戒没吃出滋味却吃出花样，吃出动静：

　　那八戒食肠大，口又大，一则是听见童子吃时，便觉馋虫拱动，却才见了果子，拿过来，张开口，毂辘的吞咽下肚，却白着眼胡赖，向行者、沙僧道："你两个吃的是甚么？"沙僧道：

"人参果。"八戒道："甚么味？"行者道："悟净，不要睬他！你倒先吃了，又来问谁？"八戒道："哥哥，吃的忙了些，不像你们细嚼细咽，尝出些滋味。我也不知有核无核，就吞下去了。哥啊，为人为彻。已经调动我这馋虫，再去弄个儿来，老猪细细的吃吃。"行者道："兄弟，你好不知止足！这个东西，比不得那米食面食，撞着尽饱。像这一万年只结得三十个，我们吃他这一个，也是大有缘法，不等小可。罢罢罢！够了！"

猪八戒絮叨，被道童听到，园中查看，果子少了。道童来殿上指着唐僧，"秃前秃后，秽语污言，不绝口的乱骂；贼头鼠脑，臭短膜长，没好气的胡嚷"。唐僧说：果子有钱没处买，仁义值千金。若是他们偷的，叫他们陪个礼！孙悟空不得不承认偷了果子，对心高气傲的猴王这已是难得的"腼颜低头"。二童越加毁骂。小童骂:你们这伙人想到西天取经"除是转背摇车再生"。唐僧认为徒弟不占理,"论这般情由,告起状来,就是你老子做官,也说不通"。孙悟空何曾吃过这种亏!不就是个果子吗!"这果子是树上结的,空中过鸟也有份。"什么大不了的事?值得这么骂人!王母娘娘满园蟠桃几乎被本猴王吃光了,也没人当面骂一句!悟空给气得"钢牙咬响,火眼睁圆"。没心思也不屑向八戒解释为何少了一个果子。守着师父,不敢打人,那就送他个绝后计!毫毛变假行者,陪唐僧、八戒、沙僧忍受道童嚷骂;真身径到园里,掣出金箍棒,一下把树推倒!闯下塌天之祸。

清风、明月将唐僧师徒锁了起来。孙悟空向师父、师弟大包大揽:我肯定能带你们逃走!顺利解锁,八戒趣语夸他:"就是叫小炉儿匠使捻子,便也不像这等爽利!"猴儿立即非常得意地说:"有甚稀罕!就是南天门,指一指也开了!"他把在天宫与增长天王猜枚耍子赢的瞌睡虫儿撂到清风、明月的脸上,让他们鼾鼾沉睡。师徒顺大路一直西奔。

3. 镇元大仙显神通

一般情况下,孙悟空就逃脱了。无奈他遇到的是地仙之祖。镇元大仙非等闲之辈。镇元大仙归来,小童汇报人参树被推倒,大仙乃地仙之祖,不管地位多崇高的诸天神佛都礼让他三分。小小美猴王居然坏了他的镇观之宝,他岂能善罢干休?必须让他们付出代价!

镇元大仙变为普通道人,赶上唐僧四众斥问,孙悟空掣铁棒望大仙劈头就打。大仙踏祥光,径到空中现了本相：

> 头戴紫金冠，无忧鹤氅穿。履鞋登足下，丝带束腰间。体如童子貌，面似美人颜。三须飘颌下，
> 鸦翎叠鬓边。相迎行者无兵器，止将玉麈手中拈。

孙悟空用棍子乱打。大仙用玉麈左遮右挡。打得天兵天将失魂落魄的如意金箍棒居然无法对付小小
玉麈！大仙施出袖里乾坤，袍袖迎风一展，一袖子将四僧连马笼住，带回观里，用龙皮七星鞭打。
孙悟空绝对不能让师父挨打！他承认：错误都是我犯的，要打就打我。将双腿变成熟铁，随便打！
镇元大仙吩咐明天接着打。孙悟空夜里玩个"柳树根大变活人"，命八戒拱来四个柳树根，念动咒语，
咬破舌尖，将血喷在树上，变成四人模样，问他也说话，叫名也答应。孙悟空带着师父、师弟再次
逃走。次日，柳树根露馅，唐僧师徒再次被捉回。镇元大仙的油锅被孙悟空用石狮子砸破。唐僧险
些被丢进油锅。镇元大仙与孙悟空展开对话：

> 却说那镇元大仙用手挽着行者道："我也知道你的本事，我也闻得你的英名，只是你今番
> 越礼欺心，纵有腾那，脱不得我手。我就和你讲到西天，见了你那佛祖，也少不得还我人参果树。
> 你莫弄神通。"行者笑道："你这先生，好小家子样！若要树活，有甚疑难！早说这话，可不

省了一场争竞？"大仙道："不争竞，我肯善自饶你！"行者道："你解了我师父，我还你一颗活树如何？"

孙悟空表示：我上东洋大海，游三岛十洲，访问仙翁圣老，求起死回生之法。八戒立即进谗言：师父啊，猴儿这回要丢下咱们跑啦。唐僧要悟空三日返回，否则念紧箍咒。惶惶如丧家之猴的孙悟空连忙答应，又威胁镇元大仙好好照顾师父："逐日家三茶六饭，不可欠缺。若少了些儿，老孙回来和你算帐，先捣塌你的锅底。衣服禳了，与他浆洗浆洗。脸儿黄了些儿，我不要；若瘦了些儿，不出门。"自己犯错误连累师父，知道愧疚；明明是自己的不是，倒打一钯五庄观主。泼皮不论理，这，就是孙悟空。

4. 孙悟空补"三界神佛"课

猴儿驾筋斗云，疾如流星，到达蓬莱仙境，见到悠哉游哉下棋的福、禄、寿三星，呼"三位老弟"。老弟们给孙悟空一番教训：镇元子乃地仙之祖，我等都是他的晚辈。"我们的道，不及他多矣！"你虽得天仙，却未入真流，怎脱得他手？人参果乃仙木之根，我们如何医得了？海上三星送给孙悟空老大一个人情：老哥仨先不下棋，到五庄观帮美猴王给镇元大仙陪话，请唐僧不念紧箍咒。德高望重的蓬莱三星竟直言不讳孙悟空在"仙"中没入流，跟镇元大仙差不止一个层次！总是自我感觉良好的齐天大圣大概心里颇不是滋味吧。第二十六回"孙悟空三岛求方，观世音甘泉活树"章首有句"刚强更有刚强辈",大概说的就是这个意思。

高踞方丈仙山的"烟霞第一神仙眷"东华大帝也给孙悟空补了"三界神佛地位"一课:五庄观镇元子,圣号与世同君,乃地仙之祖。你怎能冲撞他?万寿山乃先天福地,五庄观乃贺洲洞天,人参果是天开地辟之灵根。如何可治?无方!

东华大帝的侍童东方朔出来,猴王开玩笑叫"小贼",说帝君这儿没桃给你偷吃。东方朔回敬声"老贼"说,我师父这儿没金丹给你偷吃。吴承恩将东方朔拉进小说"闪露"一面,给孙悟空上天入地求方的艰苦过程,增添了一些轻松喜悦的氛围。汪憺漪《西游证道书》认为,描写海上三山的笔墨,"疏疏落落,闲闲冷冷,将长松、白鹤、丹雀、朱树、三星、九老之棋酒,东华、曼倩之茗谈,信笔描写一番"如烦热中的一剂清凉。闲笔出味儿,吴承恩确是高手。

5. 众神束手靠观音

遍游仙山海岛,众神束手,不管海上三星,还是齐天大圣的"老兄弟们"瀛洲九老,全部无医树之方,孙悟空还得找观音。孙悟空不是习惯遇难就找观音吗?为什么这次转个够,最后才跑到南海?这是小说家卖弄博学,扩展"神仙领域"的需要。如果动不动就跑南海找观音,岂不是也太单调乏味了!

菩萨教训孙悟空:"你这泼猴,不知好歹!""镇元子乃地仙之祖,我也让他三分,你怎么就打伤他树!"猴儿只好向观音菩萨苦苦哀求:"弟子因此志心朝礼,特拜告菩萨,伏望慈悯,俯赐一方，以救唐僧早早西去。"菩萨说："你怎么不早来找我？"猴儿担心菩萨净瓶甘露不能救活人参果树。菩萨说："曾和太上老君打赌，老君把杨柳放到炼丹炉炼焦了，照样活！"神仙之间也打赌？

越有能力，越谦虚得体。观音来到五庄观，先给镇元大仙陪话："唐僧乃我之弟子，孙悟空冲撞了先生，理当赔偿宝树。"然后，像变大型魔术一般，将千丈高的大树起死回生。按照常人想象，菩萨只消洒几滴净瓶水，那树岂不就能复活了？吴承恩却设计出繁杂的救树步骤：到了被猴儿打得土开根现、叶落枝枯的人参果树前，菩萨命猴儿将手伸开，用杨柳枝蘸出净瓶甘露，在猴儿掌心里画起死回生的符，令他把拳头放于树根之下，看水出为度。猴儿捏着拳头在树根底下揣着，须臾有清泉一汪。菩萨命用玉瓢舀出，扶起树来，从头浇下。"自然根皮相合，叶长芽生，枝青果出。"没玉瓢咋办？用玉茶盏、玉酒杯，将根下清泉舀出。悟空、八戒、沙僧，扛起树扶周正培上土，那四万七千年比生铁还硬的土也变得听话。菩萨将玉器里的甘泉用杨柳枝细细洒到干枯的人参果树上，口念经咒。"那树果然依旧青枝绿叶浓郁阴森，上有二十三个人参果。"猪八戒诬告孙悟空的果子也重新长回树上。结局皆大欢喜：大仙敲下十个人参果请客并与孙悟空结拜为兄弟，二人情投意合，大仙舍不得悟空走，留下取经僧多住好几天。孙猴儿竟然儿女情长起来，还是唐僧理智，催徒弟西行。

小小人参果，敷衍出生动曲折、荡气回肠的几回故事，活画一个又一个现实中根本不存在的人物：粗鲁贪吃、爱打爱闹的猪八戒，沉默寡言、心中有数的沙和尚，循规蹈矩、善良礼貌的唐僧，法力超常、人情练达的镇元大仙，运筹帷幄、救苦救难的观音菩萨。即使是极小的配角如灵牙俐齿、人小鬼大的清风、明月，在镇元大仙面前自称"晚辈"的老寿星哥仁，寥寥数笔，也是熠熠生辉。写得最集中的还是孙悟空。偷吃人参果是一次猴王涅槃，让他知道人外有人、天外有天；普天之下，不是只有大闹天宫一件荣耀事；五湖四海，不是只有齐天大圣一位能人。

偷吃人参果，推倒果树，逃走被捉，再逃走再被捉，飘洋过海求方……一波未平，一波又起，你方唱罢我登场。令人眼花缭乱的搏斗场面，充满祥云瑞霭的神仙福地，常夹杂令人喷饭的对话，镇元大仙命人将唐僧四众用长布捆了，八戒说拿布来做中袖，等裹了沙僧，猴儿说"夹活儿就大殓"，八戒嘱咐"下面还留孔，我们好出恭"；孙悟空砸破镇元大仙的锅，自称清理肠胃以免污染锅灶；瀛洲丹崖珠树下，皓发蟠髯童颜鹤鬓的九老着棋饮酒，谈笑讴歌，孙悟空突然厉声高叫"带我耍耍儿便怎的"；孙悟空到落伽山，原黑熊怪叫声"悟空"，立即惹出猴儿一番牢骚，表一番功绩恩德，要守山神叫自己"老爷"……每一小节都有出人意料的妙语，每一段落都有令人会心的对话。妙！

6. 信手拈来，杜撰升华，妙趣横生

偷吃人参果操纵局面的当然是孙悟空，导致祸患发生的却是猪八戒。唐僧找徒弟调查，猪八戒先声明："我老实，不晓得，不曾见。"推了个干干净净。童儿说少了四个果子，肇事的八戒立即对猴哥"倒转胡嚷"（翻来覆去叫嚷）：你偷了四个，只拿出三个分，预先打偏手啊？贪吃嘴脸可憎，直爽性情可爱。八戒的哲学是，天塌下来有猴哥顶着。他只管装傻充愣享"呆"福，呆里撒奸，顽皮混闹。当孙悟空担惊受怕、水深火热、奔忙救树时，猪八戒却没事人一样玩得自在、耍得出格。福、禄、寿三星到五庄观，给偷吃人参果的故事增加了一大段笑料，表演者正是猪八戒：

　　那八戒见了寿星，近前扯住，笑道："你这肉头老儿，许久不见，还是这般脱洒，帽儿也不带个来。"遂把自家一个僧帽，扑的套在他头上，扑着手呵呵大笑道："好！好！好！真是'加冠进禄'也！"那寿星将帽子掼了，骂道："你这个夯货，老大不知高低！"八戒道："我不是夯货，你等真是奴才！"福星道："你倒是个夯货，反敢骂人是奴才！"八戒又笑道："既不是人家奴才，好道叫做'添寿''添福''添禄'？"

　　正说处，八戒又跑进来，扯住福星，要讨果子吃。他去袖里乱摸，腰里乱挖，不住的揭他衣服搜检。三藏笑道："那八戒是甚么规矩！"八戒道："不是没规矩，此叫做'番番是福'。"三藏又叱令出去，那呆子踪出门，瞅着福星，眼不转睛的发狠。福星道："夯货！我那里恼了你来，你这等恨我？"八戒道："不是恨你，这叫'回头望福'。"那呆子出得门来，只见一个小童，拿了四把茶匙，方去寻钟取果看茶；被他一把夺过，跑上殿，拿着小磬儿，用手乱敲乱打，两头玩耍。大仙道："这个和尚，越发不尊重了！"八戒笑道："不是不尊重，这叫做'四时吉庆'。"

猪八戒的长嘴大耳总是浮荡着童稚、顽皮、笑谑，这些也是《西游记》引人入胜的重要因素。此处如果没有猪八戒调皮捣蛋，没有猪八戒插科打诨，只是福、禄、寿三星跟镇元大仙、唐僧枯坐那儿礼让寒暄，是多枯燥乏味的场面？有了猪八戒，整个场面就活跃了，亮丽了，风趣了。猪八戒拿福、寿、禄三星开玩笑，用的都是日常生活中人们常说的话"加冠（官）进禄""添福添寿添禄""番番（翻翻）是福""回头望福""四时吉庆"。说寿星不戴帽子，更风趣之极，传说中的寿星什么时候戴过帽子？如此巧妙地将约定俗成的话语组织到极不起眼的情节中，产生明显的喜剧效果，吴承恩对传统信手拈来、杜撰升华的本领好生了得！吴承恩可能先想到这几个常用词"加冠进禄""番番是福""回头望福""四时吉庆"，再把这些话安到猪八戒的头上，构思出这些妙趣横生的细节。天才小说家，真是麻姑掷米，粒粒皆为金砂。

三打白骨精

观音菩萨、镇元大仙与取经僧温馨聚餐人参果后，唐僧四众重登西行路，看到座与五庄观天差地别的恶山。荆棘牵漫，衰草连天。獐豝狐兔，大蟒长蛇，麂鹿作群，虎狼成阵，唐僧马上心惊。孙悟空舞动铁棒开路，唬得狼虫颠窜，虎豹奔逃，没想到惊动了山上的白骨夫人。

1. 白骨精花招迭出

白骨夫人在云端踏阴风看到唐僧，不胜欢喜："他是金蝉子化身，十世修行的原体。吃他一块肉，长寿长生。"

"唐僧肉"具有延年益寿的"药效作用"，这个观点是白骨精首先提出来的。在现代汉语里，"唐僧肉"与"猪八戒吃人参果"一样，已成为常用语，形容极其稀缺珍贵、令人垂涎三尺的物体。

取经四众走在荒山野岭，唐僧说饿了，要孙悟空给他化斋来吃。孙悟空陪笑道："前不巴村，后不着店，有钱也没买处，教往那里寻斋？"唐僧数落悟空："你被如来压在石匣内，亏我救你性命，做了我徒弟，怎么常怀懒惰之心？"

理当属猪八戒的"懒"字，竟被师父扣到孙悟空头上。按说唐僧服了人参果，应体健神爽、脱胎换骨，怎么越发不明是非了？圣僧"圣"在何处？他对徒弟的态度实在昏庸！越有能力的徒弟，越不待见；又懒又馋又长舌妇的徒弟，越发偏袒纵容。钱锺书先生曾风趣地说，唐僧像糊涂家长专

疼没本事的子女。看来神魔与人世原是一理。

孙悟空筋斗幌幌，奔南山摘桃，白骨精来了。看到唐僧有八戒、沙僧护卫，白骨精决定"且戏他一戏"。"戏"是对唐僧，没想到中招的是八戒。妖精变成花容月貌的美女，提着青砂罐、绿瓷瓶向唐僧走来。瓶罐里的东西，闻一闻就中毒。妖精可趁机下手，掳走唐僧。猪八戒见到美女就找不着北，整整直裰，摆摆摇摇，丑人妆美，充斯文气象，迎上前寒暄。看到美女"冰肌藏玉骨，衫领露酥胸"，越发凡心拱动。妖怪骗他：我打算拿香米饭和炒面筋斋僧呢。贪吃的八戒立即跑个猪颠风向师父报告。无奈不管妖精如何花言巧语，唐僧就是不吃。唐僧谨慎免了中毒。八戒埋怨："老和尚罢软！现成的饭三分儿倒不吃，只等那猴子来，做四分才吃！"一嘴把罐子拱倒，就要动口。恰好孙悟空赶回，三下五除二，将"美女"打倒。白骨精用尸解法，丢下个美女尸首跑了。

孙悟空一打白骨精，因打得匆忙，被妖精化解，再变个八十岁老太太来哭女儿。孙悟空仍然举棒便打，妖怪又把假尸首丢下逃走了。孙悟空二打白骨精，仍打得太急，被妖精逃脱。

妖精第三次变成白发苍髯的老公公，孙悟空再次认出，念动咒语叫当坊土地、山神："你与我在半空中作证，不许走了。"金箍棒起，打倒妖魔，断绝灵光。三打白骨精圆满成功。

孙悟空三打白骨精本身并不复杂。白骨精除擅长变化外，并没有多少对付孙悟空的本领。因为孙悟空火眼金睛，下手狠，白骨精连靠近唐僧的机会都没找到，更甭说用妖风将唐僧拐走。三打白骨精之所以闹出那么大波折，乃因为取经队伍分崩离析：唐僧好恶不分，猪八戒调唆诬陷，沙僧作壁上观。孙悟空对付白骨精时，能拘出当坊土地帮忙，自己的师父、师弟，却帮倒忙！要不说堡垒最易从内部攻破，伤害自己最深的常是最亲近的人！

2. 孙猴除恶务尽，八戒长舌进谗

优秀的小说家写人物，特别是写长篇小说的人物，不会让人物个性一成不变，而是使人物个性随情节变化而变化。孙悟空神通广大，唐僧软弱无能，猪八戒愚笨贪吃，这是此前《西游记》给人留下的印象。三打白骨精，使三个人物形象发生了翻天覆地的变化：强悍的孙悟空，成了孤独无助的受害者；软弱的唐三藏，成了穷凶极恶的制裁者；愚蠢的猪八戒，成了巧舌如簧的陷害者。故事腾挪多变，人物性格也在变。这就使得小说更加好看。在三打白骨精故事中，在妖精面前束手无策的唐僧如何"窝里横"？如何敌我不辨、好坏不分？笨蛋猪八戒如何化身巧谗大师？心高气傲的美猴王如何委曲求全、忍气吞声？小说家写得栩栩如生。

孙悟空一打白骨精打死"美女"，唐僧战战兢兢说悟空"无故伤人性命"。悟空让师父看美女送的"美食"："香米饭"乃拖尾巴长蛆，"面筋"是癞蛤蟆满地跳。唐僧已有三分相信，悟空眼看可以过关。八戒却调唆：明明是女子，怎说是妖精？师父啊，这是猴哥怕您念紧箍咒，把米饭变成了蛆！猪八戒为什么给孙悟空进谗言？可能是因为猪八戒大概还对"八戒招亲"后猴哥几乎要将他清理出取经队伍怀恨在心？也可能因为猪八戒眼前重要的个人利益受到损害，养眼美女和八戒认为足以饱腹的美食都被孙悟空消灭了。猪八戒一挑拨，唐僧果然念起紧箍咒，还要轰走悟空。悟空跪下叩头，动情地说：

"老孙因大闹天宫，致下了伤身之难，被我佛压在两界山，幸观音菩萨与我受了戒行，幸师父救脱吾身，若不与你同上西天，显得我知恩不报非君子，万古千秋做骂名。"

一番恳情话，感动得唐僧回心转意。这是孙悟空第二次说报恩的话，第一次对须菩提说，第二次对唐僧说，都是对师父。孙悟空桀骜不驯，却尊师重道。唐僧说：如果孙悟空"仍前作恶"，就把咒语念二十遍。孙悟空也保证"我不打人了"。但一旦发现妖精卷土重来，孙悟空照打不误。

　　孙悟空二打白骨精打死"老妪"。这老妪是妖精变的，孙悟空说得清清楚楚：老太太八十岁，"女儿"十八岁，哪有六十岁还生养的？唐僧连这点常识都不懂？却不由分说把紧箍咒念了二十遍。把悟空的脑袋勒得似亚腰儿葫芦，疼痛难忍。唐僧要轰走孙悟空。孙悟空不肯走。这一次，猪八戒对孙悟空的诬陷尤其幼稚可笑：他说，孙悟空不想走，是想分行李，师父把那包袱里的甚么旧褊衫、破帽子，分两件与他罢。悟空气得暴跳，骂八戒是"尖嘴的夯货"，这词太形象了。本是个夯货，却长着进谗言的尖嘴！接着孙悟空动情地陈述五百年前在花果山收降七十二洞邪魔，手下有四万七千群怪，头戴紫金冠，身穿赭黄袍，腰系蓝田带，足踏步云履，"着实也曾为人"。言外之意，我怎会贪恋几件破僧衣？现在师父不要我，请把松箍咒念念，退下箍子，我就回花果山。唐僧没有松箍咒，只好继续"收留"悟空。孙悟空表示：我一心一意保师父西天取经！唐僧这位高僧对猪八戒的谗言句句入耳，对孙悟空真心诚意的表白油盐不进。

孙悟空还未动手三打白骨精,猪八戒进谗言已开始。妖精变做念佛的老公公走过来。八戒说,这是行者打杀他的女儿和婆子,他找我们来了。我们如果撞到他怀里,师父你犯死罪该偿命;老猪算个从犯得充军;沙僧也得问罪;行者使个遁法走了,"却不苦了我们三个顶缸"?猪八戒竟是小说家,能现场编故事!可气的是,他无中生有陷害师兄,师父偏偏听得进去。白骨精已是第三次"化装侦察",到底打不打?孙悟空并非没有心理斗争:不打杀妖精,他把师父捞去,却不又费心劳力去救?打杀他,师父念紧箍咒怎么办?"虎毒不食儿。凭着我巧言花语,嘴伶舌便,哄他一哄,好道也罢了。"此处用个别致而醒目的俗语"虎毒不食儿",一日为师,终身为父。从石头缝里蹦出来的孙悟空早就将唐僧视为父亲一般看待、侍奉,忠心耿耿。可惜,我本将心向明月,奈何明月照沟渠!

3."圣僧"自私自保

孙悟空终于打死白骨精,八戒说风凉话:"只行了半日路,倒打死三个人!"唐僧要念咒,悟空请师父看白骨精的真实面目:一堆粉骷髅,脊梁上有"白骨夫人"的字样。唐僧信了,孙悟空眼看逃过一劫,又是八戒在旁唆嘴:师父,他的手重棍凶,打死了人,这是怕您念紧箍咒,变出来掩你眼目的!猪八戒呆里撒奸,舌如刀剑,他编一句,老和尚信一句,重复念紧箍咒,坚决轰孙悟空走,还明确说轰走悟空是为保自己:

你在这荒郊野外,一连打死三人,还是无人检举,没有对头;倘到城市之中,人烟凑集之所,你拿了那哭丧棒，一时不知好歹，乱打起人来，撞出大祸，教我怎的脱身？你回去罢！

唐僧认为孙悟空打死的是普通人，幸好没人检举，可以蒙混过关；孙悟空到人烟密集的地方再打死人，他这个师父，岂不真要像猪八戒说的得问首罪？还是轰走"惹祸"的猴头，保全自己为上！"圣僧"自私自保，到了不加掩饰的境地。

孙悟空对师父的无情终于有了清醒的认识，感叹师父"昧着惺惺使糊涂"，陈述自己拜师后，穿古洞，入深林，收八戒，得沙僧，擒魔捉怪，历尽千辛万苦。现在师父三次轰自己回去，真是"鸟尽弓藏，兔死狗烹"！一心保师父，除恶务尽，师父却信八戒谗言冷语，悟空伤心欲绝："罢！罢！罢！但只是多了那紧箍儿咒。"唐僧表示：再不念了。孙悟空说：若遇毒魔苦难不得脱身时，八戒、沙僧救不得你，那时节想起我来，忍不住又念诵起来！唐僧恼羞成怒，滚鞍下马，写下正式把孙悟空逐出师门的"贬书"，发毒誓："如再与你相见，我就堕了阿鼻地狱！"悟空接了贬书要求拜别师父。唐僧转回身不睬，口里唧唧哝哝："我是个好和尚，不受你歹人的礼！"悟空变出三个行者，连本身四个，四面围住师父下拜。重情重义美猴王！悟空盼咐沙僧：倘一时有妖精拿住师父，你就说老孙是他大徒弟。唐僧居然再次声明："我是个好和尚，不题你这歹人的名字！"孙悟空热心衷肠，唐僧冷面冷心。

猪八戒以小人之心度君子之腹，唐僧却言听计从，说明唐僧的心里也光明不到哪里。孙悟空三次被唐僧念紧箍咒，疼得满地翻滚；三次被师父驱逐，悲痛欲绝。沙僧却明哲保身，自始至终不发一言。孙悟空临走还说他是"好人"，这"好人"门槛也太低了。孙悟空是西天取经队伍中孤独的英雄。

白骨精二次逃脱后，在空中称赞："好个猴王，着然有眼！我那般变了去，他也还认得我。"最令读者意想不到的是，理解孙悟空、欣赏孙悟空的，竟然只有最终被他打死的白骨精。

孙悟空三打白骨精，一打有一打的纠纷，二打有二打的症结，三打有三打的关键。一次与一次波折不同、结果不同。妖精聪明机智、阴险毒辣；悟空火眼金睛、除恶务尽；唐僧肉眼凡胎、不辨好恶；八戒内心阴暗、谗言陷害；沙僧事不关己、高高挂起。孙悟空打白骨精本身不是最重要的，重要的是取经队伍内部的矛盾。性格迥异的几个人物斗智、斗法、斗心、斗嘴，好看且有深意。

三打白骨精紧接偷吃人参果，形成大落差。人参果故事里，神仙众擎群举、唐僧师徒齐心合力，救活开天辟地的灵根，可算是八仙过海各显其能；三打白骨精的过程中，唐僧师徒心生芥蒂，矛盾爆发。猴王忠诚，唐僧自私，八戒恶劣，沙僧淡漠，裸呈无遗。

4. 金猴奋起千钧棒

孙悟空因为三打白骨精被师父贬走，《李卓吾先生批评西游记》感叹："世上以功为罪，以德为仇，比比而是；不但行者一个受屈，三藏一人糊涂已也。可为三叹！"神魔小说写出了人情世故。

如果西天取经故事搞点赞率，三打白骨精肯定名列前茅。故事影响远远超出神魔小说范畴，对人生乃至国际事务都具有启示作用。20世纪毛泽东与郭沫若关于三打白骨精的唱和诗在当代产生过巨大影响。

1961年9月底浙江绍剧团在怀仁堂演出《孙悟空三打白骨精》。毛泽东兴致勃勃观看了演出。这剧改编与原著不同的是，孙悟空被轰回花果山再次返回，仍是打白骨精。最后白骨精还在唐僧面前交代如何三次变化欺骗他。不久，这个剧在全国公演，引起很大反响。11月17日，毛泽东看到郭沫若送给他的诗《七律·看〈孙悟空三打白骨精〉》：

> 人妖颠倒是非淆，对敌慈悲对友刁。
>
> 咒念金箍闻万遍，精选白骨累三遭。
>
> 千刀当剐唐僧肉，一拔何亏大圣毛。
>
> 教育及时堪称赏，猪犹智慧胜愚曹。

当时的政治环境：苏联共产党与中国共产党对马列主义的解释，分歧越来越大。苏共二十二大批判中共。中共将苏共视为"修正主义"。郭沫若自己解释，他的诗就是针对"现代修正主义"，把白骨精比作美帝，把唐僧比作修正主义。毛泽东写《七律·和郭沫若同志》：

一从大地起风雷，便有精生白骨堆。

僧是愚氓犹可训，妖为鬼域必成灾。

金猴奋起千钧棒，玉宇澄清万里埃。

今日欢呼孙大圣，只缘妖雾又重来。

　　毛泽东比郭沫若看问题深刻，诗歌水平也远高于郭沫若。毛泽东没有完全否定唐僧。"金猴奋起千钧棒"经常被人们引用，而"欢呼孙大圣"更表现出毛泽东对孙悟空的由衷喜爱。陈晋在《毛泽东之魂》中说：

　　　　在毛泽东的眼里，《西游记》的故事主脉，同他领导的反帝反封建的革命运动几乎有着异乎寻常的同构关系。中国共产党为实现推倒三座大山这一目标，如同唐僧师徒四人为实现西天取经的目标一样，要经历许许多多的艰难曲折的过程。在这一过程中，进取者队伍中各色人等的信仰、意志、毅力、作风、胆识、智慧及其相互关系，都必然要经受九九八十一难的考验。

　　毛泽东爱拿《西游记》说事，他在闲谈、讲话、报告、文章中提到《西游记》的次数，远远超过《红楼梦》。提到孙悟空的次数，远远超过其他古代小说中的人物。对读者毛泽东来说，美猴王最有人格魅力，也最有现代意义，很符合他本人的性格特点。他常讲孙大圣，讲弼马温，讲大闹天宫，讲齐天大圣，讲金箍棒，讲紧箍咒，也讲唐僧，讲猪八戒，讲白骨精，他用这些神魔情节比喻现实中的人和事，阐述人生哲理、政权之争、政治斗争、国际斗争。《西游记》有毛泽东主席这样的"西迷"是十分有意味的文化现象。

智激美猴王

孙悟空三打白骨精，猪八戒进谗言让师父轰走美猴王。不久，这馕糠的夯货还得腆着脸把美猴王请回来。愚笨的八戒居然懂得到什么山唱什么歌，随机应变，针对孙悟空超强的自尊心，智激美猴王。

1. 黑松林唐僧逢魔

被唐僧轰走的孙悟空重返花果山。自五百年前被二郎神放火烧过后，花果山一直没恢复。峰岩倒塌，林树焦枯，花草俱无。当年美猴王领导的四万多猴儿，大半被灭，幸存者遭遇猎户的硬弩强弓，黄鹰猎犬，网扣枪钩。中箭着枪的被剥皮剔骨，油煎盐炒下饭。活捉者"教他跳圈做戏，翻筋斗，竖蜻蜓，当街上筛锣擂鼓，无所不为的顽耍"。吴承恩将猎人捕猴、市井耍猴和美猴王部下的命运联系起来。物是人非，美猴王伤感得很。当年封的元帅、将军还在，花果山却成了猎人的势力范围。孙悟空祭起狂风将上千猎户消灭。孙悟空命令猴儿们把打死的猎户推进万丈深潭，衣服剥下洗净穿了遮寒；死马剥皮做靴，肉腌起来慢慢食用；群猴用猎人的弓箭枪刀操练武艺。将猎户的杂色旗拆洗做面杂彩花旗，写上"重修花果山，复整水帘洞"。齐天大圣招魔聚兽，积草屯粮，从龙王处借来甘霖仙水，把山洗青。前栽榆柳，后种松楠，桃李枣梅，郁郁葱葱。美猴王励精图治，重建花果山，似乎逍遥自在，好像乐业安居，其实"身回水帘洞，心逐取经僧"。

第二十七回"花果山群妖聚义，黑松林唐僧逢魔"。聚义是孙悟空取经生涯之暂歇，逢魔是唐僧取经生涯之必然。唐僧必然遇妖，猪八戒、沙僧必然束手无策，叫孙悟空回来。

　　悟空被轰走，八戒成大师兄，让沙僧挑担，他开路。到了松林中，师父说饿，八戒说的比唱的好听："钻冰取火寻斋至，压雪求油化饭来。"走了十几里地，没地方化缘，想起这苦差事原是孙悟空的，"当家才知柴米价"，呆子有点儿后悔。不化缘先睡觉！沙僧寻找八戒，唐僧散闷散到个金塔，迈步入门，见石床上侧睡着个牛头夜叉般的妖魔：青靛脸，血盆口，白獠牙，乱蓬蓬红鬓毛、紫髭髯，鹦嘴般鼻子，曙星样鬼眼。钵盂大小的拳头，枯树根似的蓝脚，斜披着淡黄袍。唐僧吓得遍体酥麻，两腿酸软，转身逃走，被小妖捉回，绳缠索绑，缚在定魂桩上。

　　八戒、沙僧寻师父寻到碗子山波月洞，穿黄金铠甲的妖怪迎出来。两个狠和尚，一个泼妖魔，云端厮杀。杖起刀迎，钯来刀架，不分胜负。论手段，八戒、沙僧这样水平的二十个和尚也敌不过妖精。是六丁六甲、五方揭谛、四值功曹、一十八位护教伽蓝空中助着他们。唐僧命不当绝，"狠毒险遭青面鬼，殷勤幸有百花羞"。被掳到妖精洞穴的宝象国三公主百花羞，要放走唐僧，托他给父王捎信。蓝脸妖怪竟是"妻管严"，公主喊声"黄袍郎"，妖怪应的比圣旨还快，公主编套斋僧还愿的鬼话，要求放走唐僧。妖怪就仗也不打，和尚也不吃，叫放人就放人，"那猪八戒，你过来。我不是怕你，不与你战，看着我浑家的分上，饶了你师父也"。

2. 沙僧、白龙患难见真情

其实唐僧更大的磨难在后边。唐僧到宝象国倒换关牒，送上公主的家书，国王要求唐僧捉妖。唐僧只好交代出两个徒弟："我那大徒弟姓猪，法名悟能八戒，他生得长嘴獠牙，刚鬃扇耳，身粗肚大，行路生风。第二个徒弟姓沙，法名悟净和尚，他生得身长丈二，臂阔三停，脸如蓝靛，口似血盆，眼光闪灼，牙齿排钉。"猪八戒吹："第一个会降妖的是我！"腾云而起，沙僧跟上。二人与妖怪交战，只八九个回合，八戒钉钯难举，气力不加。原来，护法诸神在宝象国护定唐僧，猪八戒战斗力不灵了。呆子借口"出恭"溜之乎也，钻进蒿草薜萝，荆棘葛藤，再不敢出来。妖怪将沙僧捉到洞中，将公主揪到沙僧面前对质。黄袍怪认为是公主给父王送了信，要动手杀她，沙僧宁可牺牲自己也要保护师父的救命恩人公主：

那怪闻言，不容分说，轮开一只簸箕大小的篮靛手，抓住那金枝玉叶的发万根，把公主揪上前，捽在地下，执着钢刀，却来审沙僧，咄的一声道："沙和尚！你两个辄敢擅打上我门来！可是这女子有书到他那国，国王教你们来的？"沙僧已捆在那里，见妖精凶恶之甚，把公主掼倒在地，持刀要杀。他心中暗想道："分明是他有书去，救了我师父，此是莫大之恩。我若一口说出，他就把公主杀了，此却不是恩将仇报？罢！罢！罢！想老沙跟我师父一场，也没寸功报效，今日已此被缚，就将此性命与师父报了恩罢。"遂喝道："那妖怪不要无礼！他有甚么书来，你这等枉他，要害他性命？我们来此问你要公主，有个缘故。只因你把我师父捉在洞中，我师父曾看见公主的模样动静。及至宝象国，倒换关文，那皇帝将公主画影图形，前后访问。因将公主的形影，问我师父沿途可曾看见。我师父遂将公主说起……你要杀，就杀了我老沙，不可枉害平人，大亏天理！"

跟随唐僧以来默默无闻的沙僧关键时刻放光彩。当初出现在观世音菩萨面前的流沙河妖精武艺高强，和惠岸大战数十回合，不分胜负。他自称吃人无数，其中九个取经者骷髅浮在流沙河面不下沉。观音收伏了天宫卷帘大将，命："你可将骷髅儿挂在头顶下，等候取经人，自有用处。"用九颗头颅做成了"项链"，多恐怖的装饰品！

妖怪面目狰狞，武艺高强，先用降妖杖跟猪八戒斗了二十个回合，不分胜负。后来二人又踏浪登波，大战两个时辰，"铜盆逢铁帚，玉磬对金钟"。猪八戒跟他只能战个平手。孙悟空在水中无法施展，不得不到南海求观音菩萨。观音菩萨派木叉行者唤流沙河的沙悟净"归队"。沙僧归队后，再也没有那份凶恶，他安分守法，中规中矩。沙僧在取经过程中常起的作用，是唐僧的贴身侍卫，也像众子女中最孝顺父母的一个。沙僧从不违抗师父的命令。他既不像孙悟空那样心高气傲，也不像猪八戒那样杂念丛生。他从不惹是生非，对唐僧和师兄赤胆忠心，与人为善，不像孙悟空那样捉弄猪八戒，也不像猪八戒那样给孙悟空进谗言。只是沙僧的能力渐渐在跟孙悟空的对比中弱化。沙僧不像孙悟空极端个人英雄主义，也不像猪八戒有许多个人小算盘，他是典型的正人君子。这就使他在取经故事中不像孙悟空有那么多上天入地的英雄事迹，也不像猪八戒有那么多令人乐坏的"狗熊事迹"，既没有跟孙悟空妙趣横生的对手戏，也没有跟唐僧的激烈冲突。没有矛盾，没有冲突，也就没了故事，少了意趣，相对而言，沙僧比起孙悟空和猪八戒就没有多少趣味性。而在黄袍怪故事中，沙僧愿代师父而死、救助公主的一番话，寥寥几笔，人物性格就立了起来。

黄袍怪当年出现在百花羞面前时是"金睛蓝面青发魔王"，为了哄宝象国国王，妖怪变个俊男，头戴鹊尾冠，身穿玉罗衣，腰系光明鸾带，足蹬花摺乌靴。形容典雅，体段峥嵘，丰神轩昂。妖怪"潘安"到宝象国认亲，俊美驸马令国王欣喜不已。妖怪乃二十八宿之奎宿，俗谓"文曲星"，他果然擅长写作，现场创作个小说，陈述如何与公主结缘：十三年前猛虎叼来公主。公主始终不肯说出自己的身份，因此自己并不知道做了妻子的人是三公主。至于叼来公主的猛虎呢？就是冒名唐僧的老和尚！妖怪施魔法，将唐僧变做白额圆头、花身电目的斑斓猛虎。如果有唐僧变虎后的心理描写，他应该会想到：如果悟空在，我能变虎？

国王在银安殿款待爱婿，宫娥彩女，吹弹歌舞。妖魔饮酒作乐，酒吃多了，露出原形，伸开簸箕大手，把弹琵琶的女子"咔嚓"一声咬下头来。其他宫娥没命地乱跑乱藏。馆驿传"唐僧是老虎"的消息传到正在吃草料的白龙马耳朵里。白龙马想"我今若不救唐僧，这功果休矣"！他驾云到宝象国金殿，看到妖魔正边饮酒边吃人。小白龙变做仪容娇媚的宫娥："驸马呵，你莫伤我性命，我来替你把盏。"他用龙的特技"逼水法"，将酒斟得高出酒盏，越斟越高，

"就如十三层宝塔一般，尖尖满满，更不漫出些须"，引起妖魔的兴趣，再唱曲讨好妖魔。妖魔问：会舞吗？玉龙聪明地说素手舞得不好看。哄骗妖魔将自己的佩剑给他。小白龙边舞边观察，"丢了花字，望妖精劈一刀来"，差一点儿偷袭成功！但妖魔手段太高明，小白龙受了伤，回到马厩，恰好猪八戒回来，听说师父的遭遇，猪八戒立即要小白龙回大海，他回高老庄做女婿。小白龙成了中流邸柱：

小龙闻说，一口咬住他直缀子，那里肯放。止不住眼中滴泪道："师兄呵！你千万休生懒惰！"八戒道："不懒惰便怎么？沙兄弟已经被他拿住，我是战他不过，不趁此散火，还等甚么？"小龙沉吟半晌，又滴泪道："师兄呵，莫说散火的话。若要救得师父，你只去请个人来。"

"三藏不仁，八戒不义。"八戒连救师父都不想，想散伙，回高老庄。白龙马让他去花果山请有仁有义的美猴王，猪八戒患得患失地说：我去请猴哥？难！呆子不说自己对不起猴哥，却说"猴子与我有些不睦"，似乎责任在双方。猴哥打杀白骨精，"怪我撺掇师父念'紧箍儿咒'"，其实我哪是真心害他。"我也只当耍子，不想那老和尚当真的念起来。"需要减轻自个儿责任时，猪八戒多会轻描淡写，几乎把孙悟空念死的紧箍咒，他竟拿来开玩笑！八戒又说：师父把猴哥赶回去，他不知怎样恼我，我去请？他决不肯来。"他那哭丧棒又重，捞上几下，我活得成？"猪八戒一肚子小算盘。小白龙一心救师父。小白龙说：大师兄决不打你。你到了花果山，别说师父遇难，只说师父想他，他肯定回来！

前辈点评家对白马化龙称赏不已。汪憺漪《西游证道书》曰："每为诵'疾风知劲草，板荡识忠臣'之句，不觉惨然于怀。白马非马也。真可谓龙德而隐者也。"《李卓吾先生批评西游记》曰："唐僧化虎，白马变龙，都是文心极灵极妙，文笔极奇极幻处。做举子业的秀才，如何有此？"

3. 猪八戒智激美猴王

猪八戒智激美猴王，一段又一段好看的喜剧就此上演：

八戒看到众猴拜大圣，感叹："好受用！"明明是呆子进谗言让猴哥做不成和尚，却说孙悟空不肯做和尚。"若是老猪有这一座山场，也不做甚么和尚了。"再次以小人之心度君子之腹。

八戒对师兄难于见面，更难于启齿，不敢直接见悟空，掺在猴群"也跟那些猴子磕头"。孙悟空早就看见猪八戒来了，故意说来了"夷人"。八戒声明不是夷人是熟人。"那呆子把嘴往上一伸道：'你看么！你认不得我，好道认得嘴耶！'"令人乐喷！呆子用开玩笑化解他给师兄进谗言后的尴尬。

八戒再次变身小说家。小白龙教他对师兄说师父想他，八戒顺竿爬上，编得有鼻子有眼。需要忽悠人时，愚笨如猪八戒，既会现场创作恭维颂歌，更能绘声绘色编出妖怪骂孙悟空的话：

> 行者道："你这个呆子！我临别之时，曾叮咛又叮咛，说道：'若有妖魔捉住师父，你就说老孙是他大徒弟。'怎么却不说我？"八戒又思量道："请将不如激将，等我激他一激。"道："哥啊，不说你还好哩，只为说你，他一发无状！"行者道："怎么说？"八戒道："我说：'妖精，你不要无礼，莫害我师父！我还有个大师兄，叫做孙行者。他神通广大，善能降妖。他来时教你死无葬身之地！'那怪闻言，越加忿怒，骂道：是个甚么孙行者，我可怕他？他若来，我剥了他皮，抽了他筋，啃了他骨，吃了他心！——饶他猴子瘦，我也把他剁鲊着油烹！"行者闻言，就气得抓耳挠腮，暴躁乱跳道："是那个敢这等骂我！"八戒道："哥哥息怒，是那黄袍怪这等骂来，我故学与你听也。"行者道："贤弟，你起来。不是我去不成，既是妖精敢骂我，我就不能不降他。我和你去。老孙五百年前大闹天宫，普天的神将看见我，一个个控背躬身，口口称呼大圣。这妖怪无礼，他敢背前面后骂我！我这去，把他拿住，碎尸万段，以报骂我之仇！报毕，我即回来。"

猪八戒如小说家般的才能大放光彩，激起孙悟空的自尊心，立即决定前去降妖。对孙悟空来说，救师父重要，维持五湖四海"齐天大圣"的好名声，同样重要。其实美猴王是在找台阶下：我不是回师父身边，而是跟骂我的妖怪算账！他对八戒说，报完骂我之仇，就回来。自然是说说而已。离开花果山时，孙悟空已对众小猴说："待我还去保唐僧，取经回东土。功成之后，仍回来与你们共乐天真。"

　　猴王恨逐，八戒回请，如绝处逢生、断桥得路，作者大开大合，灵巧腾挪。汪憺漪《西游证道书》曰："此一回文字妙绝千古。盖以《左》《史》之雄奇而兼《庄子》之幻肆者，稗史中不可无一，不可有二。请问施耐庵《水浒传》中何篇可以相敌耶？"

4. 猴王回归畅快淋漓

孙悟空回救师父的过程，顺风顺水、畅快淋漓！

孙悟空令给他进过若干谗言的猪八戒受到感动：过东洋大海，悟空下海去净身子，因为"这几日弄得身上有些妖精气了。师父是个爱干净的，恐怕嫌我"，八戒遂知道师兄对师父确是真心。

孙悟空从波月洞救出沙僧，顺便教训明哲保身的师弟一句："你这个沙尼！师父念紧箍儿咒，可肯替我方便一声？"

孙悟空给百花羞上堂伦理课：说公主是不孝之人。"盖'父兮生我，母兮鞠我。哀哀父母，生我劬劳'！故孝者，百行之原，万善之本，却怎么将身陪伴妖精，更不思念父母？"孙悟空之所以做公主的思想工作，是让她在孝顺父母与儿女之情上做出抉择。因为他要以公主与妖怪生的两子为人质，到宝象国将妖怪引出来。

孙悟空把公主藏了，变做公主模样，见到妖怪，扑簌簌泪如雨落，儿天儿地，跌脚捶胸，嚎啕痛哭。妖怪对公主疼爱有加、信任有加。"公主"说一句，妖怪信一句。孙悟空充分利用妖怪"爱的软肋"，借口心疼，将妖怪的宝贝舍利子玲珑内丹骗到手。恢复原形的孙悟空责问妖怪："为什么骂我？"妖怪说："那个猪八戒，尖着嘴，有些会说老婆舌头，你怎听他？"猪八戒的短处居然被妖怪说出来，岂不是帮猴哥解气？美猴王施出大闹天宫的浑身解数，将妖怪打败，妖怪立即藏个无影无踪。孙悟空判断：既然妖怪说对我有些面熟，肯定不是凡间之怪，多是天上之精。他一路打上南天门，"特来查勘，那一路走了甚么妖神"，原来斗牛宫二十八宿少了奎星。二十七宿星员，领玉帝旨意，出天门，念咒语，奎星随众星上界见玉帝。他离开天宫十三天，在人间与公主做了十三年夫妇，罪过比天蓬元帅调戏嫦娥、卷帘大将打碎玉盏，不知重多少倍。玉帝对他的发落竟轻到不能再轻：贬他去兜率宫与太上老君烧火，"带俸差操，有功复职"。拿着二十八宿"高干津贴"干烧火童子的"农民工"活儿。天宫竟有这样的美差？估计奎木狼不是玉帝爱将，就是王母心腹！

孙悟空如何谢帮了大忙的玉帝和天神？"心中欢喜，朝上唱个大喏，又向众神道：'列位，起动了。'天师笑道：'那个猴子还是这等村俗，替他收了怪神，也倒不谢天恩，却就唱喏而退。'玉帝道：'只得他无事，落得天上清平是幸。'"真是鬼都怕恶人。

孙悟空解救唐僧，更出尽那口有功劳反被轰走的恶气：

　　行者笑道："师父啊，你是个好和尚，怎么弄出这般个恶模样来也？你怪我行凶作恶，赶我回去，你要一心向善，怎么一旦弄出个这等嘴脸？"八戒道："哥啊，救他救儿罢，不要只管揭挑他了。"行者道："你凡事撺唆，是他个得意的好徒弟，你不救他，又寻老孙怎的？——原与你说来，待降了妖精，报了骂我之仇，就回去的。"沙僧近前跪下道："哥啊，古人云：'不看僧面看佛面。'兄长既是到此，万望救他一救。若是我们能救，也不敢许远的来奉请你也。"

孙悟空调侃了是非不分的师父，挖苦了进谗言的八戒，沙僧不得不给师兄跪上一跪。美猴王真的扬眉吐气。动不动念紧箍咒的唐僧也不能不对悟空夸赞不已："贤徒，亏了你也！亏了你也！这一去，早诣西方，径回东土，奏唐王，你的功劳第一。"

智激美猴王是三打白骨精的翻案文章。孙悟空因三打白骨精所蒙冤案，通过战胜黄袍怪，翻得漂亮，翻得精彩，翻得有趣。美猴王开心完胜。西行路上孙悟空费尽心力，从下凡的天宫神灵那儿获得的天宫珍宝，都得交还原主，只有一件例外：奎星的舍利子玲珑内丹被假扮公主的孙悟空吞到肚子里了。在玉帝跟前三曹对案时，痴情的奎木狼竟忘记找美猴王要回来，可能因为他还处于与情人分离的迷茫中吧。

如何将西天取经的一些经典故事改得符合现代读者的心理？新版电视连续剧《西游记》美化了奎木狼的爱情故事。《西游记》原著中奎木狼向玉帝交代：宝象国王公主原是披香殿的侍香玉女，二人两情相悦，怕在天宫私通"玷污了天宫胜境"，侍香玉女先下界托生于皇宫内院，奎木狼"不负前期，变做妖魔"，占据洞府，做十三年夫妻。新版电视剧渲染二人分离后绵绵不绝的思念，颇具诗情画意。小说中三公主那两个可怜的孩儿，被八戒、沙僧从空中掼到皇宫地面，摔成肉饼。新版电视剧《西游记》将空中掼下的换成假人，让天宫情侣的爱情结晶在人间活下来。新版《西游记》电视剧对奎木狼的美化，比较适应当代读者观众的欣赏习惯。这说明，改编名著，只要不胡编乱造，尽可以发挥改编者的才能。

平顶山游戏

　　孙悟空因打白骨精被师父轰走，后返回取经队伍，打败黄袍怪，救出师父，威信大大提高，心情极舒畅，当他在平顶山遇到金角、银角大王时，这场表面上似乎你死我活的争斗，被观音菩萨编剧并导演、被活泼可爱的猴儿玩成一场游戏。人们看这段故事，总会纳闷：这哪儿像兵戈相交、血淋淋的厮杀？分明是海上菩萨、太上老君、玉帝、哪吒、取经四众聚拢在一块儿玩了一场游戏！你出妙招，我出绝招；你出阳招，我出阴招；你出奇招，我出坏招。不管取经僧还是妖魔，一个一个玩得投入，耍得开心，逗得有趣。我小时看这段故事就觉得，什么孙悟空、猪八戒？什么金角大王、银角大王？什么精细鬼、伶俐虫？一概童心未泯、顽皮捣蛋，是咱们小朋友的玩伴。

　　西天取经的降魔故事通常一个故事不超过三回，而平顶山遇妖占整整四回，它像多幕喜剧，一幕比一幕好看，一幕比一幕好玩：

　　1. 功曹送信，猴王吹牛

　　受命保护唐僧的日值功曹称孙悟空是"人间喜仙"，可能因为他与孙悟空打交道时，孙悟空总是开口解颐，将灾难当成玩笑。第三十二回因为在平顶山会遇到妖精，功曹变成樵夫报信。火眼金睛的孙悟空居然没看出是日值功曹，口称"大哥"，吹吹乎乎：

　　"那魔是几年之魔，怪是几年之怪？还是个把势，还是个雏儿？烦大哥老实说说，我好着山神、土地递解他起身。"……"若是天魔，解与玉帝；若是土魔，解与土府；西方的归佛，东方的归圣。北方的解与真武，南方的解与火德。是蛟精解与海主，是鬼祟解与阎王。各有地头方向。我老孙到处里人熟，发一张批文，把他连夜解着飞跑。"

　　孙悟空沾沾自喜，话却有一定道理。刚刚战罢黄袍怪，玉帝都言听计从地帮猴王的忙！甭管多有本事的妖怪，甭管来自天宫、地府、西天、东海，总有管它的正头香主，猴王哪儿不熟？哪个神佛菩萨请不到？怕什么？日值功曹显形后对孙悟空说："那怪果然神通广大，变化多端。只看你腾挪乖巧，运动神机，仔细保你师父。"似乎预告孙悟空与妖怪斗法"剧情"复杂。

孙悟空乖巧玩心计，腾挪变神通，却先用到师弟身上。

2. 猴哥捉弄，呆子巡山

孙悟空大概因三打白骨精吃了八戒的亏，气还没消，诚心在师父面前让八戒出洋相。他故意哭天抹泪，说日值功曹报信：前边妖多，过不得。唐僧许愿：八戒、沙僧"凭你调度使用"，共同努力过此山。孙悟空让八戒选择：或看师父或巡山。再将看师父说得难上加难。八戒说看师父得化斋，我这副尊容谁会当成取经僧？倘若被人当头健猪逮去宰了腌着过年，岂不遭瘟？八戒宁愿巡山，正合悟空心意，忍不住嘻嘻冷笑。唐僧骂猴儿对师弟毫无爱怜之意，巧言令色，撺掇八戒巡山再笑他！悟空说：八戒肯定不会巡山，他八成会找地方睡觉，再回来编谎。我变化了跟上他看！唐僧嘱咐：不要捉弄他！悟空应着，心里已乐开花：我爱怎么捉弄就怎么捉弄！

悟空先变个蟭蟟虫，"翅薄舞风不用力，

腰尖细小如针",钉在猪八戒耳后鬓根下。八戒骂完:"罢软的老和尚,捉掐的弼马温,面弱的沙和尚。"用钉钯在红草坡筑个地铺,美滋滋地睡下。

悟空再变个啄木鸟,"铁嘴尖尖红溜,翠翎艳艳光明"。八戒的嘴唇被悟空扢揸了一下,却认为是鸟儿把自己的嘴当生虫黑朽枯的树了,把嘴揣怀里继续睡吧,却又被"啄木鸟"在耳后啄了一口。呆子想不到是师兄作祟,还认为自己打搅了鸟儿生蛋布雏呢。

越笨越取巧。八戒演习起回去如何说谎:把石块当师父,先唱偌,后汇报"巡山",变成蟭蟟虫的孙悟空听得一清二楚:

"我这回去,见了师父,若问有妖怪,就说有妖怪。他问甚么山,——我若说是泥捏的,土做的,锡打的,铜铸的,面蒸的,纸糊的,笔画的,他们见说我呆哩,若讲这话,一发说呆了,我只说是石头山。他问甚么洞,也只说是石头洞。他问甚么门,却说是钉钉的铁叶门。他问里边有多远,只说入内有三层。——十分再搜寻,问门上钉子多少,只说老猪心忙记不真。此间编造停当,哄那弼马温去!"

孙悟空提前飞回。唐僧认为八戒是"两个耳朵盖着眼"的愚笨之人,悟空向师父报告笨猪编的谎言。没想到猪八戒的文学创作才能非常旺盛,竟又现场创作新段子,报告前边确实"有妖精","叫我猪祖宗、猪外公"，粉汤素食请吃一顿，要摆旗鼓送我们过山。呆子不按猴儿"导演"的剧情演出，猴儿只好亲自引导，揪扯八戒问巡山看到的是什么山、什么洞、什么门……呆子果然把原来编好的谎言一一说出。唐僧求情，免金箍棒打，要八戒巡山去。这一巡，就巡到妖精手里了。

八戒被捉，符合悟空设想的步骤：叫八戒出头和妖怪打一仗。打得过算他一功；被妖怪拿去，老孙救他，显我本事出名。这猴儿真够促狭。猪八戒的软肋是好色贪吃，孙悟空的软肋是好大喜功。猴儿故意让师弟给妖精逮了再去救，成就自家威名，未免太不厚道。

3. 小妖显摆宝贝，悟空偷天换日

银角大王远远地向小妖指点哪个是唐僧，唐僧打寒战。孙悟空金箍棒开路，银角大王吓得魂飞魄散，知道跟孙悟空正面交锋没好果子吃，那就跟孙猴玩心计！银角大王变个摔坏腿的老道，花言巧语骗唐僧。唐僧令悟空驮道士。"道士"移山压猴王。须弥山压在左肩，峨眉山压在右肩，孙悟空挑着两座大山飞奔追赶师父。妖怪又移泰山压顶，终于将悟空压住。银角大王赶上唐僧，与沙僧战了几个回合，活像八爪鱼变魔术，抓住沙僧挟左胁下，右手拿了唐僧，脚尖钩着行李，口咬马鬃，一阵风拿到莲花洞。金角大王派小妖用紫金红葫芦和羊脂玉净瓶去装孙悟空，要将取经僧一起蒸着吃。

孙悟空被压在三座大山下怎么办？五行山一座山压他五百年，而现在是三座大山！孙悟空"遇苦思三藏，逢灾念圣僧"，惊动五方揭谛，拘来三山土地将孙悟空从山下释放出来。听说妖精们派土地给他们"当值"，孙悟空居然产生"既生瑜何生亮"的感慨：我当年大闹天宫，也不曾把山神、土地欺心使唤！"天啊！既生老孙，怎么又生此辈？"听土地说妖怪喜欢道人——这是伏笔，因为妖怪的主人是位首屈一指的老道。于是悟空变个老道，"头挽双髽髻，身穿百衲衣。手敲渔鼓简，腰系吕公绦"，自称来自蓬莱山，要到莲花洞度人成仙。小妖向"老道"显摆要装孙悟空的宝贝葫芦，悟空用毫毛变个大紫金红葫芦，说可以装天。然后念动咒语，叫日游夜游神、五方揭谛，上天启奏玉帝，说老孙皈依正果，西天取经，为救师父，借天装半个时辰。"若道半声不肯，即上灵霄殿，动起刀兵！"玉帝恼了，天岂可装？哪吒三太子说：孙行者保唐僧西天取经，是泰山之福缘，海深之善庆，当助他成功。哪吒三太子还告诉玉帝：天可以假装"装"。向真武借皂雕旗在南天门把日月星辰闭了，对面不见人，不就算装起天来了？孙悟空"装天"成功，将妖魔宝贝骗过来。再变成苍蝇听小妖汇报。老妖说：我们五件宝贝少了两件，还有三件，七星剑与芭蕉扇在我身边，幌金绳在压龙山压龙洞老母亲那里收着。差小妖去请母亲来吃唐僧肉，带幌金绳来拿孙行者！

　　孙悟空再施妙计，先变做小妖，从巴山虎、倚海龙二小妖嘴里打听清楚"老奶奶"是怎么回事，再打死巴山虎、倚海龙，自己变成巴山虎的样子前去请"奶奶"。待见到老妖，孙悟空"只在二门外伫着脸，脱脱的哭起来"。难道孙悟空害怕了？不，他伤心了。小妖见"奶奶"必须叩头。孙大圣做一场好汉，只拜过如来佛、观世音、唐僧。今天却得拜老妖？若不跪拜，必定走了消息，那就拜吧。老妖又命"与我开路"。孙悟空暗想：经倒不曾取得，先给老妖做皂隶！幸好打杀老妖，拿到幌金绳，变做老妖样子后，合洞小妖、两个魔头齐来叩头，孙悟空乐了："好道也赚他两个头！"奇幻变化，令人目不暇接，人情世态、心理波折又合情合理。

4. 名字游戏，腾挪变化

两个魔头发现孙行者冒名顶替"母亲"，孙行者与二魔头大战三十回合，不分胜负，用幌金绳捆妖怪，却不懂幌金绳跟自己头上的金箍一样，有紧箍咒和松箍咒，反被妖怪抓回洞中。他破解绳子逃出洞外，拔根毫毛变成自己的模样仍栓在柱子上。真身称"者行孙"在洞外向妖魔挑战，不料换了假名照样被妖魔装进葫芦。孙悟空在瓶内叫喊化了孤拐、化了腰截骨，骗妖怪开瓶，变小虫飞出，再变小妖，将幌金绳和葫芦偷到手，跑到洞外，自称"行者孙"挑战，骗二魔头讲明葫芦来历，顺竿就爬：开天辟地

时昆仑山仙藤结了两个葫芦。我得个雄的，你那个是雌的。二魔头的假葫芦装不进孙悟空，跌脚捶胸道："这样个宝贝也怕老公，雌见了雄，就不敢装了！"二魔头被孙悟空装进葫芦，贴上"太上老君急急如律令奉敕"，眼看化脓水。大魔头用芭蕉扇煽火烧猴王，孙悟空逃脱后，再次返回妖洞，偷出芭蕉扇和净瓶。待大魔头带狐狸精舅舅"外援"来战，用净瓶罩定老魔叫声"金角大王"装了进去。

孙悟空完胜，解救出师父和师弟。大战金角、银角大王，除派日游神等向玉帝借天装之外，孙悟空全靠自力更生、奋发图强。如意金箍棒、七十二般变化，要武打就武打，要智斗就智斗，孙行者成行者孙，行者孙成者行孙，同一人变出三个名字，把妖魔忽悠得晕头转向。孙悟空变飞虫，变小妖，变老道，变狐狸精，变半截身子的者行孙，变得五花八门，令人眼花缭乱，耍得妖魔找不着北。金角、银角大王作茧自缚，被装进自己的宝贝里。孙悟空战胜顽敌还得到几件珍宝。比起战黄袍怪吞到肚里的奎星舍利子，五件宝贝的"价值"高得多了，孙猴子

的尾巴得翘到九霄云外了。

5. 老君收珍宝，悟空骂观音

六月债还得快，太上老君来要宝贝了。

其实吴承恩早就在字里行间再三透露妖怪来自天宫，是太上老君身边的"工作人员"：银角大王变成受伤老道，"星冠晃亮，鹤发蓬松"，像哪位天宫神明？太上老君。太上老君身边的工作人员需要变化时，怎能不模仿平素侍奉惯的主人？压住孙悟空的须弥山、峨嵋山、泰山土地也告诉孙悟空，两个魔头"爱的是烧丹炼药，喜的是全真道人"。下凡为妖，还保留天宫的"爱好"。魔头装人的葫芦和净瓶，贴的恰好是"太上老君急急如律令奉敕！"

太上老君对孙悟空说：葫芦是我盛丹的，净瓶是我盛水的，宝剑是我炼魔的，扇子是我扇火的，绳子是我勒袍的。两个魔头是看金炉和银炉的童子！对曾把自己弄到八卦炉里炼个溜够的太上老君，孙悟空惹不起躲得起，只好很不情愿地交还宝贝。

孙悟空说老君着实无礼，纵放家属为邪，该问管束不严之罪名！老君却说：这事怪不着我，是海上菩萨问我借了三次，让他们在此化为妖魔，看你师徒可有真心往西去。老君说罢，揭开葫芦与净瓶盖口，倒出两股仙气，用手一指，化为金、银二童子，霞光万道相随老君左右。

平顶山一难胜过一难。孙悟空打妖魔天崩地裂，耍心计殚精竭虑，腾挪变化，精疲力竭！向来只拜佛祖、观音、师父的高傲猴王，变小妖时不得不给妖魔"老母"狐狸精下跪！闹了半天，这劫难是观音菩萨故意安排的？她不是说遇到困难许我叫天天应叫地地灵吗？她不是许我急难处亲来相救吗？她怎么能亲手制造灾难呢？猴儿不敢惹观音菩萨，只好偷着骂："该她一世无夫！"

6. 神魔妖怪和取经僧玩场过家家

平顶山遇妖魔，观音任编剧兼导演，孙悟空担纲主演，玉帝、哪吒友情助演，太上老君提供最佳配角金、银童子，金、银童子再找地面的狐狸精认亲，有了"母亲""娘舅"，好大一家亲。神魔妖怪和取经僧，轰轰烈烈玩了场"平顶山过家家"！金角、银角大王，活像两个天宫下凡专门给取经僧惹麻烦的"顽主"，一派童心童趣；金角、银角麾下的小妖，活泼可爱，真没错了叫个"精细鬼""伶俐虫"。在这个活像众人共同玩游戏的取经故事中，孙悟空的顽强斗志、聪明机智、牛气冲天，得到了充分展现。但平顶山故事之所以有趣，之所以好看，仍与猪八戒分不开。除了八戒巡山外，"钩猪嘴"和"贩腌腊的妖怪""猪耳朵""猴屁股"三个生死关头大开玩笑的情节，被猪八戒逗趣到不可思议。

钩猪嘴和贩腌腊的妖怪：金角大王告诉银角大王，他从天界下来时听说吃唐僧肉可长生不老。画好取经四众形象，让银角大王巡山捕捉。八戒与银角大王相遇。小妖拿图对照，八戒听到"骑白马的是唐僧，这毛脸的是孙行者"，忙许愿："猪头三牲，清醮二十四分。"不要有自己，听到"长嘴大耳的是猪八戒"，忙把嘴揣怀里。银角大王令小妖使钩子钩出来。八戒把嘴伸出道："你要看便就看，钩怎的？"八戒勇敢地与银角大王大战几十回合，被小妖围困，八戒寡不敌众，逃跑绊倒。小妖抓鬃毛，揪耳朵，扯脚拉尾将八戒擒进洞。金角大王下令将他泡在水里，等浸退了毛，盐腌晒干，天阴下酒。八戒感叹命运蹭蹬："撞着个贩腌腊的妖怪了。"八戒这是英勇战斗、威武被俘，还是笑闹取乐？

猪耳朵：孙悟空变魔头母亲受魔头叩拜后说：我不吃唐僧肉，把猪八戒耳朵割下来给我下酒！"那八戒听见慌了道：'遭瘟的！你来为割我耳朵的！我喊出来不好听啊！'"走了猴王变化的风。

猴屁股：悟空被捉，逃脱变为小妖。八戒又在梁上喊："拴的是假货，吊的是正身！"变小妖的悟空对八戒说：老孙变化为救你们。一洞妖精都认不得，偏你认得我？八戒说：你变了头脸不曾变红屁股！行者"锅底上摸了一把，将两臀擦黑"。八戒又笑道："那个猴子去那里混了这一会，弄做个黑屁股来了。"

更逗乐的是，猪八戒居然与大魔头研究如何蒸自己：

（金角大王）叫小妖："且休举哀，把猪八戒解下来，蒸得稀烂，等我吃饱了，再去拿孙行者报仇。"……旁一小妖道："大王，猪八戒不好蒸。"八戒道："阿弥陀佛！是那位哥哥积阴德的？果是不好蒸。"又有一个妖道："将他皮剥了，就好蒸。"八戒慌了道："好蒸！好蒸！皮骨虽然粗糙，汤滚就烂！"

一般人情小说不可能出现的、违反真实的情节，堂而皇之地出现在《西游记》中，不断给读者带来阅读快感。按说孙悟空变成老妖救师父，生死攸关的紧张时刻，怎会拿猪八戒的耳朵开玩笑？即使他开玩笑，猪八戒明知猴哥来救他们，怎能戳穿？猪八戒被吊在梁上，生死未卜，看到猴哥来了，欣喜若狂，好好保密还来不及，哪会有闲心观察猴哥露出红屁股且大喊大叫，泄露机密？救师父的正事还没办，猴儿有必要关心屁股红不红的闲事，专门到厨房抹个黑屁股吗？猪八戒再笨，怎么可能给如何蒸自己出谋献策？……一系列不符合生活常识的情节和细节，都是吴承恩出于"谐趣写作"需要，故意为之。他肯定深知，只要让那个长嘴大耳的角色出来，适当拿猪八戒的长嘴大耳粗糙身巧妙做文章，准会字字令读者开心，句句教读者解颐！

小说评论家，不管是古代的还是现代的，常想把小说"小道"套进诠经卫道，哪想到几百年前的吴承恩，早就解构了"文以载道"的理论，把小说的娱乐性、可读性放在首位。

车迟国赌赛

西天取经路上，孙悟空数次靠"外援"制服妖精。而好大喜功、好斗成性、好胜成瘾的美猴王如果不靠自己的威望、武艺、智谋取胜，岂能开心？车迟国快意赌赛，孙悟空大展才能，全战全胜。如果把这次降妖也看成戏剧，主演孙悟空确实演得快乐舒心，一幕好看过一幕。

1. 孙悟空戴了救世主高帽

师徒走到车迟国城外，看到一伙衣衫褴褛的和尚被两个身披锦绣的小道士监督着拖车。孙猴子变行脚道人，从小道口中套出原委：三年前此地大旱，国王请僧道求雨，僧人拜佛，道士告斗，和尚不中用，道士求来雨。从此君王尊虎力大仙、鹿力大仙、羊力大仙为国师。说和尚无用，拆山门、毁佛像，让和尚给道士当小厮使唤，烧火、扫地、盖房。孙猴子骗小道，说他有个叔父是和尚，他来寻亲。小道答应将其亲人放了。和尚们告诉悟空：车迟国和尚不堪凌辱已死掉许多，他们还活着，是因为每天夜里六丁六甲、护教伽蓝在梦中劝他们苦捱，等大唐西天取经的罗汉。他的徒弟齐天大圣神通广大、济困扶危，会大显神通救他们。孙猴子暗笑"莫说老孙无手段，预先神圣早传名"。他告诉小道：那五百个受苦的和尚都与我有亲。一百个是左邻，一百个是右舍，一百个是父党，一百个是母党，一百个是交契，都放了他们吧。小道不肯，被孙猴子打得头破血流、皮开颈折。

和尚又告诉孙悟空：太白金星托梦告诉他们如何识别齐天大圣："磕额金睛幌亮，圆头毛脸无腮。

龇牙尖嘴性情乖，貌比雷公古怪。惯使金箍铁棒，曾将天阙攻开。"老神仙爱护特殊人才，喜欢孙悟空这个虽然"性情乖"却敢大闹天宫的角色！听到太白金星夸自己，孙猴子得意非凡，显出真身接受众人跪拜，说："你们只管逃走，遇到危难有我哩。"猴儿把五百个和尚的安全包圆，拔下毫毛嚼碎散发给一众和尚说："若有人拿你，攒紧拳头，叫一声'齐天大圣'，我就来护你！"众僧一试，果然牛皮不是吹的！

2. 三兄弟大闹三清观

头戴高帽兴奋得猴王睡不着，他跳到空中观察，发现正南灯烛荧煌，三清观道士禳星。虎力、鹿力、羊力大仙及七八百个道众，司鼓司钟，侍香祈祷。案头供献新鲜，桌上斋筵丰盛。孙悟空招唤八戒、沙僧一同去耍耍。吹狂风进三清殿，把花瓶烛台刮倒。虎力大仙令徒弟归寝。悟空三兄弟闯上三清殿。这里供的是元始天尊、灵宝道君、太上老君。孙悟空建议变成他们的样子享用供品。要八戒把三清像送进"五谷轮回之所"，即臭气烘烘大东厕。八戒、沙僧任情吃起，如流星赶月，风卷残云。孙悟空吃果子陪他们。供物吃尽，三人闲讲消食。小道士寻手铃，撞破"三清"大快朵颐。虎力、鹿力、羊力大仙判断三清显灵，求赐圣水。孙悟空假模假式扮仙人开言："我欲不留些圣水与你们，恐灭了苗裔；若要与你，又忒容易了。"取器皿来！你们出殿前掩上格子，不可泄了天机！众道掩了殿门跪伏丹墀下。待道士尝出"圣水"有猪溺臊气，孙悟空索性留名：大唐僧众，奉旨来西。吃了供养，闲坐嬉嬉。甚么圣水，我们撒尿！

大闹三清观，看似是孙悟空兄弟寻吃寻喝寻开心，其实另有深意。车迟国是明代社会的哈哈镜。大闹三清观，是吴承恩借神魔讽世的恶谑。仕途不得志的作家，跟当朝皇帝开了个大玩笑。

孙悟空将车迟国道士得志感慨为"术动公卿"。这四字评语是明代朝廷的写实：因为歪门邪道的"术"，可以官至公卿。吴承恩一生经历过明代正德、嘉靖、隆庆、万历四个皇帝。社会混乱，民不聊生。皇帝追求长生不老，重用道士。嘉靖皇帝自封"紫极仙翁"，道士邵元节封礼部尚书，官居一品。道士陶仲文封"神肖保国宣教高士"。皇帝下令僧人还俗，毁佛像、佛骨、佛牙、大慈恩寺。皇帝敬道灭僧，产生恶劣的社会影响。车迟国其实是影射道士横行、僧人受难的现实状况。大闹三清观，将三清雕像丢进厕所，道士喝的"甘露"竟是和尚的尿，是发泄作家对道士飞黄腾达的愤慨。车迟国故事结束时，孙悟空对国王说的一番话，像《西游记》作者对当朝天子的热切希望："向后来，再不可胡为乱信。望你把三教归一，也敬僧，也敬道，也养育人才，我保你江山永固。"

3.美猴王呼风唤雨

师徒晋见车迟国国王，孙悟空口若悬河批评国王重道轻佛，三个道士未及反驳孙悟空，老百姓求雨来了。糊涂国王告诉悟空："我之所以敬道灭僧，因当年缺雨，和尚无用，道士求来。你们敢与国师赌胜求雨么？祈得甘雨放你西去。无雨推赴杀场！"孙悟空大包大揽："小和尚晓得求祷。"

传说中的风神、雷神、雾神、雨神纷纷登场，古代小说最全面精美的"风雷雾雨"大场面在吴承恩笔下闪亮呈现。

悟空将丑话说到前头：我和国师都求雨，雨果真来了，算哪个的？虎力大仙说他以令牌为号，一声令牌响风来，二声响云起，三声响雷闪齐鸣，四声响雨至，五声响云散雨收。

道士一声令牌响，风悠悠飘来，八戒道"不好了！"悟空嘱咐："护持师父，莫与我说话，我干事去！"这个不能对话的"我"是孙猴子的毫毛。悟空真身已跳到空中，对天宫分管风雷雨电的神仙颐指气使、指手画脚。既保证自家求来雨，还得阻碍道士求雨。孙猴子简直在图解竞争场的潜规则：重要的不是自己孜孜不倦地求胜，而是千方百计地让竞争对手失败。

　　道士令牌一响，风神开始放风，孙悟空命令把风收了！有一丝风把道士胡子吹得动一动，打二十铁棒！云神、雷神、雾神、龙王接受同样的"指令"。道士令牌虽举，太阳星耀，万里无云，雷也不鸣，电也不闪，滴雨不落。

　　孙悟空与众神约定：我举金箍棒为号令。

　　孙悟空将金箍棒望空一指，风婆婆急忙扯开皮袋，巽二郎解放口绳，呼呼风响，揭瓦翻砖，扬砂走石。

　　孙悟空将金箍棒望空第二指，推云童子显神威，布雾郎君施法力，昏雾朦胧，浓云叆叇。

　　孙悟空将金箍棒望空第三指，雷公奋怒，倒骑火兽下天关；电母生嗔，乱掣金蛇离斗府。沉雷轰响，似地裂山崩。孙悟空高声与分管雷公电母的邓天君打招呼："老邓！仔细替我看那贪赃坏法之官，忤逆不孝之子，多打死几个示众！"雷越发震响。

　　孙悟空将金箍棒望空第四指，天上银河泻，街前白浪滔。雨自辰时下起，到午时前后，车迟城水漫街衢。国王派听事官策马冒雨来报："圣僧，雨够了。"

　　孙悟空将金箍棒望空第五指。霎时雷收风息，雨收云散。

　　国王服气了，要倒换关文打发唐僧过去。虎力大仙阻住，说："这雨是我道门之力。我上坛发文书，烧符檄，击令牌，龙王谁敢不来？恰好遇着我下、他上，他们是撞着机会！"国王昏乱，疑惑未定。孙悟空出个立刻见高低的鉴别方法："那国师若能叫得龙王现身，就算他的功劳。"道士只好说"我辈不能，你是叫来。"孙悟空仰面朝空高叫："敖广何在？弟兄们都现原身来看！"四条龙空中度雾穿云，飞舞金銮殿上。

道士完败，悟空完胜。车迟国斗法，众神给足齐天大圣面子，调谁是谁，指哪打哪。如此大场面，吴承恩任意挥洒，举重若轻，妙趣横生。西天取经路上孙悟空从未如此露脸。哪知露脸机会还在后边！

4. 美猴王踢天弄井、五赌五胜

三大仙再次挑战要和唐朝和尚比试，连比五场：

一曰高空坐禅。虎力大仙提出比"云梯显圣"，五十张桌子迭起，不许手攀梯登，驾云上台坐下坐禅。哪个先动算输。一听说比坐禅，悟空没辙了，对八戒说："搅海翻江，担山赶月，换斗移星，我干得；砍头剁脑，剖腹剜心，我不怕。可我哪有坐性？"唐僧说："我会坐禅。坐多时？两三个年头吧！"虎力大仙驾云西台坐下。悟空拔毫毛变猴王陪八戒、沙僧立下面，自己变五色祥云把唐僧撮起至东台坐下。西台、东台坐禅几个时辰不分胜负。鹿力大仙变出个大臭虫咬唐僧。孙悟空变成小虫飞唐僧头上扑杀臭虫。道士害师父，"老孙去弄他一弄！"悟空变做蜈蚣在道士鼻凹叮一下。道士坐不稳，一个筋斗翻下去！

二曰隔板猜枚。鹿力大仙猜得非常准确的物件，都给孙悟空神不知鬼不觉地偷天换日：皇后亲手放上山河社稷袄、乾坤地理裙，被变做破烂流丢一口钟；国王亲手放上御花园的大桃子，被孙悟空啃得干干净净，"只猜是个桃核子"；虎力大仙亲手放进道童，被孙悟空哄得剃掉头发换僧袍，敲着木鱼念着"阿弥陀佛"出来了。孙悟空"腾那天下少，伶俐世间稀"。道童变沙弥，死人也能笑活。

三曰砍头能活。大国师要比砍头能活。刽子手将悟空的头飕的砍下来，一脚踢去，腔子不出血，肚里叫"头来！"鹿力大仙念咒语，令土地将悟空的猴头扯住。孙悟空喝声："长！"脖颈飕地长出一个头来！沙僧解释："他有七十二变化，就有七十二颗头！"虎力大仙的头被砍下，也不出血，也叫："头来！"孙悟空拔根毫毛变黄犬，把大国师的头衔到御水河边丢下。虎力大仙惨死，成无头黄毛虎。

四曰剖腹再生。二国师要比剖腹。孙悟空说正想拿出脏腑，洗净脾胃，才好西天见佛。自己用牛耳短刀朝肚皮搠个窟窿，拿出肠脏条条清理，再装回肚里，肚皮立即长合。鹿力大仙如法炮制，割开肚腹，拿出肝肠，用手理弄。孙悟空拔根毫毛变做饿鹰，把他五脏、心肝抓去！二国师惨死，原来是白毛角鹿！

五曰油锅不死。三国师要比油锅洗澡。悟空跳在锅内，翻波斗浪，嬉水般玩耍，毫发未伤。羊力大仙也跳下油锅洗浴。细心的悟空发现滚油冰冷，知道有冷龙护持。纵身跳在空中，念咒语拘来北海龙王敖顺，臭骂"带角的蚯蚓、有鳞的泥鳅"，为何助道士冷龙护住锅底？龙王说："冷龙是他自己炼的，不是我派的。"敖顺化旋风到油锅边将冷龙捉下海。三国师霎时间被油炸得皮焦肉烂，只剩下一堆羊骨头。

5. 唐僧危难显真情

孙悟空与大国师赌砍头，与二国师赌剖腹，与三国师赌下油锅，一赌比一赌精彩。《李卓吾批评本西游记》连加六个单字评语"猴！"如果三赌描述总没啥变化，岂不单调沉闷？岂不显得作家乏才？于是，孙悟空油锅恶作剧情节应运而生：在油锅里听到八戒、沙僧悠闲聊天，其实是八戒赞猴哥"有这般真实本事"。孙猴子却怀疑："呆子笑我哩！等我作成他捆一绳！"故意变个枣核躺锅底不起来。车迟国王认为孙悟空死了，下令将三个和尚处死。校尉先揪翻八戒捆了。危机见真情，唐僧求国王："我这徒弟自从归教，历历有功，今日死在油锅之内，贫僧求祭奠徒弟后领死。"国王赞"中华人多有义气"，命取些浆饭、黄钱给唐僧：

　　唐僧教沙和尚同去。行至阶下，有几个校尉，把八戒揪着耳朵，拉在锅边。三藏对锅祝曰："徒弟孙悟空！自从受戒拜禅林，护我西来恩爱深。指望同时成大道，何期今日你归阴。生前只为求经意，死后还存念佛心。万里英魂须等候，幽冥做鬼上雷音！"八戒听见道："师父，不是这般祝了。——沙和尚，你替我奠浆饭，等我祷。"那呆子捆在地下，气呼呼的道："闯祸的泼猴子，无知的弼马温！该死的泼猴子，油烹的弼马温！猴儿了帐，马温断根！"孙行者在油锅底上听得那呆子乱骂，忍不住现了本相，赤淋淋的，站在油锅底道："馕糟的夯货！你骂那个哩！"

　　佛说："人不可太尽。"孙悟空车迟国斗法，未进城先尽享"齐天大圣"威名。进得城来，要风得风，要雨得雨，砍头、剖腹能活，可谓"春风得意马蹄疾，一日看尽长安花"。月满应亏，水满该溢。好事全成孙悟空的，猪八戒骂几句还不是应该？猪八戒骂弼马温、泼猴子，骂出一篇祭祀的"绝世奇文"，重要的却是唐僧祭奠显真情。师父这番对孙悟空"盖棺论定"的话，大概把猴儿平时被念紧箍咒的委屈化解得差不多了。情节变出意外，令读者喜出望外。

大战青牛怪

风情绰约、景致迷人、好看耐看是好小说的要素。《西游记》所写风土人情，多半子虚乌有，却琳琅满目、美不胜收。第五十回"情乱性从因爱欲，神昏心动遇魔头"、第五十一回"心猿空用千般计，水火无功难炼魔"、第五十二回"悟空大闹金岘洞，如来暗示主人公"，整整三回，孙悟空调动众神，令人眼花缭乱。大战青牛怪，将猴王降妖救唐僧，变成大规模神佛兵器博览会。吴承恩玩了个大圈套，因为青牛怪小小一个圈圈，天宫神将纷至沓来，佛教圣地不甘示弱，祭出五花八门的武器，摆出千奇百怪的战法。道高一尺，魔高一丈，煞是好看。

1. 妖怪有神奇小圈圈

孙悟空要化斋，怕妖怪损害师父，用金箍棒画个圈：你们只要不走出这圈，什么妖魔鬼怪都不怕！可是为完成佛法注定的九九八十一难，唐僧必须走出孙悟空画的圈，必须撞到妖怪手里。这也容易得很，因为有猪八戒在。"他往那里耍子去来！化甚么斋，却教我们在此坐牢！"几句话一说，唐僧果然迈出圈子。接着八戒进入倒垂莲升斗门楼，发现件绵背心，贪小便宜穿上，却原来是绳索！师徒三人掉进妖精的圈套。

孙悟空化斋回来，当坊土地报告唐僧落入妖精手中。孙悟空寻至妖洞叫骂，出来个名曰"兕大王"——显然是牛妖的家伙：独角参差，双眸幌亮，舌长口阔。"两只焦筋蓝靛手，雄威直挺点钢枪。"

两个战三十回合,不分胜负。魔王见孙悟空棍法齐整,连声喝彩:"好猴儿!真个是那闹天官的本事!"孙悟空也爱他枪法不乱,叫道:"好妖精!果然是一个偷丹的魔头!"对阵夸对手,这才叫惺惺相惜!魔王喝令小妖齐来。孙悟空把金箍棒变做千百条铁棒,似飞蛇走蟒乱落向妖魔。魔王袖中取出个亮灼灼白森森的圈子,望空抛起,唿喇一下把金箍棒套去。孙悟空翻筋斗逃命。

2. 猴王对玉帝前倨后恭

齐天大圣降妖除魔全靠金箍棒,棒丢了,咋呈威风?妖怪既然夸猴王不愧闹过天宫,肯定是上界凶星下界。天宫求援,猴王走顺了。守南天门的看他又来,问做什么。猴王还嘴硬:"来寻玉帝,问他个钳束不严。"真见了玉帝,猴王却恭顺起来:

　　行者朝上唱个大喏道:"老官儿,累你!累你!我老孙保护唐僧往西天取经,一路凶多吉少,也不消说。于今来在金峨山金峨洞,有一儿怪,把唐僧拿在洞里,不知是要蒸,要煮,要晒。是老孙寻上他门,与他交战,那怪却就有些认得老孙,卓是神通广大,把老孙的金箍棒抢去,因此难缚妖魔。疑是上天凶星,思凡下界,为此老孙特来启奏,伏乞天尊垂慈洞鉴,降旨查勘凶星,发兵收剿妖魔,老孙不胜战栗屏营之至!"却又打个深躬道:"以闻。"旁有葛仙翁笑道:"猴子是何前倨后恭?"行者道:"不敢不敢!不是甚前倨后恭,老孙于今是没棒弄了。"

"猴王奏本"令人喷饭！什么叫"不伦不类"？这就是。猴王在玉帝跟前向来是只大螃蟹，横着走，这次却客气起来，恭敬起来，巴结起来。他先创造个名词，把玉帝叫"老官儿"且说"累你"，意思是老哥辛苦了；他不敢像在南天门吹的，问玉帝"钳束不严"，而是小心翼翼推测"疑是上天凶星思凡下界"；他来向玉帝汇报（特来启奏）；求着玉帝，拜着玉帝让玉帝开恩（伏乞天尊垂慈）；猴王在玉帝面前战战兢兢吓得发抖（战栗屏营）；汇报前猴王唱个大喏，汇报后猴王鞠个深躬，还来了句"我汇报完了（以闻）"。何等谦虚谨慎、礼貌周全，孙悟空啥时在玉帝跟前如此老实本分、循规蹈矩了？胡适在《中国章回小说考证》中将猴王这番话形容为："这种奴隶的口头套语，到了革命党的口里，便很滑稽了。""这种诙谐的里边含有一种尖刻的玩世主义。《西游记》的文学价值正在这里。"见过齐天大圣大闹天宫的葛天翁挖苦猴王为何前倨后恭？猴王倒是实话实说："我没金箍棒啦！"美猴王手中有金箍棒时，连玉帝都差点儿给轰下金銮殿！当然啦，猴王不管如何猪鼻子插葱装象，也改不了一口一个"老孙"的本性。

玉帝立即查看天宫有无星宿下凡，没有！玉帝通情达理地下旨"着孙悟空挑选几员天将，下界擒魔去也"。派天将的权力竟交到猴王手里。看来"老官儿"确实受宠若惊。猴王提出：教托塔李天王与哪吒太子带降妖兵器下界与那怪交手，且看如何。

3. 天宫神将纷纷出手
吴承恩将相貌清奇的小童男的外貌又做一次细描，好漂亮！

玉面娇容如满月，朱唇方口露银牙。

眼光掣电睛珠暴，额阔凝霞发髻鬟。

绣带舞风飞彩焰，锦袍映日放金花。

环绦灼灼攀心镜，宝甲辉辉衬战靴。

身小声洪多壮丽，三天护教恶哪吒。

金岘山大规模杀伤性武器比赛序幕徐徐拉开。

哪吒三太子施出六件拿手武器帮助齐天大圣。这是哪吒的兵器第二次在小说中出现。第一次，孙悟空大闹天宫，哪吒用六件兵器迎战，猴王不能取胜，只好偷袭。这一次哪吒变三头六臂，持六件兵器向妖魔砍来。魔王也变三头六臂挺三柄长枪。哪吒以降妖法力，将砍妖剑、斩妖刀、缚妖索、降魔杵、绣球、火轮儿，向上抛起，大叫："变！"一变十，十变百，百变千，千变万，如骤雨冰雹，纷纷密密，向妖魔打去。魔王抛起圈圈把六般兵器套下。曾降伏过九十六洞妖魔的英雄哪吒只好赤手逃生。

孙悟空再次到天宫求救，火德星君施出全套火器帮助齐天大圣：火枪、火刀、火弓、火箭、火棒、火车、火旗、火鸦、火马、赤鼠、火葫芦。半空中，火鸦飞噪；满山头，火马奔腾；双双赤鼠喷烈焰，对对火龙吐浓烟；火旗摇动，火棒搅行；"天火非凡真利害，烘烘炼炼火风红"！妖魔见火，全无恐惧，将圈圈抛起，把火龙、火马、火鸦、火鼠、火枪、火刀、火弓、火箭，一圈子套去。

火攻不成，再用水，孙悟空到天宫，水德星君令黄河水伯神王"随大圣去助功"。水伯用小小白玉盂儿盛上半盂水，是黄河水的一半。孙悟空叫骂，妖魔打开洞门，水伯倾水，涌波如雪，水势倾天。妖怪撇了长枪取出圈子，撑住二门，那股水都往外泛出来。

套圈套圈套套圈！这个小小的圈子真是无所不能套，无所不能阻啊！是哪儿来的这么个神奇小圈圈？是哪方神圣的法器？请来火神、水神皆不能取胜，自己又没棒可弄的孙悟空恼羞成怒，对着妖魔叫："吃老外公一拳！"妖魔却笑了："我使枪，猴儿使拳？岂不成了以强凌弱？他那么个核桃儿大小筋饟子拳头，怎么对付我这锤子似的大拳？罢！罢！罢！我且把枪放下，与你走一路

拳看看！"两个对阵者说这番话时，都笑嘻嘻的。不像你死我活地战斗，倒像心照不宣地玩游戏。悟空、妖怪长掌短拳相持，像顶尖拳术教学表演：仙人指路，老子骑鹤，饿虎扑食，蛟龙戏水，蟒翻身，鹿解角，淬地龙，擎天橐，观音掌，罗汉脚，"青狮张口来，鲤鱼跌子跃"，两人拳击数十回合不分上下。参战的李天王厉声喝彩，败阵的火德星君鼓掌夸称。好像众仙把这看成拳术比赛。孙悟空将毫毛拔下一把，变做三五十小猴把妖怪缠住。妖怪把圈子拿出来把三五十个毫毛变的小猴收为本相，套入洞中。

　　齐天大圣再次完败，善解人意的哪吒三太子却对当年的对手不吝夸赞之词："孙大圣还是个好汉！这一路拳，走得似锦上添花。使分身法，正是人前显贵。"火德星君和水德星君比较讲究实际，建议孙悟空发挥特长，将妖魔的圈圈偷来，"大闹天宫时，偷御酒，偷蟠桃，偷龙肝凤髓及老君之丹，那是何等手段！今日正该拿此处用也"。

　　4.美猴王展神偷本领

　　猴王从善如流，变个"翎翅薄如竹膜，身躯小似花心"的麻苍蝇，潜入妖洞施展神偷绝技。一眼看到金箍棒，心痒难耐，拿了铁棒现原身一路打出去。妖魔出洞，再次与悟空对打几个时辰，打得"满空飞鸟皆停翅，四野狼虫尽缩头"。孙悟空打得正尽兴，妖魔却要休息，虚幌一枪回洞。天神齐夸美猴王"有能有力的大齐天，无量无边的真本事"！行者突然谦虚起来"承过奖"。李天王对孙悟空来个迟到的肯定："此言实非褒奖，真是一条好汉子！这一阵也不亚当时满地网罩天罗也！"

大闹天宫曾与美猴王对阵的天王、哪吒父子的同时夸奖,让猴王终于吐了五百年前被擒的一口恶气!

天宫诸神就有这点儿好处,不管是同侪还是对手,只要你有才能,他就真心佩服。看来玉宇澄清的天宫到底比人世少些戾气,少些俗气,少些勾心斗角和尔虞我诈。这一点,连他们的坐骑也继承下来了。不管是李天王父子,还是青牛怪,对孙悟空都有些"英雄相见恨晚"的感觉。

孙悟空要再次潜入妖洞,哪吒劝他休息一晚明早再去。孙悟空笑道:"小郎不知世事!那见做贼的好白日里下手?"火德星君与雷公说:"三太子休言,这件事我们不知,大圣是个惯家熟套。"孙悟空倒给天神,特别是小哪吒,上了堂世俗人情课!

孙悟空又变做促织进入妖洞,见妖魔圈圈随身偷不得,至后面发现妖魔套来的天将兵器,还有自己那把毫毛,就地取材,毫毛变三五十个小猴,拿了哪吒的刀、剑、杵、索、球、轮,火神的弓、箭、枪、车、葫芦、火鸦、火鼠、火马,自个儿骑上火龙,纵起火势杀出洞。众多妖精走投无路烧死大半。美猴王得胜回来。猴王和天将再次与妖魔对阵,妖魔还是套圈,把哪吒和火神的兵器、金箍棒,尽情捞去,李天王的天罡刀和雷神兵器,也照单全收!众神灵依然赤手,孙大圣仍是空拳。看来弄不明白这白森森的小圈圈属于哪方神圣,请不来妖魔的正头香主,就甭想斗过妖魔。孙悟空大概觉得总麻烦观音菩萨过意不去,直接找如来佛!

唐僧历尽艰险,西天依然遥遥,孙悟空一个筋斗就到了。灵峰迭嶂,青松翠柏,白鹤青鸾,幽鸟奇花。好清静好舒服的所在!

5. 如来佛金砂也不灵

如来佛不仅老练，还知道明哲保身。侠肝义胆的观音听说要降妖，立即亲自出动。如来佛慧眼遥观，早看清妖魔底细，却不肯对孙悟空说，只道："你这猴儿口敞，一传道是我说他，他就不与你斗，定要嚷上灵山，反遗祸于我也。"看来如来佛也想和圈圈的主人比试一番，命十八尊罗汉开宝库取十八粒金丹砂与悟空助力！

金峨山兵器展览，又多了个如来佛的金丹砂：

似雾如烟初散漫，纷纷霭霭下天涯。白茫茫，到处迷人眼；昏漠漠，飞时找路差。打柴的樵子失了伴，采药的仙童不见家。细细轻飘如麦面，粗粗翻复似芝麻。世界朦胧山顶暗，长空迷没太阳遮。不比嚣尘随骏马，难言轻软衬香车。此砂本是无情物，盖地遮天把怪拿。

妖魔差一点儿完蛋，他见飞砂迷目，把头低一低，足下砂就有三尺余深，他将身一纵，浮上一层，须臾足下砂又有二尺余深。小圈圈又拿出来，如来佛的金丹砂也被收走。

如来佛"老奸巨滑"，还是能掐会算？未雨绸缪，已将妖魔底细告诉降龙、伏虎罗汉。罗汉告诉孙悟空："上离恨天兜率宫找太上老君！"

6. 天界佛界牛鼻圈

孙悟空进了兜率宫，与太上老君撞个满怀，躬身唱喏："老官，一向少看。"老君笑道："这猴儿不去取经，却来我处何干？"孙悟空来段快板："取经取经，昼夜无停；有些阻碍，到此行行。""西天西天，你且休言；寻着踪迹，与你缠缠。"眼不转睛，东张西看，忽见牛栏边童儿盹睡，青牛不在栏中。"老官，走了牛也！"走了几天？七天。天上七日，人世七年。孙悟空立即得理不饶人："你这老官，纵放怪物，抢夺伤人，该当何罪？"青牛用个小圈圈，套住了天将的兵器、如来的金丹砂、孙悟空的金箍棒。那是什么宝物？老君说："我那金刚琢，乃是我过函谷关化胡之器，自幼炼成之宝。凭你甚么兵器、水火，俱莫能近他。若偷去我的芭蕉扇儿，连我也不能奈他何矣。"

老君宫成了"失盗专业户"了。老君辛辛苦苦炼出的葫芦金丹被猴儿偷了；老君的五件珍宝，被金银童子偷了；金刚琢又被青牛偷了。难道是因为这里"无为而治"？孙悟空胜券在握将妖魔诱出，趁心如意劈脸打个耳刮子回头就跑。妖魔抢枪追赶，却听太上老君叫："那牛儿还不归家？"妖魔心惊胆战："这贼猴真个是个地里鬼！却怎么就访得我的主公来也？"老君念咒语，扇子扇两下，妖怪现青牛本相，老君将金钢琢吹口仙气穿牛鼻子上，解勒袍带系琢上牵手中，驾云回离恨天。

一头青牛变妖魔，既像桃花马上施花枪的杨家将，又像哪门哪派的拳术高手；一个小圈圈，老子当年过函谷关的旧物，孙悟空大闹天宫时曾做暗器帮二郎神，现在又力敌天将、佛将万般兵器，将天界、佛界搅了个七荤八素;"心猿空用千般计,水火无功难炼魔"。佛法无边的如来竟只能暗示小圈圈的主人公。西天诸神间的关系真够微妙!可能因为如来佛是佛教主宰,太上老君是道教主宰?他们借这个小圈圈,来了次佛道法术大比试?曾将孙悟空放在八卦炉中炼过的太上老君,这次借自家青牛,总算报了车迟国被取经僧丢到毛厕坑的一箭之仇。奇怪的是,当年孙悟空大战二郎真君时,太上老君和观音菩萨观战,曾讨论用哪个"兵器"帮帮二郎真君,是用太上老君的金刚琢还是用观音菩萨的净瓶?结果太上老君用金刚琢敲到猴王的头上。既然金刚琢有这么大的能耐,当时老君为什么不用这个"套圈"把金箍棒套走?难道那时老君就预测到自家青牛有一天得把这个圈圈的超能力发挥到极致?留着给这畜牲表演吧!

金岘山神佛武器大赛,孙悟空赛出武艺更赛出处世本领。救出唐僧并非他最得意之处,天宫、灵山任往来,受天神恭维,受对手尊敬,这才是猴儿最得意之处!

真假美猴王

1. 猴王受屈侍观音

唐僧又把孙悟空轰走，原因是猴王打死了劫道的强盗。

遇到拦路抢劫者，唐僧竟想把白马送给他们。悟空挖苦师父"皮松"："唐太宗差你往西天见佛，谁教你把这龙马送人？"悟空打死了两个强盗头，老和尚絮絮叨叨，猢狲长，猴子短，叫八戒撮土掩埋强盗，他念起推卸责任的"倒头经"：

> "拜惟好汉,听祷原因:念我弟子,东土唐人。奉太宗皇帝旨意,上西方求取经文。适来此地,逢尔多人,不知是何府、何州、何县,都在此山内结党成群。我以好话,哀告殷勤。尔等不听,返善生嗔。却遭行者,棍下伤身。切念尸骸暴露,吾随掩土盘坟。折青竹为光烛,无光彩,有心勤;取顽石作施食,无滋味,有诚真。你到森罗殿下兴词,倒树寻根,他姓孙,我姓陈,各居异姓。冤有头,债有主,切莫告我取经僧人。"

悟空气愤地说：师父忒没情义！我费尽劳苦保你，打死毛贼，你教他到森罗殿告老孙！猴儿攥着铁棒祝祷："遭瘟的强盗！我被你前七八棍，后七八棍，触恼性子，将你打死，你们尽管去告，老孙不怕！玉帝认得我，天王随得我，二十八宿九曜星官怕我，府县城隍东岳天齐敬我，阎君猖神给我当仆从后生。三界五司，十方诸宰，我都面熟情深，随你去告！"

师徒祷词显示不同个性，师父善恶不分，徒弟除恶务尽；师父只求自保，徒弟一心为师。"圣僧"到底"圣"在何处？已是"师徒都面是背非"有裂痕。在孙悟空又将企图谋害他们的杨某打死后，唐僧积怨爆发，轰走悟空。孙悟空走投无路、恼闷之极：回花果山恐小妖见笑，投奔天宫恐不容久住，投海岛羞见诸仙，奔龙宫又不想求龙王。"罢！罢！罢！我还去见我师父。"唐僧坚决不留，一个劲儿念紧箍咒。八戒、沙僧也不劝说。悟空面临师父离心离德，师弟三心二意，伤心之极。孙悟空驾起筋斗云忽然省悟："老和尚负了我心，普陀崖告诉观音菩萨去！"行者望见菩萨，倒身下拜，止不住泪如泉涌，放声大哭。男儿有泪不轻弹，孙悟空在观音菩萨面前，像受委屈的孩子。菩萨还是批评悟空不善："草寇不良，到底是人身，不该打死。"菩萨慧眼看到唐僧顷刻间有伤身之难，告诉悟空："你只在此处，待我与唐僧说，教他还同你去取经。"悟空只能忍气吞声，侍立观音身旁等待。

2. 假作真时真成假

饥渴难当的唐僧等取水的八戒、沙僧时，假"美猴王"来了。这只六耳猕猴神通广大，他知道猴王被师父驱逐，来假扮猴王，他是想混入取经队伍成正果还是也想吃了唐僧？不得而知。唐僧仍认作悟空，不理他。六耳猕猴喝骂"狠心的泼秃"，抡铁棒敲长老脊背。唐僧昏晕在地，不能言语，假猴王提着青毡包袱驾云离去。

　　细心的读者即使不知道来到唐僧身边的猴王乃六耳猕猴，从其言谈举止也知道这个猴王是假的，因为这个猴王有许多破绽：他用词不对，悟空从没有也不会骂师父"泼秃"；他的金箍棒不对，如意金箍棒重一万多斤，刮一下子就死，唐僧被他在背上"矴了一下"却只晕倒？看来这金箍棒仅貌似美猴王的棒，重量却不够。但唐僧想不到这些，他对八戒、沙僧说："好泼猢狲，打杀我也！"派沙僧到花果山要行李。要不到？南海找菩萨！

　　小说家如何利用"官方文书"？这是不小的学问。唐僧离开大唐十几年，在几个国家用过通关文牒。现在文牒全文由假猴王在花果山朗声念出来：

　　"东土大唐王皇帝李，驾前敕命御弟圣僧陈玄奘法师，上西方天竺国娑婆灵山大雷音寺专拜如来佛祖求经。朕因促病侵身，魂游地府，幸有阳数臻长，感冥君放送回生，广陈善会，修建度亡道场。盛蒙救苦救难观世音菩萨金身出现，指示西方有佛有经，可度幽亡超脱，特着法师玄奘，远历千山，询求经偈。倘过西邦诸国，不灭善缘，照牒施行。

　　大唐贞观一十三年秋吉日御前文牒。自别大国以来，经度诸邦，中途收得大徒弟孙悟空行者，二徒弟猪悟能八戒，三徒弟沙悟净和尚。"

"自别大国以来"后边的话，是西梁女国痴情女王添加的。假猴王为什么要反复念唐僧的通关文牒？原来有用处，他已仿造出唐僧、八戒、沙僧，要组建支新队伍去西天取经。假猴王、假唐僧、假八戒、假沙僧拿着真公文，真成了《红楼梦》里的话：假作真时真亦假。

　　假猴王见沙僧时其实早露出破绽：他不认识沙僧！沙僧认为师兄假装不认识，急着将假沙僧劈头打死，却想不到"师兄"也是假的。沙僧到南海找到菩萨时，还认为悟空是提前来恶人先告状，对菩萨身边的悟空挥舞宝杖。菩萨："教悟空与你同去花果山看看。是真难灭，是假易除。"观音菩萨让孙悟空随沙僧一起去水帘洞分辨真假，孙悟空的筋斗云快，想先走，被沙僧一把扯住，"大哥不必这等藏头露尾，先去安根，待小弟与你一同走"。沙僧办事考虑周全，大是大非面前，他既不顾兄弟情谊，也不怕孙悟空的如意金箍棒。没想到，两个猴王打到南海，菩萨也分不清真假，拿紧箍咒做"试金石"，两个猴王都喊疼。

到天宫辨真假，按说"猴王"开口，玉帝也该从他与往昔完全不同的用词断明真假："万岁！万岁！臣今皈命，秉教沙门，再不敢欺心诳上，只因这个妖精变做臣的模样……"口称"万岁"，自称"臣"，必定是假！真悟空什么时候称呼过玉帝"万岁"？玉帝最有面子时不过是猴王的"老哥"，真悟空何曾称"臣"？他不是一直一口一个"老孙"吗？真悟空更不曾向玉帝表示不敢诳上。假猴王没有大闹天宫的经历，也就没有真猴王的气度和派头，他在玉帝面前抢话，句句露怯。真猴王只能照他的话说。可惜玉帝耳朵分辨率差，李天王的照妖镜同样不灵。"镜中乃是两个孙悟空的影子，金箍衣服，毫发不差。玉帝亦辨不出，赶出殿外。"

两个猴王打出天门："我和你见师父去！"师父念紧箍咒同样没法辨别。两个行者打到阴山背后，十殿阎罗会齐，地藏王点聚阴兵。两个猴王都说："望阴君与我查看生死簿，见假行者是何出身，快早追他魂魄！"哪想到，所有猴类在生死簿上早就被孙悟空除名了，怎么查得出？

地藏王菩萨说：等我着谛听与你听个真假。

谛听是地藏王菩萨案下伏的兽。他伏在地下，立时可对四大部洲山川社稷、洞天福地之间，赢虫、鳞虫、毛虫、羽虫、昆虫，天仙、地仙、神仙、人仙、鬼仙，察听贤愚、顾鉴善恶。谛听伏地听了一会儿，对地藏王说，已听出假猴王是什么怪，但不敢当面说破，恐妖精令阴府不安。假猴王的神通与孙大圣无二，幽冥之神也不能擒拿。怎么办？谛听说："佛法无边。"

3. 如来慧眼识物，佛法无边

真假猴王对打到西天雷音宝刹。天花缤纷，好大一个讲座场面！菩萨金刚、阿罗揭谛、比丘尼、比丘僧、优婆塞、优婆夷，上万之众在七宝莲台下听如来说法。如来佛说："汝等俱是一心，且看二心竞斗而来也。"此话何意？与第五十八回回目"二心搅乱大乾坤"一致，与描写真假猴王打上西天的诗一致："人有二心生祸灾，天涯海角致疑猜。"真假猴王的灾祸从何而来？从唐僧对徒弟的疑猜而来，从师兄弟生分的隔阂而来。

如来佛不仅是哲学家，还是博学家，对观音说出假猴王出现的缘由：

> 如来笑道："汝等法力广大，只能普阅周天之事，不能遍识周天之物，亦不能广会周天之种类也。"菩萨又请示周天种类。如来才道："周天之内有五仙：乃天、地、神、人、鬼。有五虫：乃赢、鳞、毛、羽、昆。这厮非天、非地、非神、非人、非鬼；亦非赢、非鳞、非毛、非羽、非昆。又有四猴混世，不入十类之种。"菩萨道："敢问是那四猴？"如来道："第一是灵明石猴，通变化，识天时，知地利，移星换斗。第二是赤尻马猴，晓阴阳，会人事，善出入，避死延生。第三是通臂猿猴，拿日月，缩千山，辨休咎，乾坤摩弄。

第四是六耳猕猴，善聆音，能察理，知前后，万物皆明。此四猴者，不入十类之种，不达两间之名。我观'假悟空'乃六耳猕猴也。此猴若立一处，能知千里外之事；凡人说话，亦能知之；故此善聆音，能察理，知前后，万物皆明。——与真悟空同像同音者，六耳猕猴也。"

六耳猕猴听如来说出本象，胆战心惊，变蜜蜂便飞。如来金钵盂撒起盖下，六耳猕猴显本相，被孙悟空一棒打死。

经常对如来佛言三语四的孙悟空这次大概真服气了。佛祖不仅把六耳猕猴的底细说得明白，连孙悟空及花果山封的元帅、将军老底都揭个一清二楚。小小钵盂解决了天宫神将、地府幽灵和孙悟空自己怎么也办不成的事，这才叫慧眼识物，佛法无边！

4. 师徒同心戮力西行

《西游记》是古代小说神、佛、道、妖的总亮相。西天取经遇妖，无奇不有，无妙不臻。神、佛、道、妖有时单打独斗，有时拉帮结伙。各个章回中的人物，有时密集，有时稀疏，各个章回的情节随物赋形，有时紧张

热烈，有时细腻巧妙。吴承恩深谙写小说情节必须有密有疏，故事必须张弛有度。通常前几章人物众多，粗笔勾勒；后几章人物稀少，细笔工描。写几章单线进行小场景，必定要插叙多人汇合大场面。鱼妖、红孩儿故事人物单纯，车迟国故事天宫、海底神仙纷纷登场；人物单纯的西梁国、蝎子精后，真假猴王来了次神佛大点卯、神佛降妖技能大比拼。从天宫到地府，从观音到如来，都经受假猴王的降魔检验，地府新角色即古代神魔小说新角色谛听首次出现。小说家能使同一人物在不同故事中有不同表演，使人物不单调，不总是一个脸孔的，才是高手。佛法无边的观音菩萨收鱼妖举重若轻、收红孩儿法力超强；在蝎子精面前却自退一步，让昴日星官出马；在六耳猕猴面前干脆没了法术。如来佛不肯直接说出青牛怪的归属，却把六耳猕猴的来龙去脉讲个清清楚楚。类似的故事得换不同人物表演，唐僧第一次驱逐孙悟空，是猪八戒前往回请；唐僧第二次驱逐孙悟空，换沙僧前往探虚实。写小说，要让不同人物在同一场景中做表演，也要让同一人物在不同场景中做表演。造情节，能让宏伟场面和特写镜头交替出现，才能引人入胜，使作品好看耐看。

真假美猴王不单纯是段取经故事，还是个重要转折。唐僧和悟空从此剪断二心，唐僧也不轰悟空走了；悟空和师弟从此不再猜忌，特别是八戒的长舌也收了起来，不再动不动挑拨是非，给猴王上眼药、进谗言了。师徒同心，其利断金，戮力西行。

行医朱紫国

对于小说家来说，世上没有没用的学问。多一份学问，就多一种小说构思渠道；多一份学问，就多一份令小说内容丰富好看的因素。

1. 吴承恩的中医情结

吴承恩即使没行过医，也肯定仔细研究过《黄帝内经》《伤寒论》《本草纲目》《脉诀》等中医药经典，经常观察中医治病，查询过名医医案。他喜欢用中药名在小说里搞文字游戏。西天取经路上，取经僧到朱紫国之前，吴承恩已经两次用中药名构筑小说情节。

第一次是第二十七回"花果山群妖聚义，黑松林唐僧逢魔"。孙悟空被师父轰回花果山，发现小猴被猎人杀伤众多，孙悟空祭狂风剿杀猎人。是否因不忍心让已皈依佛门的孙悟空导演的血案太血腥？吴承恩异想天开，用联缀中药名形容花果山大屠杀：

> 石打乌头粉碎，沙飞海马俱伤。人参官桂岭前忙，血染朱砂地上。附子难归故里，槟榔怎得还乡？尸骸轻粉卧山场，红娘子家中盼望。

巧妙的文字游戏。吴承恩笔下冒出这段文字时，肯定得意非凡。乌头、海马、人参、朱砂、附子、槟榔、轻粉、红娘子，八味中药编首七律，将"猎户惨案"画出。"乌头粉碎"（头破颅绽）、"朱砂地上"（鲜血满地）、"附子（父子）难回故里"，"红娘子家中盼望"（妻子在家中盼猎户归来），这巧话，亏吴承恩怎么琢磨得出！

第二次是第三十六回"心猿正处诸缘伏，劈破旁门见月明"。战罢金角大王、银角大王，师徒上路，进入深山，看到山顶嵯峨，乔松盘翠，麋鹿成群，听到山鸟时鸣，猿啼鹤唳，大虫哮吼。唐僧心中凄惨，兜住马，叫声："悟空。"口占七律抒情：

> 自从益智登山盟，王不留行送出城。
>
> 路上相逢三棱子，途中催趱马兜铃。
>
> 寻坡转洞求荆芥，迈岭登山拜茯苓。
>
> 防己一身如竹沥，茴香何日拜朝廷？

益智、王不留行、三棱子、马兜铃、荆芥、茯苓、防己、竹沥、茴香等九味中药名联缀成诗，描述西天取经之苦，搭配何等巧妙？王不留行通常是下奶药，居然变成唐太宗不加挽留、送唐僧出行的意思；有助消化功能的草药"马兜铃"变成白龙马身上的铃铛！唐僧保护自己叫"防己"，取经成功返回叫"茴香"，妙不妙？

2. 取经猴忽然变神医

吴承恩如此钟爱中医药，如果不写一大段中医故事岂不遗憾？《三国演义》中神医华陀行医的神奇故事成为小说看点，神医还联结不同人物如猜忌多疑的曹操、天神般的关羽。取经僧中哪个能做"华佗"，让吴承恩编个好故事？该是学养丰厚的唐僧吧。谁能想到竟是石头缝里蹦出来的孙悟空！第六十八回"朱紫国唐僧论前世，孙行者施为三折肱"和第六十九回"心主夜间修药物，君王筵上论妖邪"就描写了这个不可思议的故事。

唐僧师徒到朱紫国，见街市人物轩昂，衣冠齐整，不亚于大唐。接待外宾的宾馆也与长安有可比性。师徒进入会同馆。馆使按惯例给他们安排住宿，送米面、青菜、豆腐、面筋等，让自己做饭，油盐酱醋要自己买。唐僧进朝倒换公文，吩咐徒弟不可外出生事。

他前脚走，孙悟空就出了个幺蛾子。猴王竟要当妙手回春的国医！须菩提不曾教他医术，唐僧没传授他医理，猴儿行医的本事是从哪儿来的？只能说：极端天才的人物总有出乎常理的举动，神魔小说作者总会造出说不通的奇事。

孙悟空如何在朱紫国招摇过市做国医？

当唐僧发现朱紫国皇帝面黄肌瘦，形脱神衰，朱紫国国王强打精神请教大唐历史时，孙悟空正在会同馆里捉弄八戒，说街市上有烧饼、馍馍、糖糕、蒸酥、点心、卷子、油食、蜜食，无数好东西，朱紫国的食料似乎都是从大唐托运过来的。"我去买些儿请你？"八戒果然跟猴哥到市面上去了。猴儿无非闲得屁股审火，找机会拿师弟开涮。他们到了鼓楼边，众人喧嚷，填街塞路。八戒怕自己的嘴脸吓到市人，不敢去。悟空让他"在这壁根下站定"，我给你买烧饼吃。呆子把嘴挂着墙根死也不动。悟空挤入人丛，发现朱紫国国王久病张榜求医的黄榜，"稍得病愈，愿将社稷平分"。悟空大喜：老孙做个医生要要！正儿八经揭黄榜进宫治病，多没意思？多不好玩？先寻点开心！悟空用隐身法揭了皇榜揣到八戒怀里，自己回会同馆。守榜太监寻到八戒问揭榜事，八戒慌慌张张赌誓："你儿子便揭了皇榜！你孙子便会医治！"待发现怀中揣着皇榜，八戒咬牙骂："那猢狲害杀我也！"两个被八戒称作"奶奶"的老太监做好做歹，拉八戒去见悟空。呆子不呆，知道猴哥爱戴高帽，教太监见孙悟空时，朝上礼拜称"孙老爷"。孙悟空则是人说他胖立刻就喘，大咧咧吹嘘："药不跟卖，病不讨医。你去教那国王亲来请我，我有手到病除之功！"还没悬壶济世，先摆起名医架子。但"医不叩门"是中国传统，吴承恩深知社会世俗，拿来敷衍小说情节。

唐僧却向朱紫国国王声明："我徒弟是山野庸才，会挑包背马，能伏魔擒怪，'更无一个能知药性者'。"他怎么也想不到唯恐天下不乱的大徒弟要做医生，且是做给皇帝看病的医生！朱紫国皇帝病急乱投医，派文武众卿到会同馆拜见孙悟空，"称他做神僧孙长老，皆以君臣之礼相见"。孙大圣端然不动，接受朝拜。八戒思忖："这猢狲活活的折杀也！怎么这许多官员礼拜，更不还礼，也不站将起来！"大大方方接受完朝拜，孙悟空"整衣而起"（妙），众臣各依品从，作队而走。美猴王过了次"君王"瘾。

猴儿整天做徒弟服侍师父，师父动不动就念紧箍咒，还时不时被师弟进点谗言，忠心耿耿，却两次被轰回花果山。猴王早憋了一肚子鸟气。这会儿总算做上千人朝、万人拜的准皇帝啦。猴王要在师父意想不到的地方露一手！

世间之事，只要敢想敢干，什么奇迹不会发生？

3. 奇妙的悬丝诊脉

还没开始诊病，声音凶狠、相貌刁钻的孙悟空先把朱紫国国王吓倒在龙床。孙悟空却侃侃而谈，做起"中医讲座"，看病先要看病人气色，听病人声音，问发病原因及饮食等情况，然后才诊脉，通过脉象，判明病情：

医门理法至微玄，大要心中有转旋。

望闻问切四般事，缺一之时不备全：

第一望他神气色，润枯肥瘦起和眠；

第二闻声清与浊，听他真语及狂言；

三问病原经几日，如何饮食怎生便；

四才切脉明经络，浮沉表里是何般。

我不望闻并问切，今生莫想得安然。

太医官称扬猴王说的有理。"神仙看病，也须望闻问切。"现在皇帝不敢见"医生"，如何望闻问切？孙悟空又出新招：悬丝诊脉，三根毫毛变丝线，按寸关尺三部系到皇帝手腕，"将线头从窗棂儿穿出与我"，精彩的"神医诊脉断奇病"发生了：

行者接了线头，以自己右手大指先托着食指，看了寸脉；次将中指按大指，看了关脉；又将大指托定无名指，看了尺脉；调停自家呼吸，分定四气、五郁、七表、八里、九候、浮中沉、沉中浮，辨明了虚实之端；又教解下左手，依前系在右手腕下部位。行者即以左手指，一一从头诊视毕，却将身抖了一抖，把金线收上身来。厉声高呼道："陛下左手寸脉强而紧，关脉涩而缓，尺脉芤且沉；右手寸脉浮而滑，关脉迟而结，尺脉数而牢。夫左寸强而紧者，中虚心痛也；关涩而缓者，汗出肌麻也；尺芤而沉者，小便赤而大便带血也。右手寸脉浮而滑者，内结经闭也；关迟而结者，宿食留饮也；尺数而牢者，烦满虚寒相持也。——诊此贵恙：是一个惊恐忧思，号为'双鸟失群'之症。"

煞有介事，活脱"世界文化遗产中医传人"诊脉。"猴医"所诊之脉，所言脉相与病症关系，连我这个中医世家出来的人，都得查查医书，请教名医朋友，才能大体弄通。美猴王啥时成了中医名家啦？曾迎着悟空骂"泼猴害了我"的唐僧——曾怀疑悟空药性不知、医书未读、大胆闯祸的老和尚，此时大概也目瞪口呆。其实，猴王"悬丝诊脉"与亲手诊脉并无区别，因为，这丝不是普通的丝，是猴王的毫毛，猴王是借毫毛与皇帝直接接触。

4. 马尿合成乌金丸

"孙大夫"前往诊病时嘱咐八戒和沙僧："替我收药。"猴儿诊完皇帝病，太医院的人问："用什么药？"回答："见药就要。"八百零八味药，每味三斤，还有药碾、药磨、药罗、乳钵、乳槌，全部送到会同馆，交付八戒、沙僧。一家大型中药房需要的东西齐了。八戒乐了："师兄看取经不成，想在这富庶之地开药房？"悟空说："太医院官都是些愚盲之辈，取这许多药品，让他没处捉摸，难识我神妙之方。"猴王居然懂得搞知识封锁！

如何用几千斤中药配药？原天蓬元帅和原卷帘大将，都做上"中药专业研究生"，与齐天大圣

讨论起药理来:

猴王:"大黄一两碾为细末!"

沙僧:"大黄味苦,性寒,无毒;其性沉而不浮,其用走而不守,夺诸郁而无壅滞,定祸乱而致太平,名曰'将军'。此行药耳,久病虚弱,不可用此。"

猴王:"大黄利痰顺气,荡肚中凝滞之寒热,没事!"

猴王:"取巴豆一两,去壳去膜,捶去油毒,碾为细末!"

八戒:"巴豆味辛,性热,有毒;削坚积,荡肺腑之沉寒;通闭塞,利水谷之道路,乃斩关夺门之将,不可轻用。"

猴王:"此药破结宣肠,能理心膨水胀。快制来!"

猴王:"将锅脐灰刮半盏过来!"

沙僧:"不曾见药内用锅灰。"

猴王:"锅灰名为百草霜,能调百病。"

猴王:"把我们的马尿盛半盏来!"

沙僧:"马尿腥臊,如何入得药品?我只见醋糊为丸,陈米糊为丸,炼蜜为丸,或只是清水为丸,那曾见马尿为丸?"

猴王:"我那马不是凡马,他是西海龙身。他肯便溺,凭你何疾,服之即愈!"

于是出现妙趣横生的取马尿场面：

　　八戒闻言，真个去到马边。那马斜伏地下睡哩。呆子一顿脚踢起，衬在肚下，等了半会，全不见撒尿。他跑将来，对行者说："哥啊，且莫去医皇帝，且快去医医马来。那亡人干结了，莫想尿得出一点儿！"……三人都到马边，那马跳将起来，口吐人言，厉声高叫道："师兄，你岂不知？我本是西海飞龙，因为犯了天条，观音菩萨救了我，将我锯了角，退了鳞，变做马，驮师父往西天取经，将功折罪。我若过水撒尿，水中游鱼食了成龙；过山撒尿，山中草头得味，变做灵芝，仙僮采去长寿。我怎肯在此尘俗之处轻抛却也？"行者道："兄弟谨言，此间乃西方国王，非尘俗也，亦非轻抛弃也。常言道'众毛攒裘'。要与本国之王治病哩。医得好时，大家光辉。不然，恐俱不得善离此地也。"那马才叫声"等着！"你看他往前扑了一扑，往后蹲了一蹲，咬得那满口牙龁支支的响喨，仅努出几点儿，将身立起。八戒道："这个亡人！就是金汁子，再撒些儿也罢！"那行者见有小半盏，道："够了！够了！拿去罢。"

猴王病诊得精彩，但实践才是检验真理的标准，得治好国王的病才算数。国王传旨，留唐僧同宿文华殿，明朝服药病好倒换关文送行。唐僧大惊："这是留我做当头！"其实这一留非常必要，试想，如果唐僧在场，他能容许用马尿给一国之君合药吗？孙悟空说"众毛攒裘"给国王治病，其实最关键的一味"药"却是马尿！

5. 绝世药引和绝妙药效

猴王拿"乌金丹"交差。八戒、沙僧暗笑："锅灰拌的，怎么不是乌金！"朱紫国官员问用何引？猴王说或用一般引子，或用"六物煎汤送下"。哪"六物"？猴王信口诌个"乌有大聚会"，用这做微信段子肯定立即流行：

> "半空飞的老鸦屁，紧水负的鲤鱼尿，王母娘娘搽脸粉，老君炉里炼丹灰，玉皇戴破的头巾要三块，还要五根困龙须！"

世间哪有此六物？一物也没有！一般引子是什么？无根水。天上落下不沾地就吃，才叫无根水。官员想让国王等天阴下雨吃药，皇帝想让法师求雨，猴王却把老朋友东海龙王敖广请来。龙王打两个喷涕化作甘霖。众人收三盏无根水给国王服药。

真叫"神仙一把抓"！国王服三粒乌金丹，腹中作响，取净桶把秽污痰涎排个痛快，内有糯米饭一团。国王立刻精神抖擞，脚力强健，穿上朝服，见唐僧倒身下拜！

国王大摆宴席感谢大唐圣僧和神医徒弟。吃一看十的筵席珍馐，香汤饼、黄粱饭、菰米糊，八戒大快朵颐。国王敬神医，给孙悟空敬酒，吃了三宝盅又叫吃四季杯儿。八戒见酒不到他，咽咽咽唾，叫："陛下吃的药也亏了我，那药里有马——"呆子如果信口说出"马尿"成何体统？猴王连忙把手中的酒递给八戒吃，堵上他的嘴。国王却好奇地问："药里有甚么马？"猴王机智地回答："我这兄弟但有好方儿就要说与人！药内有马兜铃。"太医官立即分析："兜铃味苦寒无毒，定喘消痰大有功。"呆子也赚个三宝盅。

　　当唐僧斥责猴王如何会看病时，猴王回答：他掌握的几个草头方子能治大病。猴王创造的"乌金丹"就是奇思妙想的草头方。大黄、巴豆、百草霜治消化不良，这是进了药典的。但《西游记》是小说，药方按文学创作的需要配伍，按取悦读者要求成剂，如果哪个消化不良者照搬猴王的方子，且不说龙尿没处寻，滥用大黄、巴豆，吃坏了肚子，可要自己负责。

三调芭蕉扇

唐僧历过夏月炎天，迎来三秋霜景，越往西走却越热气蒸人。当地老者告诉唐僧："我们这里四季皆热。西边六十里有座火焰山，八百里火焰，寸草不生。铜脑盖铁身躯过山也化成汁！而火焰山是去西方必由之路。"有解决办法吗？需借芭蕉扇，一扇息火，二扇生风，三扇下雨。此处百姓十年拜求一度。四猪四羊，花红表里，异香时果，鸡鹅美酒，拜求翠云山芭蕉洞铁扇仙。

1. 钻进肚子的战术

孙悟空驾云到翠云山，樵夫告诉他：芭蕉扇主人"叫做罗刹女，乃大力牛魔王妻也"。孙悟空准备通过跟牛魔王夫妇套近乎，达到借芭蕉扇的目的。来到芭蕉洞前，熟络地叫"牛大哥开门"，自报家门"孙悟空和尚"。大哥不在，大嫂拿着宝剑迎出来，臭骂泼猴坑陷其子。罗刹女骂的是孙悟空把红孩儿弄到观音菩萨身边了。悟空低声下气，耐心许愿："令郎做善财童子已得好处，借给扇子就帮你见儿子。"罗刹女难解心中恨，砍了孙悟空几剑，取出芭蕉扇，幌一幌，一扇阴风，把孙悟空扇到五万里外的小须弥山。曾降伏黄风怪的灵吉菩萨给悟空定风丹。孙悟空回翠云山，罗刹女扇不动悟空，关门不出。悟空变小虫儿飞入洞中，飞在茶沫之下，进入铁扇公主腹内厉声高叫："嫂嫂，借扇子我使使！"著名的"钻进罗刹肚子战术"就此上演：

罗刹道："孙行者，你在那里弄术哩？"
行者道："老孙一生不会弄术，都是些真手段，
实本事，已在尊嫂尊腹之内耍子，已见其肺
肝矣。我知你也饥渴了，我先送你个坐碗儿解
渴！"却就把脚往下一登。那罗刹小腹之中，
疼痛难禁，坐于地下叫苦。行者道："嫂嫂休
得推辞，我再送你个点心充饥！"又把头往上
一顶。那罗刹心痛难禁，只在地上打滚，疼得
他面黄唇白，只叫"孙叔叔饶命！"

铁扇公主"乖乖地"奉上"芭蕉扇"。唐僧一行来
到火焰山，悟空用力一扇，火光烘烘腾起；第二扇，
火势更盛；第三扇，火有千丈高！悟空不提防，烧
净两股毫毛。

　　"身披飘风氅，头顶偃月冠"，道士打扮的火焰

山土地出现，告诉悟空：这把扇子是假的！"若还要借真蕉扇，须是寻求大力王"。大力王是哪个？牛魔王。悟空问："这火是牛魔王放的？"土地说："您放的！大圣五百年前大闹天宫蹬倒丹炉，落下几块砖化为火焰山。我原是守八卦炉的道人，被降此间做火焰山土地。"

2. 大海翻了豆腐船

牛魔王撇了罗刹，住到积雷山摩云洞，被有百万家私的玉面公主招赘为夫。孙悟空驾云到三千里外的积雷山，看到一位绝代美女，手举香兰，袅袅娜娜而来。

当年花果山结义时，齐天大圣尊牛魔王为大哥。孙悟空从大闹天宫到被压五行山再到西天取经，历尽千辛万苦。结义大哥牛魔王游走四方、广植家产，日子过得很滋润。掌控八百里火焰山、六百里号山，还有积雷山；贤妻罗刹女打拼出"芭蕉扇"这片天地；接班人，红孩儿守号山，招牌"圣婴大王"；广有家产的玉面狐狸精主动求上门做二奶。妻贤妾美子能干，一千多里山域，一切围绕牛魔王转，天下好事都成他老牛的了。

孙悟空向美女躬身施礼，自称翠云山芭蕉洞铁扇公主央来请牛魔王的。美女大怒，泼口骂罗刹女："牛王到我家不到两年，我年供柴，月供米，送了罗刹女多少珠翠金银，绫罗缎匹？她又来请牛王干甚么？"孙悟空掣出铁棒大喝："你这泼贱，将家私买住牛王，诚然是陪钱嫁汉！你倒不羞，却敢骂谁！"

孙悟空骂了小嫂子，把大哥激出来，两人斗了百十回合不分胜负。难解难分之际，请牛魔王喝酒的来了。老牛止住争斗，安抚了爱妾，卸了盔甲，换上做客服装，跨上辟水金睛兽，半云半雾向西北方而去。

孙悟空的拿手好戏派上用场：他先化作清风，随牛魔王探听消息。牛魔王到乱石山碧波潭做客，猴儿变成野螃蟹入水，趁机偷坐骑，变做牛魔王模样，到罗刹女那儿骗扇子去！

大圣假意虚情，相陪相笑，没奈何，也与他相倚相偎……罗刹笑嘻嘻的，口中吐出，只有一个杏叶儿大小，递与大圣道："这个不是宝贝？"大圣接在手中，却又不信，暗想着："这些些儿，怎生扇得火灭？……怕又是假的。"罗刹见他看着宝贝沉思，忍不住上前，将粉面揾在行者脸上，叫道："亲亲，你收了宝贝吃酒罢，只管出神想甚么哩？"大圣就趁脚儿跷问他一句道："这般小小之物，如何扇得八百里火焰？"罗刹酒陶真性，无忌惮，就说出方法道："大王，与你别了二载，你想是昼夜贪欢，被那玉面公主弄伤了神思，怎么自家的宝贝事情，也都忘了？只将左手大指头捻着那柄儿上第七缕红丝，念一声'咽嘘呵吸嘻吹呼'，即长一丈二尺长短。这宝贝变化无穷！那怕他八万里火焰，可一扇而消也。"大圣闻言，切切记在心上，却把扇儿也噙在口里，把脸抹一抹，现了本像，厉声高叫道："罗刹女！你看看我可是你亲老公！就把我缠了这许多丑勾当！不羞！不羞！"

孙悟空按罗刹女的方法念咒，杏叶大小的扇子长成一丈二尺，祥光幌幌，瑞气纷纷，上有三十六缕红丝，穿经度络，表里相联。好宝贝啊，芭蕉扇！只是孙悟空不知将大变小的口诀。不到四尺高的瘦猴，将一丈二尺长的扇子扛在肩上，这不成比例的喜剧效果，是不是吴承恩因"忘恩汉骗了痴心妇"，有意调侃猴王对女性，甚至是女妖精的促狭和残忍？

孙悟空"逐年家打雁，今却被小雁儿鹐了眼睛"。牛魔王以牙还牙，变做八戒嘴脸，对悟空叫"师兄"，道生受，要替他扛扇子。悟空把扇子递给"师弟"。牛魔王将扇子变"杏叶"收起，现本相骂："泼猢狲！认得我么？"孙悟空得扇失扇，八戒谐趣称作："大海里翻了豆腐船，汤里来，水里去。"妙哉斯言！

3. 人生没有过不去的火焰山

孙悟空与牛魔王争斗，有了八戒相助，渐占上风，火焰山土地阴兵助阵，败阵的牛魔王回不到玉面公主的洞，只好跟孙悟空"变化赌赛"。这几乎是二郎神降伏孙大圣的再版，牛王变什么动物，猴王相应变这种动物的克星，牛王再变克星之克星。变到最后，真身出来了：

　　牛王嘻嘻的笑了一笑，现出原身，——一只大白牛，头如峻岭，眼若闪光。两只角似两座铁塔。牙排利刃。连头至尾，有千馀丈长短；自蹄至背，有八百丈高下。——对行者高叫道："泼猢狲！你如今将奈我何？"行者也就现了原身，抽出金箍棒来，把腰一躬，喝声叫："长！"

长得身高万丈，头如泰山，眼如日月，口似血池，牙似门扇，手执一条铁棒，着头就打。那牛王硬着头，使角来触。这一场，真个是撼岭摇山，惊天动地！

孙悟空打也打不倒老牛，变也变不败老牛，猪八戒助阵仍未见显效，怎么办？走运的是，孙悟空这次不需要向天宫、西天求助，众多神兵就对牛魔王来了个四面围绕、左右攻击、上下包抄：

火焰山土地率阴兵帮猪八戒围攻摩云洞。兜率宫前道士一心想回太上老君处，因而尽心尽力。八戒将牛魔王二奶狐狸精打死，将獾、狐、麋、鹿等群妖尽行剿戮，把摩云洞一把火烧了。

五台、峨眉、须弥、昆仑四大名山金刚奉佛旨围困牛魔王。金头揭谛、六甲六丁、一十八位护教伽蓝，平时甘当无名英雄默默守护唐僧者，偶尔露峥嵘，也来围困牛魔王。过往天空的一切神众都来凑热闹。佛兵天将，罗网高张，看来牛魔王在劫难逃了。

对牛魔王的致命打击来自天上：玉帝接到如来佛请求帮助孙悟空的檄文，即派李天王父子下界帮忙。哪吒变三头六臂飞身跳在牛魔王的背上，使斩妖剑把牛头斩下。"牛王腔子里又钻出一个头来，口吐黑气，眼放金光。"哪吒连砍十数剑，老牛长出十数个头。哪吒取出火轮挂牛角上，吹真火把牛王烧得张狂哮吼，想变化脱身？却被托塔天王用照妖镜照住本相，腾挪不动，牛魔王只好服输，叫："莫伤我命！情愿归顺佛家也！"

罗刹女听牛魔王喊："夫人，将扇子出来，救我性命！"卸钗环、脱色服，挽青丝如道姑，穿缟素似比丘，双手捧丈二长短的芭蕉扇子，跪在李天王父子及众神兵面前磕头礼拜："望菩萨饶我夫妻之命，愿将此扇奉承孙叔叔成功去也！"

牛魔王一家，是西天取经路上完整的妖精

之家，这其实是有浓厚世情色彩的封建家庭"变形金刚"："主外"的家长牛魔王，扩充家产、交友四方，在家中既说一不二又尊妻爱妾，与朋友广结善缘，与敌斗从不服输，老牛真雄气奋发、牛气冲天。"主内"的妻子罗刹女美丽贤惠，恪守妇道，牛魔王称其"山妻"，即使自己离家两年，也相信罗刹"家门严谨，内无一尺之童"。罗刹女虽对丈夫纳妾不悦，却只乞求"大王燕尔新婚，千万莫忘结发"，一旦牛魔王需要以扇换命，罗刹毫不犹豫，换彩服，摘首饰，挽起道姑样青丝，换上尼姑样素服，捧着芭蕉扇跪地上！牛魔王称玉面公主"爱妾"，玉面公主受孙悟空惊吓后，扑到牛魔王怀中啼哭撒娇，确是"小女人""第三者"的作派，最终却率狐兵参与战斗"壮烈殉夫"，也算对牛魔王有情有义。《李卓吾批评本西游记》在孙行者二调芭蕉扇回末点评"形容铁扇、玉面两公主，曲尽人家妻妾情状"。三调芭蕉扇之前出现的红孩儿、破儿洞"真仙"，分别是牛魔王的亲子、亲弟，将要出来的九头虫，则是曾请牛魔王到水底饮宴的妖魔朋友。牛魔王的亲友圈真是丰富多彩。鲁迅先生在《中国小说史略》中说，增加了牛魔王的故事后，《西游记》"益增其神怪艳异者也"。

古代小说家忒喜欢拿"三"说事，刘玄德三顾茅庐；诸葛亮三气周瑜；刘姥姥三进荣国府。写一写二写三，总有再一再二再三的必要和道理，总有看一看二看三的不同感受。继孙悟空三打白骨精之后，《西游记》又来段孙悟空三调芭蕉扇：一调有一调的妙诀：钻进铁扇公主肚子；二调有二调的噱头：猴王别扭秀夫妇恩爱；三调有三调的绝招：如来佛再次与玉帝联手。真是曲折生动，跌宕起伏。"人生没有过不去的火焰山"也已成为常用语。

唐僧很出彩

一部长篇小说如果总让主角一个人在那里折腾，不管如何花样翻新，难免单调。所以《三国演义》让鼎足三分者错落登台；《水浒传》既写宋（江）十回，也写武（松）十回、石（秀）十回；《红楼梦》得叫宝黛爱情适时让位凤姐理家。西天取经路上，当齐天大圣降妖故事渐令读者有点儿审美疲劳时，唐僧担纲主演，让读者换换眼光，改改心情。

唐僧遇到的考验主要是妖精想吃唐僧肉、美女想嫁唐僧。前一种主要考验孙悟空能否顺利救出师父，后一种则既考验唐僧一心志佛的定力，也考验唐僧为人处世的能力。在某些降妖故事中，唐僧也能起重要作用。

1. 西梁女国绝顶诱惑

西梁女国女王听说大唐御弟人物轩昂，一心招唐御弟为婿，自己做皇后。派太师前往说亲。唐僧听了，"低头不语"。太师劝解："女王有托国之富，请御弟速允！"唐僧"越加痴哑"。孙悟空却对太师表示："情愿留下师父与你主为夫。"太师走了，唐僧扯住悟空骂："你这猴头，弄杀我也！"

美色、权力、财富，任何一种诱惑，男人都难抵挡。女王把三种致命诱惑同时给唐僧送上门，唐僧却不动心。唐僧在太师跟前装聋作哑，现在把真实心思对徒弟表达出来："我就死也不敢如此！"悟空说："师父如不答应，她不倒换关文，我们没法过关；我动动手这一国人全都打杀，她们却不是妖精，师父不是慈悲为怀吗。师父允了亲事，女王以皇帝礼摆驾出城接你。你坐凤辇龙车登宝殿，让女王取出御宝印信，把通关文牒用印画押，让她摆筵宴与我们送行。宴完就说师父送我们出城，那时沙僧伏侍你骑上马，老孙使定身法儿定住女王君臣……我们只管西行。一昼夜后她们苏醒回城。"唐僧说："此计甚好。"

孙悟空编剧导演"假婚脱网"，"假婚"主角却得由唐僧来演。在女王眼中，御弟哥哥一表人才、太可爱了：

　　丰姿英伟，相貌轩昂。齿白如银砌，
唇红口四方。顶平额阔天仓满，目秀眉清
地阁长。两耳有轮真杰士，一身不俗是才郎。
好个妙龄聪俊风流子，堪配西梁窈窕娘。

真是情人眼里出潘安。西梁女王则是"西施"，眉如翠羽，肌似羊脂，秋波湛湛，春笋纤纤。一见唐僧即呼："大唐御弟，还不来占凤乘鸾也？"唐僧耳红面赤，羞答答不敢抬头。女王走近前一把扯住俏语娇声："御弟哥哥，请上龙车，和我同上金銮宝殿，匹配夫妇去来。"唐僧似有点儿抵挡不住了，"战兢兢立站不住，似醉如痴"。幸亏孙悟空做"剧情引导"："师父不必太谦，请共师娘上辇，快快倒换关文，等我们取经去罢。"促狭的猴儿连"师娘"都叫上了，却把"倒换关文"说得明白。"大叔级"演员渐入角色，与女王携手共坐龙车。女王真情待"夫君"，唐僧思量脱罗网。忠厚老实的唐僧在猴儿施眼色后，表演夫妇间厮抬厮敬：女王敛袍袖，十指尖尖奉玉杯安席；唐僧擎玉杯与女王安席。痴情女王宴会后就倒换关文，送唐僧徒弟出城，还令取笔砚来，在通关文牒添上孙悟空、猪悟能、沙悟净三人的法名，用上西梁女国大印。这样一来，孙悟空三兄弟的身份，有了正式的"法律文本"。可怜的痴情女王，怎想到是在"为他人做嫁衣裳"？

这场假婚，如果让唐僧说明？还真不好说；让悟空道明？也不好道；"魔术泄底"得靠猪八戒。唐僧安全出城，向女王道别。女王还想扣留。八戒嘴乱扭，耳乱摇，闯至女王驾前嚷："我们和尚家和你这粉骷髅做甚夫妻！放我师父走路！"女王给吓得魂飞魄散，跌入辇驾之中。唐僧把女王骗个够，最后"恶人"却成了猪八戒。有趣！

西梁女国是对唐僧最难、最大、最严酷的考验。一部《西游记》，女魔众多，从菩萨假扮美女到天竺国假公主，非仙即妖，都不适合做人类伴侣。而西梁女王是与唐僧一样的人类，优越"条件"

超过所有女魔：美丽超过女妖，富足超过"四圣"幻化的富家女子，地位高于天竺国公主。西梁女国女王把最令男人羡慕的事集中到一起考察唐僧一番。

2. 蝎子精赤裸裸诱惑

"脱得烟花网，又遇风月魔。"西梁女国城外，唐僧眼看能脱身，却冒出个女妖怪一阵风把他摄走。第五十五回"色邪淫戏唐三藏，性正修持不坏身"，"风月"对唐僧形成真真切切的威胁。西梁女国女王虽与唐僧偎香腮说情话，毕竟顾国体，顾女王身份。女妖与女王不同，赤裸裸两字"上床"！

按佛教教义，高僧破色戒，所有功德全完。唐僧能否经得住考验？孙悟空变小虫飞进洞中，看到师父面黄唇白，眼红泪滴，嗟叹："师父中毒了！"女妖邀唐僧进餐，"那怪将一个素馍馍劈破，递与三藏。三藏将个荤馍馍囫囵递与女怪"。难道唐僧与妖怪"举案齐眉"？悟空有些担心，再听对话，"女怪道：'你出家人不敢破荤，怎么前日在子母河边吃水高，今日又好吃邓沙馅？'三藏道：'水高船去急，沙陷马行迟。'"这话含何禅机？猴儿摸不着头脑，担忧师父乱性，显原形与妖精对打。孙悟空哪儿知道唐僧两句似乎暧昧含混的"禅语"是他学乖了。现在打交道的，不是温文尔雅的西梁女王，而是时刻可吃人的妖精。和妖精死扛，不如虚与委蛇。活着等徒弟来救才是硬道理。

"毒敌山琵琶洞"的女妖怪是蝎子精，用的钢叉乃蝎子双螯，倒马桩乃蝎子尾巴。八卦炉炼过，雷打不了、刀砍不了的猴王脑袋，被倒马桩弄伤。妖精毒出水平，更毒的是她营造的温柔乡，唐僧却抵挡住了，"唐三藏咬钉嚼铁，以死命留得一个不坏之身"：

> 目不视恶色，耳不听淫声。他把这锦绣娇容如粪土，金珠美貌若灰尘。一生只爱参禅，半步不离佛地。那里会惜玉怜香，只晓得修真养性。那女怪，活泼泼，春意无边；这长老，死丁丁，禅机有在。一个似软玉温香，一个如死灰槁木。女怪道："我枕剩衾闲何不睡？"唐僧道："我头光服异怎相陪！"那个道："我个 道：

> "贫僧不是月阇黎。"女怪道："我美若西施还袅娜。"唐僧道："我越王因此久埋尸。"女怪道："御弟，你记得'宁教花下死，做鬼也风流'？"个道："我愿作前朝柳翠翠。"这

女妖居然是个"文学青年"，引用小说《月明和尚度柳翠》故事，

劝诱唐僧。唐僧全不动心。徒弟在洞外讨论师父能不能坚持住？猪八戒认为师父根本不可能顶得住诱惑"干鱼可好与猫儿作枕头"？

　　结局皆大欢喜，观音显灵，指点悟空到光明宫求昴日星官。昴日星官在妖洞前变成只六七尺高的双冠大公鸡，"花冠绣颈若团缨，爪硬距长目眵睛"，对妖精叫一声，女妖即时现了本相，是一个琵琶大小的蝎子精。星官再叫一声，蝎子精死在坡前。

　　3. 无底洞的较量

　　唐僧心中永远有个柔软的角落：同情弱者。扮演弱者欺骗唐僧成了妖精的法宝。唐僧不听孙悟空的劝解，从黑松林"救"出一女子，带到镇海禅林寺，留她在佛堂后独住。唐僧感风寒，淹留寺中，镇海寺喇嘛僧接连死了数人。孙悟空变小和尚侦察，妖怪色诱"小长老"。悟空露本相与妖怪对打。妖怪将花鞋变本身模样挡住猴王，真身化清风把唐僧摄到陷空山无底洞。猴王变苍蝇飞入无底洞，看到黑松林女妖越发标致了：

> 发盘云髻似堆鸦，身着绿绒花比甲。
>
> 一对金莲刚半折，十指如同春笋发。
>
> 团团粉面若银盆，朱唇一似樱桃滑。
>
> 端端正正美人姿，月里嫦娥还喜恰。

"皮松""脓包"的师父，在如此美色的面前，能顶得住吗？猴王得考察师父的真性情！"假若被他摩弄动了啊，留他在这里也罢！""苍蝇"展翅在唐僧的光头上叫了声"师父"：

　　三藏认得声音，叫道："徒弟，救我命啊！"行者道："师父不济呀！那妖精安排筵宴，与你吃了成亲哩。或生下一男半女，也是你和尚之后代，你愁怎的？"长老闻言，咬牙切齿道："徒弟，我自出了长安，到两界山中收你，一向西来，那个时辰动荤？那一日子有甚歪意？今被这妖精拿住，要求配偶，我若把真阳丧了，我就身堕轮回，打在那阴山背后，永世不得翻身！"

老和尚艳福不浅，道心却坚定。猴王安排师父行"美男计"，唐僧超水平发挥调情功力，跟妖精偎玉依香，口称"娘子"，假装与妖精喝酒，将酒杯斟起喜花儿，猴王变做蟭蟟虫儿飞在酒泡下，"她把我一口吞下肚去，我就捻破她的心肝，扯断她的肺腑，弄死那妖精"！千娇百媚的妖精，叫着："长老哥哥妙人，请一杯交欢酒儿！"却发现酒中"小虫"轻轻弹出。猴王妙计告吹，再设新计，变成红桃子，由唐僧送进"娘子"肚子。妖精痛不可忍，只得将唐僧送出无底洞。猴王出了妖精肚子，三兄弟战妖，却又中了"绣鞋计"，唐僧重新被摄入洞中。无底洞周边三百里，这次，妖精不知把师父藏哪儿去了。猴王跌脚捶胸高叫："你是个晦气转成的唐三藏，灾殃铸就的取经僧！"突然循着一阵香气，在雕漆供桌上，发现李天王和哪吒三太子的牌位，认定妖精是李天王之女，告到天庭。女妖怪乃李天王降服过的老鼠精，有三个名字：金鼻白毛老鼠精、半截观音、地涌夫人。天王点起天兵，风滚滚、雾腾腾到陷空山，取缚妖索把老鼠精捆了。唐僧又逃过一劫。

无底洞妖精在西天取经接近尾声时出现，与第二十回"黄风岭唐僧有难"的妖精同属鼠类，却同中有异、异中有同：

黄风岭妖精是黄毛貂鼠，偷了如来佛琉璃盏中的清油；

无底洞妖精是金鼻白毛鼠，偷吃了如来佛的香花宝烛；

黄风岭妖精是男妖，擅长刮昏天黑地的风；

无底洞妖精是女妖，擅长卖弄风骚耍风情；

黄风怪命中魔星是灵吉菩萨；

老鼠精命中魔星是托塔李天王……

无底洞故事比黄风岭故事更曲折多变、风趣有味。吴承恩着眼于"变"，注重于"化"，更细腻更有哲理。无底洞创造个地下新世界，世上能有方圆三百里的老鼠洞？那可以进吉尼斯世界记录了。老鼠洞里有亭台楼阁，有园林花草，更有聪明绝顶、美丽非凡的地涌夫人。地涌夫人的魅力超出唐僧打过交道的其他女子：温文尔雅的西梁女王哪有地涌夫人赤裸裸的性感？色邪淫戏的蝎子精哪及地涌夫人暖风薰人般的温柔？"真僧魔苦遇娇娃，妖怪娉婷实可夸。"不管妖精如何美丽，如何性感，如何温柔，唐僧死不动心！灵吉菩萨曾把定风丹送给孙悟空，原本一扇扇出十万里的芭蕉

扇，对孙悟空再不起作用。而唐僧腹内自有"定风丹"，他一心求真经，"扫退万缘归寂灭"，不受任何诱惑。但为了配合猴王施妙计，唐僧居然能做男欢女爱的表演，一口一个"娘子"叫着，与女妖调情，"含笑与师携手处，香飘兰麝满袈裟"。唐僧纵然一腔烦恼，却和妖精携手挨背、交头接耳，似乎他真喜欢千般娇态，万种风情的妖精！有了这些描写，原本絮絮叨叨、枯燥乏味的"老和尚"丰满生动起来。

小说家写《西游记》这样的"故事系列"，读者最担心的是，写到后来，小说家会不会才力不逮乃至江郎才尽？会不会重复自己？会不会A故事和B故事雷同？作家是否擅长令相似故事间不互相重复？相似人物间要"避"

风采相同？作家能否做到同树异枝、同枝异花、同花异果？欣赏完无底洞故事，大概这些担忧都可烟消云散了。

4. 木仙庵三藏谈诗

在松柏凝青、桃梅斗丽的岩前古庙，唐僧被个角巾淡服的老者刮阴风摄走，弄到座烟霞石屋前，携手相搀说："莫怕，我等不是歹人，风清月霁之宵，请你来会友谈诗，消遣情怀。"

无奇不有。西天取经路上居然出现诗人妖怪！吴承恩是想调侃凡诗人皆如妖怪？还是说，得有些妖性方做得诗人？

又出来三位仙风道骨、有"雅号"的老者：霜姿丰采者号孤直公，绿鬓婆娑者号凌空子，虚心黛色者号拂云叟，角巾淡服者号劲节。唐僧请教他们高寿，他们用诗歌说明已千岁傲风霜！唐僧对"深山四叟"说禅，四老稽首皈依。拂云叟

高谈阔论，说我等"感天地以生身，蒙雨露而滋色。笑傲风霜，消磨日月。一叶不凋，千枝节操""静中自有生涯"。清清仙境人家，堪宜种竹栽花。唐僧见水清花香、清虚雅致，忍不住脱口吟诗，四叟与之联句。《西游记》中的水仙庵俨然成了《红楼梦》中的芦雪广，妙句叠出：

唐僧："禅心似月迥无尘。"

劲节："诗兴如天青更新。"

孤直公："好句漫裁抟锦绣。"

凌空子："佳文不点唾奇珍。"

拂云叟："六朝一洗繁华尽，四始重删雅颂分。"

唐僧："半枕松风茶未熟，吟怀潇洒满腔春。"

唐僧与四叟"放开锦绣之囊"，各吟律诗一首。唐僧正欲告别，却来了位手执杏花的女子，"妖娆娇似天台女，不亚当年俏妲姬"。美丽得像苏妲己的女诗人，出口成章先吟出"雨润红姿娇且嫩"，分明是描写大自然的杏花，接着对唐僧挨挨轧轧，低声悄语："趁此良宵，不耍子待要怎的？"四个诗翁，这个要做媒，那个要保亲。唐僧心如金石，坚决不从。被那些人扯扯拽拽，嚷到天明。徒弟们找来，诗翁、美女、鬼使、丫鬟，消失得无影无踪。孙悟空向师父问清深夜吟诗者的名字，看到崖下几株古树，判断是树木成精：十八公乃松树，孤直公乃柏树，凌空子乃桧树，拂云叟乃竹竿，赤身鬼乃枫树，杏仙即杏树，女童即丹桂、腊梅。遇到这种妖精，孙悟空根本不需要降妖。妖们知道唐僧徒弟的到来，立即恢复原形老老实实呆在崖边。大煞风景的是，猪八戒将这些基本无害的树用钉耙筑个稀烂。

木仙庵谈诗，是九九八十一难中的"荆林吟咏颂五十二难"，是吴承恩特地为唐僧安排的心灵畅游。让跟猴、猪、水怪朝夕相处的老和尚，偶遇几个文友，倾诉一下思乡情怀，抒发一番人生追求，亮一亮唐御弟的文采。倘若没有杏妖做"男女纠缠"，简直是充满诗情画意的场面。文人胸怀令吴承恩在西天取经故事中增添了个特殊小插曲，唐僧必须完成命中注定的灾难，不能不将本来温馨的深夜诗会以"拉郎配闹剧"收场。

5. 天竺国国王来逼婚

到达天竺国，灵山就在前方。取经功德眼看要完成，唐僧却迎来严峻考验，天竺国公主要招他做驸马。如不同意？天竺国国王就要把大唐高僧推出去斩了。

当年西梁女国女王要招唐僧为夫，女王是地地道道的"人"，天竺国"公主"却是妖。真公主早在唐僧四众来到布金禅寺时已出现，只不过唐僧师徒没见到。

天竺国驿丞告诉取经僧：我们公主正在抛绣球撞天婚招驸马哩。唐僧感叹："这里与我大唐一般。我俗家先母也是抛绣球遇姻缘。"唐僧要找天竺国国王倒换关文，悟空却说："国王等公主喜报，哪有功夫视朝理事？咱们去看看公主抛彩球'以辨真假'。"

唐僧行近彩楼，彩球打进怀。假公主算定唐僧到此，想借国家之富招唐僧为偶，"采取元阳真

气，以成太乙上仙"。唐僧入朝，向国王声明："贫僧是出家异教之人，怎敢与玉叶金枝为偶！万望赦贫僧死罪，倒换关文。"公主却坚持要嫁他。唐僧不得不按悟空的计划行事，要求招徒弟来见国王。

唐僧再次展现诗才。他看到宫殿金屏上画着春夏秋冬四景，皆有题咏，都是天竺国翰林名士的诗。其中翰林学士写的《春景诗》："周天一气转洪钧，大地熙熙万象新。桃李争妍花烂熳，燕来画栋迭香尘。"唐僧和一首《春景诗》："日暖冰消大地钧，御园花卉又更新。和风膏雨民沾泽，海晏河清绝俗尘。"唐僧的诗比翰林学士写得好，翰林学士不过写景，唐僧却既写景又颂圣，符合"应制诗"要求。如果唐僧不做和尚而去做官员，大概唐太宗怎么也得给他个尚书侍郎干干。唐僧完全可以在女儿国

做个国王，在天竺国做个驸马，那是多么舒服的人生！他却一心取经，这大概就是信仰，就是佛心了。《西游记》让唐僧经受这些考验，正是显示他的佛心。

天竺国假公主是孙悟空降妖史上遇到的最幼稚、能力最差、最好对付的妖精。悟空见妖精用的短棍儿一头粗一头细，像碓臼杵头，好奇地问是甚么器械？原来是广寒宫的捣药杵！两人打到一座大山，妖精钻入山洞不见。悟空怕妖精遁身回国掳唐僧，径转天竺国。妖精却寂然无踪。这妖精太稀松寻常了，连刮阴风摄走唐僧的本事都没有。悟空回妖精藏身的山寻找，刚想下毒手一棒将妖精打杀时，九霄碧汉间有人叫："大圣，莫动手！棍下留情！"传统模式出来了，妖精性命攸关时，她的主人来了。太阴星君带姮娥仙子来救广寒宫捣玄霜仙药的玉兔。传统因果也出来了，天竺公主原是蟾宫素娥，十八年前打玉兔一掌下界。玉兔为报一掌之仇，走出广寒，抛素娥于荒野。唐僧最后遇到的妖精原来不过是只可爱的小白兔儿！

6. 乌鸡国降妖成主心骨

取经四众住进乌鸡国敕建宝林寺，唐僧入梦。听到有人不住地叫"师父"，原来是乌鸡国死了三年的国王梦中求降妖。为什么不直接托

梦求孙悟空？却求自己还得靠孙悟空保护的唐僧？因为鬼王清楚：为乌鸡国拨乱反正的谋略必须由圣僧来定。

鬼王向唐三藏陈述："五年前我国大旱。来个钟南山老道说能呼风唤雨。他登坛祈祷，顷刻间大雨滂沱，旱情解除。我与他八拜为交，同寝食二年后，他骗我到御花园，将我推入琉璃井内！他变做我的模样做了国王。"三藏道："妖怪变做你的模样，侵占你的乾坤，文武后妃不能辨别，但你死的明白呀，为什么不到阎王那儿申诉冤情？"鬼王说：

　　他的神通广大，官吏情熟，——都城隍常与他会酒，海龙王尽与他有亲，东岳天齐是他的好朋友，十代阎罗是他的异兄弟。——因此这般，我也无门投告。

这段话常被《西游记》研究者引用且上纲上线"揭露明代社会黑暗"。其实鬼王的话包含小说构思布局的潜台词：妖魔有了不起的神佛背景。阎罗属谁管？地藏王菩萨。而妖魔的主人是文殊菩萨，地位在地藏王菩萨之上。

鬼王是被护卫取经僧的夜游神带来求唐僧派孙悟空降妖的。唐僧表示："我徒弟虽擅长降妖，但乌鸡国满朝文武和三宫妃嫔已认妖怪为国王，悟空轻动干戈，倘被乌鸡国官员拿住，岂不会说大唐取经僧'欺邦灭国'，犯大逆之罪？"唐僧剖析有理，说明他毕竟是御弟，懂得朝廷制度和国际交往规则。而鬼王早考虑好如何让妖魔国王露出真面目的对策：让孙悟空用传国之宝白玉圭取得将要到此打猎的太子的信任，太子找母后问"国王"的情况；请护卫唐僧的夜游神使神风把鬼魂送进皇宫内院托梦给皇后。由最亲近"国王"的人判断其是冒牌货，再由孙悟空降伏。母子合力，师徒同心，共同降妖。唐僧与鬼王制定降妖步骤，孙悟空具体执行。

要戳穿假国王面目，必须真国王还魂。悟空到兜率天宫讨金丹：

行者接了水，口中吐出丹来，安在那皇帝唇里；两手扳开牙齿，用一口清水，把金丹冲灌下肚。有半个时辰，只听他肚里呼呼的乱响，只是身体不能转移。行者道："师父，弄来金丹也不能救活，可是揹杀老孙么！"三藏道："岂有不活之理。似这般久死之尸，如何吞得水下？此乃金丹之仙力也。自金丹入腹，却就肠鸣了。肠鸣乃血脉和动，但气绝不能回伸。莫说人在井里浸了三年，就是生铁也上锈了。只是元气尽绝，得个人度他一口气便好。"那八戒上前就要度气，三藏一把扯住道："使不得！还教悟空来。"那师父甚有主张：原来猪八戒自幼儿伤生作孽吃人，是一口浊气；惟行者从小修持，咬松嚼柏，吃桃果为生，是一口清气。这大圣上前，把个雷公嘴，噙着那皇帝口唇，呼的一口气，吹入咽喉，度下重楼，转明堂，径至丹田，从涌泉倒返泥垣宫。呼的一声响嗳，那君王气聚神归，便翻身，轮拳曲足，叫了一声"师父！"双膝跪在尘埃。

乌鸡国救国王，唐僧的表现颇为抢眼，他思虑缜密，掌握着大方向，与鬼王定辨别真假之计，又在齐天大圣似乎束手无策时，想到用"人工呼吸"救活鬼王，且不用毛遂自荐、却曾茹毛饮血的八戒，而用平生只吃果子的悟空。

有时好坏不分，却又善恶分明；经常胆小怕事，却能临危不惧；有着潘安之貌，却有理佛诚心；经常听猪八戒的谗言，却又能对孙悟空从善如流……在一个又一个不同的西天取经故事中，唐僧的形象丰满起来，灵动起来，算得上中国古代文学"第一僧侣"。

观音最可爱

《西游记》之前的志怪小说,六朝小说或唐传奇,出现的神佛形象一般都神圣庄严、千佛一面,程式化也枯燥化。《西游记》用写芸芸众生的笔墨写神佛,其中最精彩可爱的,是观音菩萨。

观音原称观世音,因避讳唐太宗李世民的名字,改称"观音"。观音菩萨是男是女?在中国最早的传说中观音是男的,在杂记小说中,观音渐渐时男时女、或男或女、非男非女、亦男亦女。进了《西游记》,"活观音"明确以美女形象登场。从面貌到发型、着装、神态,活脱是曹植笔下的洛神出水:眉如小月,眼似双星,樱桃红唇。"乌云巧叠盘龙髻,绣带轻飘彩凤翎。"身穿锦城裙,碧玉纽,素罗袍。面容装扮既可与长安城的大家闺秀乱真,又能与月中嫦娥媲美。与凡尘女子不同的是观音菩萨特有的造型:手执净瓶,瓶蓄甘露,斜插垂杨。有救苦救难菩萨的特有氛围:理圆四德,智满金身,瑞气遮迎。有特殊生存环境:第十七回孙悟空驾筋斗云向观音菩萨求助,看到了南海千层雪浪,万迭烟波;落伽山峰高耸,千样奇花,百般瑞草,风摇宝树,日映金莲;"观音殿瓦盖琉璃,潮音洞门铺玳瑁。绿杨影里语鹦哥,紫竹林中啼孔雀"。观音菩萨住的地方有山有水有树有鸟,不像玉帝天宫巍峨,却有份清穆;不像如来佛西天那样庄严,却有份温情。

1. 特殊小说的特殊女一号

观音是基本贯穿《西游记》始终的女性形象。孙悟空大闹天宫,玉帝束手无策,是观音向他举荐二郎神，才演出惊天动地的"小圣施威降大圣"。观音执行如来法旨挑选取经人、组建取经团队。她慧眼识珠，把孙猴子纳入取经队伍，为便于唐僧辖制孙悟空，给唐僧掌控孙悟空的法宝"小花帽"即金箍。西行路上，观音始终关注并帮助取经僧。观音经常不是以居高临下救苦救难的法象出现，倒像"邻家大姐"一般和蔼可亲、与人为善。

鹰愁涧收伏小白龙后，孙悟空向观音撂挑子。菩萨苦口婆心做猴儿的思想工作，许诺急忙时刻亲自帮他：

> 行者扯住菩萨不放道："我不去了！我不去了！西方路这等崎岖，保这个凡僧，几时得到？似这等多磨多折，老孙的性命也难全，如何成得甚么功果！我不去了！我不去了！"菩萨道："你当年未成人道，且肯尽心修悟；你今日脱了天灾，怎么倒生懒惰？我门中以寂灭成真，须是要信心正果。假若到了那伤身苦磨之处，我许你叫天天应，叫地地灵。十分再到那难脱之际，我也亲来救你。你过来，我再赠你一般本事。"萨将杨柳叶儿摘下三叶，放在行者的脑后，喝声"变！"即变做三根救命的毫毛，教他："若到那无济无主的时节，可以随机应变，救得你急苦之灾。"行者闻了这许多好言，才谢了大慈大悲的菩萨。那菩萨香风绕绕，彩雾飘飘，径转普陀而去。

观音菩萨说到做到。西天取经路上遇到各种各样的妖精，孙悟空到处求援，诸天神佛因接到观音法旨，无条件帮助唐僧师徒。唐僧取经几乎变成西天神佛众擎群举的大业。在这些"救火队员"中，观音出现最频繁，为孙悟空排忧解难最多。黑风山降熊怪是她，救活人参果树是她，降红孩儿、降鱼怪还得是她。降黑熊怪时，孙悟空提了个绝对无理的要求，要观音菩萨变成苍狼精，与他去骗黑熊精。神圣的菩萨岂能变成龉龊的妖精？观音菩萨竟然俯允。于是，菩萨变妖精，成为《西游记》最著名的桥段之一：

> 尔时菩萨乃以广大慈悲，无边法力，亿万化身，以心会意，以意会身，恍惚之间，变做凌虚仙子：鹤氅仙风飒，飘飘欲步虚。苍颜松柏老，秀色古今无……行者看道："妙啊！妙啊！还是妖精菩萨，还是菩萨妖精？"菩萨笑道："悟空，菩萨、妖精，总是一念；若论本来，皆属无有。"行者心下顿悟。

更不可思议的是，观音菩萨居然还约上普贤、文殊菩萨，叫上黎山老母，跟取经僧玩了一场令人绝倒的美人计！这是西天取经最风趣搞笑的段落，《西游记》吸引读者眼球，与此也有关系。

2. 通情达理好菩萨

《西游记》神佛中，观音是世事洞明、通情达理的可爱菩萨。她赏识孙悟空，深知人才难得。

孙悟空无父无母无兄弟姐妹，却对观音菩萨有份亲情和依赖。西行路上遭师父驱逐受了委屈时，孙悟空不去找曾哄了他的如来佛，而是到观音身边去，宛如遇到困难的弟弟躲到大姐姐身边。孙悟空绝对不会在玉帝、如来佛跟前掉一滴泪，只会到观音面前嚎啕大哭，观音对孙悟空有求必应，慈祥和蔼，不仅帮助猴儿，还常像哄小孩一样对待猴儿，像好朋友一般听猴儿说知心话，跟猴儿开玩笑。观音给腥风血雨、打打杀杀的西行路平添了一抹柔美暖色。而对犯上作乱的猴儿，观音也会狠狠教训。唐僧到鹰愁涧，被小白龙吃掉了马，孙悟空与白龙争斗，白龙潜水不出，孙悟空只得请菩萨。因为此前唐僧按菩萨安排给猴儿戴上金箍，孙悟空先对菩萨大叫："你这个七佛之师、慈悲的教主！你怎么生方法儿害我！"菩萨毫不客气地痛骂孙悟空，骂出两个新颖之至的词"大胆的马流，村愚的赤尻"。这两句巧话大概是"大胆的猴头""愚蠢的红屁股乡巴佬"。骂得何等生动、巧妙、有趣！接着菩萨耐心地教育孙悟空："你这猴子，不如此拘系，又会诳上欺天！"孙悟空哑口无言。

3. 孙猴歪评菩萨妙趣生

孙悟空向观音菩萨汇报与红孩儿小妖打斗，菩萨听说红孩儿变自己模样，恼了，将净瓶向海中一掼，转眼间从三江五湖，八海四渎借来一海水。故意让孙悟空拿。猴儿当然拿不动。菩萨轻轻提起净瓶，与孙悟空来了段妙趣横生的对话：

悟空，我这瓶中甘露水浆，比那龙王的私雨不同：能灭那妖精的三昧火。待要与你拿了去，你却拿不动；待要着善财龙女与你同去，你却又不是好心，专一只会骗人。你见我这龙女貌美，净瓶又是个宝物，你假若骗了去，却那有工夫又来寻你？你须是留些甚么东西作当。

观音怎会怀疑孙悟空敢骗菩萨宝物？尤其是怀疑对女色毫无兴趣的悟空骗走龙女？孙悟空又不是猪八戒！菩萨找悟空要当头，是闹着玩的。悟空也精，趁机要交回头上的金箍。观音却要他一根救命毫毛，这毫毛本是菩萨净瓶中的一片柳叶，菩萨要来何用？一片柳叶的"价值"怎跟净瓶和龙女比？这是小说家故意拿毫毛开涮，敷衍出好像姐弟二人耍嘴皮、开玩笑的故事。

观音菩萨收伏红孩儿，步步莲花，段段奇异。描绘菩萨法力，总伴随悟空懵懵懂懂的"歪评"，妙趣横生。

一曰菩萨给悟空造船：悟空不敢在菩萨跟前掀露身体翻筋斗，菩萨着善财龙女去莲池劈一瓣莲花，命悟空跳上去，上面比海船大三分。菩萨一口气将悟空吹过南海。孙猴歪评："这菩萨卖弄神通，把老孙这等呼来喝去，全不费力也！"

二曰菩萨借天罡刀变莲花塔：菩萨吩咐惠岸到上界向托塔李天王借天罡刀，念咒语化作千叶莲台。菩萨端坐中间。孙猴歪评："这菩萨省使俭用，自家莲花池有五色宝莲台，舍不得坐将来，却问别人去借！"

三曰菩萨放海水灭火：到了号山，菩萨召来土地众神，要他们把周围打扫干净，小兽、雏虫送在巅峰安生，三百里不许一个生灵在。然后将把净瓶扳倒，唿喇喇倾出水来，山头如海势，石壁似汪洋。菩萨灭了红孩儿的三昧真火，将火灾频仍的号山化做落伽仙界，秀蒲香草，紫竹青松。孙猴暗中赞叹："果然是一个大慈大悲的菩萨！若老孙有此法力，将瓶儿望山一倒，管甚么禽兽蛇虫哩！"

四曰菩萨骗红孩儿坐"莲花塔"：菩萨在悟空手心写个"迷"字，悟空与红孩儿交手，红孩儿着了"迷"，追赶孙猴子，看到菩萨，挺枪便刺。菩萨一道金光走上九霄，将莲花塔留给红孩儿。

红孩儿好奇地坐上边，盘手盘脚模仿菩萨。菩萨丢下莲花塔时，孙猴歪评："菩萨，你好欺负我罢了！那妖精再三问你，你怎么推聋装哑，不敢做声，被他一枪搠走了，却把那个莲台都丢下耶！"菩萨大变魔术，杨柳枝垂下，莲台变刀丛，观音命木叉使降妖杵打刀柄，把红孩儿打得血流肉开。红孩儿咬牙忍痛用手乱拔尖刀。菩萨又把杨柳枝垂下，念咒语，天罡刀变倒须钩儿，狼牙般莫能褪。红孩儿苦告："弟子再不敢恃恶，愿入法门戒行。"菩萨亲自剃度红孩儿，造个经典发型，挽起三个

窝角鬏儿。猴儿又歪评："这妖精大晦气！弄得不男不女，不知像个甚么东西！"菩萨这一打扮，红孩儿完全恢复孩童模样，妖气尽除，被观音命名"善财童子"。

　　五曰菩萨给红孩儿戴箍：红孩儿不得不表示皈依，菩萨将天罡刀脱落尘埃，红孩儿身躯不损，野性不驯，绰起长枪，向菩萨劈脸刺来。菩萨取出金箍儿迎风一幌，变做五个箍儿，向红孩儿抛去，一个套头顶，四个套左右手和左右脚。菩萨念金箍儿咒念得红孩儿搓耳揉腮，攒蹄打滚。菩萨住口，红孩儿不疼了。颈项、手足处的金箍见肉生根，越抹越痛。吃够了紧箍咒苦的孙猴子幸灾乐祸地歪评："我那乖乖，菩萨恐你养不大，与你戴个颈圈镯头哩。"

　　孙悟空似乎歪评菩萨，其实似贬实褒，像相声捧哏者，将观音烘托得更光彩，还增加了故事的生动性、曲折性、幽默性。

　　4.民众理想的好菩萨

　　通天河遇鱼妖一回，菩萨早就预测唐僧蒙难，悟空前来求救，菩萨早起来不去梳妆，先削竹子编篮子，嘱咐众仙，让孙悟空等待。孙悟空担心晚一会儿师父给妖精吃了，急得乱叫，不待菩萨召唤，

撞进竹林，看到个不坐莲台、不梳妆、一心一意削篾片的观世音：

> 懒散怕梳妆，容颜多绰约。
>
> 散挽一窝丝，未曾戴缨络。
>
> 不挂素蓝袍，贴身小袄缚。
>
> 漫腰束锦裙，赤了一双脚。
>
> 披肩绣带无，精光两臂膊。
>
> 玉手执钢刀，正把竹皮削。

　　一个任何佛经、任何佛教故事都从来没有见过的观世音！如果说其他几次是菩萨华严正装标准像，这次就是散漫随意、美人慵妆的生活照。连救师心切、最不讲究繁文缛节的孙悟空都恳求菩萨着衣登座。菩萨却手提紫竹篮儿径直踏祥云升空："不消着衣，救你师父去！"八戒与沙僧看见观音菩萨后议论："师兄性急，不知在南海怎么乱嚷乱叫，把一个未梳妆的菩萨逼将来也。"

观音菩萨是取经僧的保护神，也是孙悟空的偶像。最爱显摆的猴儿要让陈家庄信徒看菩萨金面，菩萨居然答应。八戒与沙僧飞跑至庄前高呼："都来看活观音菩萨！"一庄老幼男女涌向河边，不顾泥水磕头礼拜。善图画者传下影神曰"鱼篮观音"。

"鱼篮观音"是观音在《西游记》中给读者印象最深的一次"扮相"。西天取经路上，包括一次"化妆送信"在内，观音先后八次给取经僧帮忙。同一人物如此频繁地出现，且都是做帮助降妖的同样的事情，如何不互相重复而有变化？如何写得出人意料而又情理之中？是对作家才气、想象力、构思能力、叙事策略的多方面考题，也是难题。吴承恩挥动如椽之笔，总能给读者带来惊喜，带来新的愉悦。汪憺漪《西游证道书》第四十九回这样评观音：

　　有求之而不亲来者，收悟净是也；有不求而自至者，金毛犼是也；至于求而来，来而亲为解难者，不过鹰愁涧、黑风山、五庄观、火云洞、通天河五处耳。五处作用各不同，其中最平易而最神奇者，无如通天河之渔篮，彼梳妆可屏，衣履可捐，而巫巫以擒妖救僧为事。其擒妖救僧也，亦不露形迹，不动声色，颂字未脱于口，而大王已宛然入其篮中。此段水月风标，千古真堪写照。

"不求而自至者，金毛犼是也"说的是猴王在朱紫国给国王治好病后，又帮助救回被赛太岁抢走的金圣娘娘，猴儿巧盗赛太岁的紫金铃，攥了三个铃摇，红火、青烟、黄沙一齐滚出，猴王念咒呼风，风催火势，满天烟火，赛太岁走投无路，眼看呜呼哀哉，半空中有人高叫："孙悟空！我来了也！"原来妖精是观音坐骑金毛犼！朱紫国国王做太子时，在落凤坡前射伤西方佛母孔雀大明王菩萨之子，雌孔雀带箭归西，佛母教他拆凤三年，这犼听了此言，留了心，故来骗皇后……菩萨向悟空要回金铃，套在犼项下，飞身高坐，"四足莲花生焰焰，满身金缕迸森森"，径回南海。

《西游记》的观音菩萨，是吴承恩按照民众愿望和明代士子审美需求创造的，中华化、文学化、世俗化到极致的观音，是女真人、女善人、大美人，她真、善、美齐备，美丽聪慧、慈悲为怀、善解人意、妙语如珠。

5. 西天诸佛精彩纷呈

观音是《西游记》中最成功、最可爱的神佛形象。传统作家笔下公式化、概念化的西天诸佛，在《西游记》中一个一个地有了鲜明独特的个性。

如来佛，佛法无边、深通世故，吴承恩对佛祖却多有调侃。孙悟空挖苦如来佛是"妖精外甥"。狮驼国三魔将取经僧折磨个够，孙悟空进狮驼洞时，看到的情景令人发指：

> 骷髅若岭，骸骨如林。人头发蹋成毡片，人皮肉烂作泥尘。人筋缠在树上，干焦晃亮如银。

真个是尸山血海，果然腥臭难闻。东边小妖，将活人拿了剐肉；西下泼魔，把人肉鲜煮鲜烹。

　　这么惨烈的状况，竟由三位菩萨坐骑造成。最后文殊、普贤菩萨收了青狮、白象。三魔显原形竟是大鹏金翅雕，如来软硬兼施，让大鹏翅膊鞔筋飞不起，再许诺："我管四大部洲，无数众生瞻仰，凡做好事，我教他先祭汝口。"金翅雕从此留在如来佛身边，"在光焰上做个护法"。这么坏的妖精，接受如此高的待遇，难道就因为妖精是如来佛的舅舅？

　　玉皇大帝，颟顸昏庸，卷帘大将不过摔了个盘子，不仅被罚出天界，还每天被飞剑穿胸；二十八宿之一的奎木狼与披香殿侍香玉女有情，玉女先下凡到皇宫内院做宝象国公主，奎木狼再下凡为黄袍怪，将公主掳来做十三年夫妻。玉帝的处理不过是收了奎木狼的金牌，罚到太上老君处带薪烧火，有功复职。有趣的是，玉帝并非一成不变，西天取经过程中，他给了取经僧极大的帮助，第九十一回"金平府元夜观灯，玄英洞唐僧供状"和九十二回"三僧大战青龙山，四星挟捉犀牛怪"，妖精扮佛掳走唐僧，猴王通明殿见玉帝求救，玉帝二话不说，只问："教点那路天兵相助？"玉帝给了猴王多大的面子？只要孙悟空开口，天宫兵将，点哪个是哪个！降妖之后，孙悟空对奉玉帝旨意帮他降犀牛妖的二十八宿中的井木犴等说："四位星官，将此四只犀角拿上界去，进贡玉帝，回交圣旨。"孙悟空与玉帝的关系变了。玉帝对昔日的天宫造反派，有求必应，有难必帮，不打折扣，不求回报，不纠缠历史旧账，这是什么胸怀？玉帝对西天取经事务的处理，也比过去对卷帘大将、奎木狼等的合理多了。玉帝对孙悟空求助的处理，清晰明睿、雷厉风行。孙悟空居然要给玉帝送礼了。

太白金星是孙悟空的铁杆帮衬，他两次出"招安"计，孙悟空才有了弼马温和齐天大圣两个称号。又是他在取经过程中主动给取经僧多次帮助。最有趣的一段描写是，孙悟空到天宫向玉帝告状，李天王的女儿下界为妖，抢走他师父。李天王想不起自己有个"女儿"，捆起孙悟空举砍妖刀要砍掉猴头，哪吒三太子用斩妖剑架住："父王息怒！"告诉李天王确实有个"义女"在下界。天王亲手来解猴王身上的绳索。没理还占他三分的猴儿得理岂能让人？打滚撒泼放刁："那个敢解我！要便连绳儿抬去见驾！"天王哀求金星说个方便。金星上前，用手摸着猴头回忆两次邀他上天的旧情。猴儿无奈只好说："古人说得好，死了莫与老头儿同墓，干净会揭挑人！……看你老人家面皮，还教他自己来解！"李天王担心猴子到玉帝跟前乱说，太白金星就说服猴王不要见玉帝打官司了：天上一日，下界一年。一年间，莫说成亲，若有个喜花，小和尚都生下了，却不误了大事？"室有一老是一宝"，太白金星便是齐天大圣的忘年交，取经路上的护卫神。"天宫老好人"脸上又描上温馨的一笔。

不仅诸天神佛写得好，妖精也写得很妙。比如红孩儿小妖可算活泼欢实且有几分可爱的童星。这个唇红齿白的银娃娃出来，会令人眼前一亮：

面如傅粉三分白，唇若涂朱一表才。

鬓挽青云欺靛染，眉分新月似刀裁。

战裙巧绣盘龙凤，形比哪吒更富胎。

双手绰枪威凛冽，祥光护体出门来。

哏声响若春雷吼，暴眼明如掣电乖。

要识此魔真姓氏，名扬千古唤红孩。

红孩儿武艺不及孙悟空，为何能战胜猴王？靠智慧。聪明绝顶的小家伙，口才骄人，心思绵密，心计超人。美猴王与红孩儿交手，屡战屡败，过五关斩六将的孙猴子败走麦城，最后还是得求观音。

灵山两取经

灵山取经实际取了两次，一次是无字经，一次是真经。

行进路上，忽见百尺凌空高楼，唐僧举鞭遥指："悟空，好去处耶！"悟空说："师父，你在那假境界、假佛像处，倒强要下拜；今日到了这真境界、真佛像处，倒还不下马？"孙悟空揭师父的短，看到黄眉怪的小雷音寺，认为是佛，赶快下拜；在金平府，看到犀牛精变化的佛，也立即下拜；而到了如来佛所在的灵山，却懵懂起来。

佛门盛地迎接他们的玉真观金顶大仙笑嘻嘻地说："被观音菩萨哄了。观音十年前说东土取经人二三年就到。我年年等候，没想到今年才来！"

金顶大仙哪儿知道，观音菩萨为西天取经，"哄"过多少人？先得哄孙悟空服从紧箍咒，再哄小白龙、猪八戒、沙僧"入伍"，还得变妖怪哄熊怪，低声下气哄镇元大仙原谅门下弟子，又要苦口婆心哄红孩儿……

接引佛祖驾着无底船，把唐僧四人渡过滚浪飞流的溪流，"只见上溜头泱下一个死尸。长老见了大惊，行者笑道：'师父莫怕，那个原来是你。'"经还没取，先脱胎换骨啦？"此诚所谓广大智慧，登彼岸无极之法。"

1. 如来佛痛批唐王朝

可见到真佛啦！没想到如来佛先把唐僧的故乡痛批一顿：

"你那东土乃南赡部洲，只因天高地厚，物广人稠，多贪多杀，多淫多诳，多欺多诈；不遵佛教，不向善缘，不理三光，不重五谷；不忠不孝，不义不仁，瞒心昧己，大斗小秤，害命杀牲，造下无边之孽，罪盈恶满，致有地狱之灾：所以永堕幽冥，受那许多碓捣磨舂之苦，变化畜类。有那许多披毛顶角之形，将身还债，将肉饲人。其永堕阿鼻，不得超升者，皆此之故也。虽有孔氏在彼立下仁义礼智之教，帝王相继，治有徒流绞斩之刑，其如愚昧不明，放纵无忌之辈何耶！我今有经三藏，可以超脱苦恼，解释灾愆。三藏：有《法》一藏，谈天；有《论》一藏，说地；有《经》一藏，度鬼。共计三十五部，该一万五千一百四十四卷。真是修真之径，正善之门。凡天下四大部洲之天文、地理、人物、鸟兽、花木、器用、人事，无般不载。汝等远来，待要全付与汝取去，但那方之人，愚蠢村强，毁谤真言，不识我沙门之奥旨。"

在佛祖眼里，大唐大唐，何其荒唐？臣子不忠、子女不孝、朋友不义，读书人谎言连篇，买卖人投

机倒把，君臣黎民贪食贪欢、处世不仁，都该下十八层地狱。孔子儒教不灵，皇帝刑法无用，怎么办？只有佛门真经能救苦救难。但东土那帮愚蠢的家伙又未必看得懂！如来佛一点儿不给唐太宗面子：人家为取你的《三藏》经，认个和尚当"御弟"，送"三藏"法号，难道慧眼识一切的佛祖没看到？其实，如来佛对"大唐"这番义正辞严的大批判，倒像小说家吴承恩对明代社会的"总结性概括"。

如来佛吩咐阿傩、伽叶，将三十五部《三藏》经各捡几卷给唐僧。

2. 佛门也得要"人事"

阿傩、伽叶先不传经，问唐僧："有些甚么人事送我们？快拿出来！"唐僧说路途太远，没准备。阿傩、伽叶说："白手传经继世，后人当饿死矣！"孙悟空叫嚷要报告如来。阿傩似乎怕了，说：“到这边来接着经！”藏经阁燃灯古佛见阿傩、伽叶传无字之经，喊白雄尊者赶上唐僧夺了！白雄尊者将经包抢了摔碎，抛落尘埃。师徒四人发现“卷卷俱是白纸”。悟空义愤填膺，要到如来前“问他捎财作弊之罪”。没想到，取经交钱是如来佛的主张：

行者嚷道：“如来！我师徒们受了万蜇千魔，千辛万苦，自东土拜到此处，蒙如来吩咐传经，被阿傩、伽叶捎财不遂，通同作弊，故意将无字的白纸本儿教我们拿去，我们拿他去何用！望如来敕治！”佛祖笑道：“你且休嚷，他两个问你要人事之情，我已知矣。但只是经不可轻传，亦不可以空取，向时众比丘圣僧下山，曾将此经在舍卫国赵长者家与他诵了一遍，保他家生者安全，亡者超脱，只讨得他三斗三升米粒黄金回来。我还说他们忒卖贱了，教后代儿孙没钱使用。你如今空手来取，是以传了白本。白本者，乃无字真经，倒也是好的。因你那东土众生，愚迷不悟，只可以此传之耳。”即叫：“阿傩、伽叶，快将有字的真经，每部中各检几卷与他，来此报数。”

有佛祖撑腰，阿傩、伽叶有恃无恐，继续要“人事”。唐僧只好把唐太宗赐的紫金钵盂双手奉上，再开个空头支票：“回朝奏上唐王，定有厚谢！”阿傩接了钵盂就乐了。力士、庖丁、尊者，“你抹他脸，我扑他背，弹指的，扭唇的”，笑阿傩索取经人事。阿傩脸皮都羞皱了，“只是拿着钵盂不放”。

太有趣，忒搞笑了！化庄严为滑稽，变神圣为世俗。吴承恩写甚么"宗教小说"？他把佛祖高足写得如此不堪，拿至高无上的如来佛祖开涮。念一遍经就讨信徒三斗三升米粒黄金，还说卖贱了。佛祖的经济头脑，全世界CEO望尘莫及！

阿傩、伽叶向取经僧要"人事"，如来佛感叹把经卖贱了，是《西游记》研究者特别感兴趣的情节，上纲上线，仔细推敲，却觉得取经僧本有"人事"可送，可能有人在钱财上打了偏手：

孙悟空在四木禽星的帮助下制伏犀牛精后，曾留个犀牛角，说到西天时进贡如来佛，这只犀牛角哪儿去了？

八戒和师父离开犀牛洞时，曾将妖精细软打包带走，"八戒遂心满意受用，把洞里搜来的宝物，每样各笼些须在袖，以为各家斋筵之赏"。

犀牛精的珍宝不可能送尽，余下的哪儿去了？

唐僧在天竺国假装做驸马，天竺国王送徒弟黄金、白银各十锭。八戒收下，后来没见归还国王，它们又到哪儿去了？

唐僧四大皆空，孙悟空不爱钱，沙和尚不财迷，莫非八戒临上灵山前找了个物流公司，把金银珍宝、犀牛角快递回高老庄啦？

按八戒耳朵藏钱的本事和对高翠兰的深情，这事极有可能！

或曰：甭给八戒栽赃啦，这都是吴承恩写小说的漏洞！

3. 终于完成八十一难

取经大功告成，唐僧由金刚护着，驾云回大唐。一路保护唐僧的五方揭谛向观音菩萨交唐僧经历"灾难的簿子"。观音一看，九九八十一难还少一难。即令揭谛，"赶上金刚，还生一难者"。揭谛得令，赶上八大金刚，附耳低言。金刚"刷的把风按下，将他四众，连马与经，坠落下地"，唐僧四众一个跟斗栽到通天河畔。

当年驮他们过河的白鼋又来驮他们过河，接近岸边时，白鼋问起："当年托唐僧向佛祖问我的结局，问了没有？"唐僧见了佛祖，就被劈头盖脸教训了一顿，吓得屁滚尿流，他哪儿还有闲心记起通天河"老王八"的事？他曾答应向佛祖汇报寇员外向善的事，也一字没提。唐僧"无言可答，却又不敢欺，打诳语，沉吟半晌，不曾答应"。白鼋恼了，将取经僧和行李抛进水中。幸亏已近岸边，众人狼狈爬出，晒行李和经卷，也就有了"晒经台"的故事。仅仅白鼋罢工还不行，晚上还得风、雾、雷等阴魔作号，欲夺所取之经。四人在河边迎风护经一夜，才完成第八十一难。

民国初期，胡适认为《西游记》第八十一难"未免写得太寒伧了，应该大大的改作，才衬得住一部大书"。他亲自动手改写的《西游记》第八十一难，发表在《学文月刊》上。后来收进商务印书馆1925年出版的《胡适论学近著》。胡适改写的情节大体是，取经返回大唐路上，被孙悟空三兄弟打死的冤魂冤鬼来找唐僧报仇。唐僧情愿将自己身上的肉一块一块割下来，给这些冤魂吃了，他们每吃一块肉，就可以再活一千岁……

幸亏胡大学者简直是"胡说"的"新八十一难"不能将吴承恩的"八十一难"取而代之。唐僧模仿割肉饲虎的高僧，割肉饲鬼，把自个儿割成骷髅架子，再回长安见盼望他十年的皇帝哥哥，还不把唐太宗又吓进阎罗殿？当然，胡适先生对《西游记》的考证成就有目共睹，不容否认。

相比此前曲折、繁复的八十难，第八十一难似乎太容易。是强弩之末不能穿鲁缟也？是作者写长篇小说写累了，敷衍了事？还是小说作者认为，既然是归途再生一难，就不应太复杂、太凶险？何况唐僧已成佛，妖魔鬼怪能奈他何？

对比前后情节，很可能作者在写通天河故事时已预先"埋伏"老鼋做"最后一难"。两个情节有明确的"分工"和鲜明的对比：

通天河之难，在冬天，严寒结冰，唐僧才能掉进冰窟；

白鼋撂挑子，在春尽夏初，衣服、经卷浸水后容易晒干。

通天河之难，位于取经故事的"中轴线"；

白鼋之难，位于取经故事的"准结尾"。

白鼋冬天时把取经僧从东岸送到西岸；

白鼋夏天时再把取经僧从西岸送到东岸。

冬天之后春尽夏来，解铃还得系铃人。

这，就是小说创作所谓"草蛇灰迹，伏线千里"；

这，就是俗话所谓"隔年下种，麦季收粮"。

4. 取经僧回归大唐

似乎心有灵犀，唐太宗在贞观十六年差工部官在西安关外建起望经楼接经，年年亲自到这儿来。"恰好那一日出驾复到楼上，忽见正西方满天瑞霭，阵阵香风"，原来是取经僧回来了！

唐僧让徒弟把通关文牒交给唐太宗。贞观十三年出发，现在贞观二十七年。整整十四年！唐僧的"护照"上，有宝象国、乌鸡国、车迟国、西梁女国、祭赛国、朱紫国、狮驼国、比丘国、灭法国、凤仙郡、玉华州、金平府等加盖的大印。唐太宗看完，把文牒收起，设宴招待唐僧及其徒弟。

"说不尽百味珍馐真上品，果然是中华大国异西夷。"其实无非是，面筋椿树叶，木耳豆腐皮，

花椒煮莱菔，芥末拌瓜丝，核桃柿饼，龙眼荔枝，慈菇嫩藕，脆李杨梅。唐太宗开了个中华土特产博览会。

当晚唐僧等回洪福寺，"八戒也不嚷茶饭，也不弄喧头，行者、沙僧个个稳重。只因道果完成，自然安静"。几个师兄弟，沿途总是互相逗乐、找岔、七嘴八舌，创造无数有趣故事，怎么现在连句玩笑话都没了？

有困难时有乐子，没困难就无乐子。人生大概如此。

唐太宗兴奋得一夜没睡，写了一篇《圣教序》。不过，后世更看重的不是"御作"，而是褚遂良的龙蛇飞舞。《圣教序》是书法经典。

第二天，唐僧按唐太宗要求正要捧经讽诵，八大金刚于半空现身高叫："诵经的，放下经卷，跟我回西去也！"师徒五人（连白马）平地而起，腾空而去。

5. 师徒终成正果

唐僧师徒回到灵山，如来佛封官：

圣僧，你前世是我的二徒弟金蝉子。因不听说法，贬了你的真灵，转生东土。现在你真诚皈依，真心取经，大有功果，加升大职正果，为"旃檀功德佛"。

孙悟空，你因大闹天宫，被我压在五行山下，幸好你天灾满足，皈依释教，能隐恶扬善，在途中炼魔降怪有功，全终全始，加升大职正果，为"斗战胜佛"。

猪悟能，你本是天河水神，天蓬元帅，因在蟠桃会上酗酒戏仙娥，把你贬到下界投胎，身如畜类，虽然吃人造孽，却皈依释教，入我沙门，一路保护圣僧。你又顽心未褪，色情未泯，因你挑担有功，加升汝职正果，做"净坛使者"。八戒不服气，朝如来佛叫嚷："他们都成佛，如何把我做个净坛使者？"如来说：因你口壮身慵，食肠宽大。天下四大部洲瞻仰信奉吾教者甚多，凡有佛事，教汝净坛，是有受用的品级，如何不好！

沙悟净，你本是卷帘大将，因在蟠桃会打碎玻璃盏，贬你下界，流落流沙河，伤生吃人造业，幸好皈依吾教，诚敬迦持，保护圣僧，登山牵马有功，加升大职正果，为"金身罗汉"。

白马，你本是西洋大海广晋龙王之子，因违逆父命，犯不孝之罪，幸皈我沙门，每日驮负圣僧来西，又驮负圣经去东，也是有功者，加升汝职正果，为"八部天龙马"。

如来佛因人设位，猪八戒擅长吃，让他净坛，吃净啖光撑肚肠；孙悟空喜欢降妖，让他"打遍天下无敌手"。孙悟空做了斗战胜佛，头上金箍自动消失。"斗战胜佛"是小说家吴承恩对孙悟空"与天斗其乐无穷、与地斗其乐无穷、与人斗其乐无穷"的肯定；是对勇往直前、百折不回精神的肯定；是对永不知足、永不固步自封、永不言败精神的肯定。

6. 西游记是不是宗教小说

《西游记》既然写取经故事，那么它算宗教小说吗？

说《西游记》弘扬道教，基本说不通。小说家对无良道士的愤慨极为突出。西天取经路上，给取经僧造成麻烦之处的，很多是道士：车迟国害和尚的虎力大仙、鹿力大仙、羊力大仙，是道士；乌鸡国变假国王的青毛狮子精也以道士面目出现；比丘国要用一千名小儿心肝做药引的还是道士；黑风山妖魔安炉炼丹；平顶山妖魔喜欢全真道人；黄花观大蜈蚣是道士如意君。唐僧有难时，太上老君数次相助。孙悟空在三清观却让猪八戒把太上老君等丢进"五谷轮回之所"受屎尿"供奉"，颇为不敬。

说《西游记》弘扬佛教，也不完全通。按说千辛万苦西天取经，自然该弘扬佛教。但小说常让佛祖、菩萨丧失庄严法相，甚至变得滑稽可笑。孙悟空说如来佛是妖精大鹏鸟的外甥；如来佛弟子阿傩、伽叶向取经人要人事；孙悟空最恭敬的神佛是观音，有难就请观音，却大逆不道地说，观音活该一世无夫；唐僧出大唐遇到的第一难，就是因一百多岁的老和尚贪恋唐僧袈裟而引起的……孙悟空曾多次当面对如来佛顶顶抗抗。孙悟空打死六耳猕猴，如来佛不忍，孙悟空竟引用民间律法"教育"佛祖："如来不该慈怜他，他打伤我师父，抢夺我包袱，依律问他个得财伤人、白昼抢夺，也该个斩罪哩！"孙悟空最后封斗战胜佛，而佛教戒律却不争、不杀。孙悟空好斗成性，没事找事降妖"要子"，嫉恶如仇，除恶务尽。唐僧数次说猴王不像佛门弟子，是"无心向善之辈，有意作恶之人"。这话从另一侧面说明，如来佛封孙悟空"斗战胜佛"，本身就偏离佛教教义。

有人把《西游记》与约翰·班扬的《天路历程》相比，《天路历程》是在故事中插入宗教材料。《西游记》则以宗教故事揶揄宗教。《西游记》"混同三教"，为多数学者认可。《西游记》对各派宗教神祇信手拈来，为我所用，为我所有，为我所批，为我所调侃。历来佛道对立，佛教徒孙悟空却和地仙结拜兄弟；当年他的老师须菩提既给他讲佛经，也讲《黄庭经》；观音菩萨请黎山老母一起考验唐僧师徒的诚心。"安天会"上，各种仙佛，不分教派，团聚一堂。可以说《西游记》把三教当原料，以儒家思想为基本取舍，用天才小说家的构思，炒出一盘神魔小说的"满汉全席"。其主要人物，不管唐僧还是孙悟空，受儒家"仁义礼智信"思想影响更多。或许可以说：唐僧体现了儒家"柔"的一面，孙悟空体现了儒家"刚"的一面。

早在20世纪30年代胡适在《西游记考证》中提出："第一部分乃是世间最有价值的一篇神话

文学"。第一部分即前七回。鲁迅先生注意到《西游记》主题的种种歧义，"或云劝学，或云谈禅，或云讲道，皆阐明理法，文词甚繁"。他充分肯定《西游记》的心学旨趣，却将小说定性为"神魔小说"。

《西游记》充满善与恶的斗争，真与邪的斗争，义和利的斗争，神和魔的斗争。这些斗争，有外在型的，比如总想吃唐僧肉的妖精跟孙悟空的斗争；也有内在型的，比如，猪八戒到底要不要坚决取经？最有意思的是，有些本来的魔，则通过斗争向"神"转化：黑熊怪如此，红孩儿小妖如此，猪八戒如此，沙僧如此，孙悟空更是如此。

孙悟空从石头缝里蹦出来，曾做大闹天宫的齐天大圣，曾被法力无边的如来佛压到五行山下，曾被观音菩萨戴上令其苦痛不已的金箍，曾被师父动不动念紧箍咒。最终，跟如来佛成了"一字并肩佛"，位列观音菩萨之前，谁说石猴不能成正果？

《西游记》是追求自我完美、实现人生价值的书。

《西游记》是为灿烂中华文化所浸润、幽默风趣、老少通吃、中外咸宜、百读不厌的"魔书"，是世界文库的东方宝典。

图书在版编目（CIP）数据

书里书外话经典. 马瑞芳话《西游记》/ 马瑞芳著
. 一济南：山东教育出版社，2019. 4
ISBN 978-7-5701-0425-3

Ⅰ. ①书… Ⅱ. ①马… Ⅲ. ①《西游记》—文
学欣赏 Ⅳ. ①I207. 41

中国版本图书馆CIP数据核字（2018）第223436号

SHU LI SHU WAI HUA JINGDIAN——MA RUIFANG HUA XIYOUJI

书里书外话经典——马瑞芳话《西游记》

马瑞芳 著

主管单位：山东出版传媒股份有限公司
出版发行：山东教育出版社
地址：济南市纬一路321号 邮编：250001
电话：（0531）82092664 网址：www.sjs.com.cn
印刷：深圳市国际彩印有限公司
版次：2019 年 4 月第 1 版
印次：2019 年 4 月第 1 次印刷
开本：710 毫米×1000 毫米 1/16
印张：21
印数：1-3000
字数：222 千
定价：68.00 元

（如印装质量有问题，请与印刷厂联系调换）
印厂电话：0755-86106978